Peter
Henning

Leichtes
Beben

aufbau

Peter Henning

Leichtes Beben

EIN ROMAN

aufbau

FSC
www.fsc.org
MIX
Papier aus verantwortungsvollen Quellen
FSC® C083411

ISBN 978-3-351-03356-9 | Aufbau ist eine Marke der Aufbau Verlag GmbH & Co. KG | 1. Auflage 2011 | © Aufbau Verlag GmbH & Co. KG, Berlin 2011 | Einbandgestaltung hißmann, heilmann, hamburg. Im Titel Verwendung eines Bildzitats vom Covermotiv, plainpicture/René Reichelt | Typografie Renate Stefan, Berlin | Gesetzt aus der Monotype Bembo durch Greiner & Reichel, Köln | Druck und Binden CPI – Clausen & Bosse, Leck | Printed in Germany | www.aufbau-verlag.de

Für Paul Nizon

Wir alle stehlen und werden bestohlen

I

EINS

Klaus Bellmann fuhr auf die Einfahrt zu, grüßte den in seinem Häuschen sitzenden Pförtner durch Handzeichen und lenkte den Wagen auf den kopfsteingepflasterten Innenhof. Dort schaltete er den Motor aus, zog die Handbremse an, nahm die in weißes Papier eingeschlagene Kirschsaftflasche vom Beifahrersitz und stieg aus.

Er legte den Kopf in den Nacken und spähte hinauf zu den vergitterten Fenstern. Hinter einem von ihnen lebte sein Vater. Der große, der verrückte Hans Bellmann. Achtundsiebzig Jahre alt, und seit über zwanzig Jahren unter ärztlicher Aufsicht. Irgendwann war alles zu viel für ihn geworden. Die anhaltende Ablehnung seiner Arbeit, seine nie wahr gewordenen erotischen Phantasien und schließlich der plötzliche Selbstmord seiner zweiten Frau in Paris. Alles, was seinem Vater geblieben war, waren seine Erinnerungen und seine Puppe. Wo war sie eigentlich? Dieses von ihm einst geschaffene Artefakt, das er vergötterte und das doch wie nichts anderes für die Niederlage stand, die er durch seine damals fünfzehnjährige Cousine

Ursula erlitten hatte, das Objekt seiner nie versiegenden erotischen Obsessionen. In Wahrheit, daran bestand für Klaus Bellmann kein Zweifel, war sie es, die seinen Vater irgendwann um den Verstand gebracht hatte: Ursula Nagajeweski.

Manchmal tauchten irgendwelche Galeristen auf, die seinen Vater zu überreden versuchten, ihnen seine aus der Öffentlichkeit verschwundenen Werke anzuvertrauen. Doch weil Klaus Bellmann seit Jahren das Sorgerecht für seinen unmündigen Vater hatte, waren ihre Vorstöße jedes Mal erfolglos gewesen.

Hans Bellmann hatte nach dem Ende des Zweiten Weltkriegs in gewissen Kreisen als bedeutender sogenannter Transrealist gegolten und unter den damals angesagten Surrealisten in Paris, wohin er emigriert war, für Aufsehen gesorgt mit seiner berühmten Schwarzweißfotoserie »Die Spiele der Puppe«. Per Selbstauslöser hatte er sich gemeinsam mit der Puppe als ins Morbide verliebter Grübler inszeniert.

Die neuere Kunstgeschichte führte ihn dagegen als »phantastischen Realisten« und belegte ihn mit Begriffen wie Voyeurismus, Fetischismus und gar Pädophilie. Bisweilen wurde er auch als »Inszenierer anarchistisch-erotischer Spiele« bezeichnet. Arbeiten von ihm konnten im Museum of Modern Art in New York besichtigt werden. Inzwischen aber war er vergessen und nur noch Insidern ein Begriff.

Jahrelang hatte die auf den einst aufsehenerregenden Schwarzweißfotos seines Vaters abgebildete, in dunkle Schatten gehüllte Puppe Klaus Bellmann bis in seine Träume verfolgt. Oft fuhr er mitten in der

Nacht aus dem Schlaf hoch, weil er sich von der langhaarigen, nur mit einem ärmellosen hellen Trägerhemdchen bekleideten und verblüffend menschlich wirkenden Figur aus Pappmaché bedrängt fühlte.

Lange war es ihm aus diesem Grund unmöglich gewesen, den Speicher ihres Hauses zu betreten, auf dem die Puppe in einem Karton lagerte. Ebenso wie seine alten Spielsachen.

Nun nahm er die Stufen, die zu dem grauen Gebäude mit den vergitterten Fenstern hinaufführten, und drückte den Klingelknopf. Nach ein paar Sekunden erschien eine Schwester hinter der ebenfalls vergitterten Glastür, zog einen dicken Schlüsselbund aus ihrer Strickjacke und ließ ihn herein.

»Guten Tag, Herr Bellmann«, sagte sie mit einem kraftlosen Lächeln und schloss hinter ihm wieder ab. Unter der Strickjacke trug sie einen weißen Kittel und dazu passende weiße, an den Fersen offene und über dem Spann feingelöcherte Schuhe. An ihrem rechten Schienbein leuchtete ein ziemlich großer Bluterguss.

»Guten Tag«, erwiderte er. »Wie geht es meinem Vater?«

»Wie immer. Ich glaube, er hat sich hingelegt«, sagte die Frau und drehte sich auf dem Absatz um. Das Lächeln war aus ihrem Gesicht verschwunden. Bei jedem Schritt quietschten die Sohlen ihrer Latschen auf dem braungrau marmorierten Linoleum, untermalt vom Klimpern der Schlüssel in ihrer Jackentasche.

Auf dem Flur standen Gestalten, die ihn anstarrten. Ein glatzköpfiger Mann im schwarzen Trainingsanzug hatte seine Hand in die Hose geschoben und keuchte. Der vielleicht dreißig Jahre alte Mann daneben, der eine Lederhose, einen dicken grauen Wollpullover und Sandalen trug, riss immer wieder ruckartig den Mund auf und schlenkerte mit den Armen. Als Klaus Bellmann die Tür zum Zimmer seines Vaters öffnete, schlug ihm ein säuerlicher Geruch entgegen.

Hans Bellmann lag auf dem Bett, das Gesicht der Wand zugewandt, einen Arm angewinkelt unter den Kopf geschoben, und schlief. Er war mit einem karierten Hemd und einer grauen Manchesterhose bekleidet und schnarchte leise. Seine Füße waren nackt. Über ihm an der Wand hing, mit einer Stecknadel daran festgemacht, die an den Rändern bereits vergilbte Kopie seiner vielleicht berühmtesten Fotografie der »Puppe« aus der Serie von 1947. Nur dieses eine Motiv. Das Bild hatte ihn zur Legende gemacht, und für seine Familie war es zu einem Fluch geworden.

Klaus Bellmann blickte die Kopie an, fasziniert und abgestoßen zugleich. Sie, die Puppe, hatte seine Mutter aus dem Haus getrieben und später auch ihn selbst. Am liebsten hätte er das Bild auf der Stelle von der Wand gerissen. Den Dämon seiner Kindheit. Doch im selben Moment erwachte sein Vater und hob den Kopf wie ein verschrecktes Vögelchen.

»Was willst du?«, sagte Hans Bellmann auf seine immer knurrige Art und drehte sich auf den Rücken; er kam in die Vertikale und setzte die nackten Füße auf dem verschrammten Boden ab.

»Dich besuchen«, sagte Klaus Bellmann. »Das letzte

Mal war ich vor über einem Monat hier.« Er hielt die Saftflasche in der Hand.

»Mich besuchen?«, sagte sein Vater und strich sich mit der rechten Hand schwerfällig über den Kopf. Wie ein Gespinst aus feinen Silberdrähten umgaben die wenigen Haare seinen kantigen Schädel.

Es war immer das Gleiche: Sein Vater zeigte sich anfangs regelmäßig unwillig und wenig erfreut über seinen Besuch. Doch wenn Klaus nur hartnäckig genug blieb und ihn auf seine Pariser Zeit mit Breton und Éluard ansprach, biss der Alte an, und es kam manchmal eine muntere Unterhaltung in Gang. Bis Hans Bellmann sich irgendwann, meist etwa nach einer Stunde, wieder in sich zurückzog, vorgab, an seinen Projekten arbeiten zu müssen, und Klaus sitzen ließ und aus dem Zimmer lief.

Hans Bellmann war gegen Ende seiner Pariser Zeit, nach mehreren psychotischen Schüben, in ein Krankenhaus eingewiesen und wenig später in dessen psychiatrische Abteilung verlegt worden. Nach seiner Entlassung war er nach Deutschland zurückgekehrt und hatte einige Jahre ohne Medikamente gelebt und mehr oder weniger erfolglos versucht, seine Arbeit wiederaufzunehmen. Doch nach weiteren Schüben hatten ihn Freunde bald darauf erneut ins Krankenhaus gebracht, und über Umwege war er schließlich dort gelandet, wo er inzwischen seit neunzehn Jahren lebte.

Während eines Anfalls konnte er sich für den Heiland halten und behaupten, er könne übers Wasser laufen. Die Ärzte behandelten ihn seit Jahren mit starken Antipsychotika. Dann wurden seine Gesichtszüge kantig und hart, sein Blick wurde stechend, und beim Reden überschlug sich seine Stimme. In seinen lichten Momenten aber entspannten sich seine Züge, wurde seine Stimme warm und weich, und er sprach langsam und wirkte zufrieden. In solchen Phasen glaubte Klaus Bellmann zu spüren und zu begreifen, wer und was sein Vater einmal gewesen war. Und weshalb er mit seinen Arbeiten, so kontrovers sie auch diskutiert worden waren, großen Einfluss auf nachrückende Künstler wie Horst Janssen oder den Maler und Bildhauer Paul Wunderlich gehabt hatte, die ihn früh als entscheidenden Wegweiser ihrer Kunst bezeichnet hatten.

Nun nahm Klaus den säuerlichen Geruch wieder wahr, und es bestand kein Zweifel: Es war sein Vater, der so roch. Er lief ans Fenster, öffnete es und ließ seinen Blick über das Tal mit seinen Streuobstwiesen und die sanft ansteigenden Hügel schweifen, die der Landschaft ihren Namen gaben.

»Ich hab dir was mitgebracht«, sagte Klaus Bellmann und streckte seinem Vater die Flasche hin. »Kirschsaft. Den magst du doch so gern.«

Er stellte die Saftflasche auf den kleinen, an der Wand stehenden Schreibtisch und hielt kurz inne. Auf der Arbeitsplatte lag ein blaues Din-A4-Schulheft, auf dessen Deckel sein Vater in Druckbuchstaben seinen Namen geschrieben hatte. Daneben lag ein Kugelschreiber.

Er musterte seinen Vater, der sich an den Beinen kratzte und unter dem Bett nach seinen Schlappen suchte, schlug es kurz auf und sah nichts als unbeschriebene Seiten. Dann griff er sich den vor dem Schreibtisch stehenden Stuhl und nahm seinem Vater gegenüber Platz.

»Wie geht es dir?«, fragte er und rieb beide Hände gegeneinander.

»Ich arbeite!«, antwortete sein Vater und kratzte sich nun im Nacken. »Ich habe immer gearbeitet! Ich mache mir Notizen, da in dem Heft.«

Er wies mit dem ausgestreckten, leicht zitternden Arm auf das Schulheft. Zum Fenster strömte der Geruch von gemähtem Gras herein. Von der unangenehmen Säure war kaum noch etwas zu riechen.

Obwohl er versucht hatte, es zu ignorieren, glitt Klaus Bellmanns Blick nun auf das an der Wand hängende Bild der Puppe.

»Das klingt gut«, sagte er. Und dann fügte er hinzu: »Ich soll dich übrigens herzlich von Elke grüßen.« Doch das war gelogen. Elke, seine zweite Frau, verachtete Hans Bellmann, hielt ihn, nachdem sie einige seiner Arbeiten im Internet gefunden hatte, für verrückt und pervers.

»Ich kenne keine Elke«, sagte Hans Bellmann trocken. »Hat sie dicke Brüste?«

»Vater, bitte!«, erwiderte Klaus Bellmann, um rasch zu seinem Thema zurückzukehren.

Klaus Bellmann hatte sich, nachdem er sein lustlos betriebenes Architekturstudium abgebrochen hatte, unter dem Pseudonym »Brad Cowley« eine Zeitlang als Maler in der Tradition Roy Lichtensteins versucht und großformatige Gemälde geschaffen, auf denen geschlechtslose Torsi über Sprechblasen miteinander kommunizierten. Als sogenannte Trans-Comics hatte er seine von den Farben Gelb, Blau und Weinrot dominierten Bilder selbstbewusst klassifiziert, aber trotz anhaltender Bemühungen keinen Galeristen gefunden.

Cowley hatte mehrere Serien geschaffen, darunter zwei farbintensive Zyklen, die er »Flucht aus Ithaka« und »Der Fluss des Leidens« betitelt hatte. Seiner späteren Frau hatte er nichts von seinen Malversuchen erzählt; als sie eines Tages die in schwere Decken eingeschlagenen Gemälde im Keller entdeckte, hatte Bellmann ihr erklärt, ein Freund, der für längere Zeit nach Amerika gegangen sei, habe sie vorübergehend bei ihm untergestellt.

Bellmann suchte den Blick seines Vaters, doch der sah hartnäckig an ihm vorbei zum offenen Fenster hinüber. Plötzlich stockte ihm der Atem, als sein Blick wieder auf die Kopie des Fotos an der Wand fiel. Denn in der mit der hohen, gipsenen Stirn trotzig gegen den Stein drückenden Puppe, deren unverhüllte Pobacken einen gelungenen Kontrast zu ihrem Gesicht darstellten, meinte er plötzlich jenen Torso zu erkennen, der das Auftaktgemälde seiner Ithaka-Serie zierte. Und entsprang der Blick der darauf dargestellten Griechin nicht der gleichen, in sich gekehrten Melancholie? Und was war mit ihrer Körperhaltung? Schmiegte sie sich denn nicht ebenso lockend gegen den Fels, der sein Bild dominierte, den Kopf seitwärts über die rechte Schulter weggedreht? Und ihr Po, was war damit? Ja, auch bei ihm war er bis zum Steiß, wenn auch anders als auf der Fotografie der Puppe, mit einem Tuch bedeckt!

Verzweifelt dachte er: Wieso habe ich so schrecklich lange gebraucht, um diese offensichtlichen Ähnlichkeiten zu sehen? Und wie oft habe ich wohl an diesem Platz und auf diesem Stuhl gesessen und die Kopie an der Wand angestarrt, ohne dabei auch nur das Geringste zu bemerken?

Unsinn!, dachte er sogleich. Das ist bloß eine Täuschung. Was haben meine Gemälde mit der Arbeit meines Vaters zu tun? Nicht das Geringste.

Klaus Bellmann erhob sich abrupt vom Stuhl und lief hinüber zum Fenster. Er atmete mehrere Male kräftig ein und wieder aus. Über die Landschaft draußen hatten sich bereits die Schatten des Nachmittags gebreitet. Er fragte sich, wie lange es wohl dauern mochte, ehe man aufhörte, die Gitterstäbe mit zu sehen, wenn man von hier nach draußen schaute.

Er wandte sich zu seinem Vater um, der immer noch auf seinem Bett saß. Seine hängenden Wangen blähten sich jedes Mal leicht, wenn er mit offenem Mund Luft holte. Er hatte die noch immer irritierend blauen, nicht sehr großen Augen leicht zugekniffen, so dass sich zwischen den Augenbrauen eine tiefe Furche bildete. Er hätte ihn fragen wollen: Woran denkst du, Vater?

Der Alte war einmal ein großer, gutaussehender Mann gewesen, der gerne Hüte und lange Mäntel getragen und Eindruck auf andere gemacht hatte. Es gab Leute, die sagten, Klaus Bellmann sehe seinem Vater ähnlich. Sicher, auch er hatte blaue Augen und breite

Schultern. Und es konnte auch bei ihm vorkommen, dass sich über seiner Nasenwurzel eine Furche bildete. Dennoch war er ganz anders als der Alte. Sein Vater hatte fotografiert und er gemalt. Sein Vater mochte Hüte und er nicht. Und sein Vater träumte noch immer von einer erotischen Erlösung durch eine Fünfzehnjährige. Er war eben pervers! Sicher hatte sich seine Frau aus dem Fenster gestürzt, weil sie seine Perversionen nicht mehr ertrug. Seinen Ursula-Wahn. Ja, dachte Bellmann, Elke hat ganz recht.

Verächtlich blickte er wieder auf das Foto an der Wand. Und dann sagte er: »Wollen wir unten einen Kaffee trinken?«

»Was?«, sagte sein Vater.

»Ob wir unten einen Kaffee trinken wollen.«

»Hat sie dicke Brüste? Diese Elke? Ich meine, solche wie Ursula!« Dabei modellierte er mit seinen Händen deren Form und leckte sich über die blassen Lippen.

»Hör sofort auf damit!«, sagte Klaus Bellmann. »Das ist ja ekelhaft!«

»Du bist ekelhaft.«, erwiderte sein Vater. »Du bist ein Schwein«, sagte er und machte Grunzlaute.

»Was soll denn das jetzt?«, sagte Klaus Bellmann. »Ah, ich verstehe, du willst mich provozieren. Aber das schaffst du nicht. Keine Chance mehr.«

Als Junge hatte er geahnt, dass er, wenn er groß wäre, seinem Vater ähnlich sein würde. Und dass er seine eigenen Schritte innerhalb von dessen Grenzen würde planen müssen.

Nun stand sein Vater auf, ging aber sofort wieder in

die Knie und begann, auf allen vieren durch den Raum zu kriechen. Dabei gab er erneut Grunzlaute von sich.

»Vater«, rief Klaus Bellmann, »hör auf damit, du verdammter Idiot!« Dann packte er die linke Schulter seines Vaters und versuchte ihn hochzureißen. Doch es gelang ihm nicht. Der Alte war einfach zu schwer.

»Vater!«, rief er wieder, hielt aber plötzlich inne und horchte dem Klang seiner eigenen Stimme nach. Dann wandte er sich von dem Alten, der grinsend auf dem Boden saß, ab und trat ans Fenster. Als er sich nach ein paar Minuten umdrehte, hatte sich sein Vater wieder hingelegt.

»Was ist mit dir?«, rief Klaus Bellmann. »Bist du müde? Willst du noch ein bisschen schlafen?«

Der Alte hielt die Augen geschlossen und antwortete nicht. Da ging Bellmann zum Schreibtisch, zog den Stuhl heran und nahm Platz. Er schlug das Heft auf, ergriff den Kugelschreiber und überlegte. Dann fing er an zu schreiben.

Als er eine halbe Stunde später unten vor der verschlossenen Tür stand, sah ihn die Schwester, die ihn hereingelassen hatte, erwartungsvoll an und fragte: »Alles in Ordnung, Herr Bellmann?«

»Ja«, antwortete Bellmann zufrieden.

Die Schwester fixierte ihn auf eine Weise, die ihm unangenehm war. Als suche sie etwas in seinem Gesicht.

»Was ich Ihnen immer schon mal sagen wollte«, begann sie. »Sie und ihr Vater …«

Doch Bellmann unterbrach sie sofort und sagte entschieden: »Machen Sie mir bitte die Tür auf!«

»Oh, ja, natürlich, Entschuldigung!« Sie zog den schweren Schlüsselbund aus ihrer Jackentasche und schloss die Tür auf. Mit schnellen Schritten lief Bellmann zu seinem Wagen und stieg ein.

Er ließ seinen Blick ein letztes Mal hinauf zu den vergitterten Fenstern gleiten. Dann schaltete er den Motor ein, und das Radio ging an. Es lief eine Jazznummer, irgendetwas von Stan Getz. Kleine Besetzung: Saxophon, Klavier und Schlagzeug.

Er legte den Rückwärtsgang ein, rangierte den Wagen aus der Parklücke und fuhr an dem Pförtnerhäuschen vorbei. Dabei hob er kurz die Hand zum Gruß.

Als er etwa eine Stunde gefahren war, klingelte sein Handy. Die Krankenschwester erklärte, sein Vater habe geschrien und in einem unerklärlichen Anfall größter Erregtheit sein Notizheft zerrissen. Anschließend sei er in eine Art katatonische Starre verfallen. Noch immer sei er nicht ansprechbar. Sie versprach ihm, sich wieder zu melden, sobald es etwas Neues über seinen Vater zu berichten gäbe.

Bellmann bedankte sich für den Anruf und unterbrach die Verbindung. Und lächelte.

ZWEI

»Morgen besuche ich meinen Jungen!«, sagte Küppers, schloss die Tür seines Spinds auf, zog seinen fleckigen hellen Arbeitskittel aus und hängte ihn hinein.

Es war Freitag, und Küppers und seine Leute hatten eine anstrengende Woche hinter sich. Zuletzt hatten sie ein paar Mal bis tief in die Nacht gearbeitet, um die letzten Fenster mit der Frühjahrskollektion fertigzustellen. Küppers war Chefdekorateur eines großen Warenhauses und hatte sechs Mitarbeiter.

»Du hast einen Sohn?«, fragte Grasskamp überrascht, der zwei Meter von ihm entfernt vor seinem geöffneten Spind stand und sich ebenfalls umzog. »Das wusste ich ja gar nicht.«

»Klar«, antwortete Küppers großspurig und nahm sein Sakko aus dem Spind, »der ist jetzt mindestens so groß.« Dabei hielt er den ausgestreckten linken Arm vor Grasskamps Brust. »Ist 'ne alte Geschichte.«

»Wie heißt er denn?«

»Robert«, antwortete Küppers stolz und begann darüber nachzudenken, ob sein Sohn tatsächlich so groß sein mochte. Und wie er wohl aussah. »Ist 'n toller Bursche.« Er hatte ihn seit seiner Geburt nicht mehr gesehen.

Sein Freund Fred Osterloh, der ein Schuhhaus in der Fußgängerzone besaß und seit langem von Roberts Existenz wusste, hatte Küppers gedrängt, seinen Sohn endlich zu besuchen. Und aus einer Laune heraus hatte der nach dem fünften oder sechsten Glas geantwortet: »Du hast recht. Langsam wird es Zeit.«

»Denk doch auch mal an den Jungen«, hatte Osterloh gesagt, »der will doch sicher endlich wissen, wer sein Vater ist.«

»Am Samstag fahr ich hin!«, hatte Küppers gesagt und seine Ankündigung schon im nächsten Moment bereut. Denn die Vorstellung, einem achtjährigen Jungen gegenüberzustehen, der ihn erwartungsvoll ansah und womöglich Erklärungen von ihm hören wollte, behagte ihm überhaupt nicht.

Anschließend hatten sie nicht mehr darüber gesprochen und noch lange zusammengesessen. Doch als Küppers am nächsten Morgen mit leichten Kopfschmerzen erwachte und das Sonnenlicht durch die Vorhänge hereinstach, war ihm die Sache wieder eingefallen. Missmutig hatte er sich aus seinem Bett erhoben, war hinüber ins Wohnzimmer getappt, hatte den Sekretär geöffnet, seine alte Brieftasche herausgezogen und aufgeklappt. Aus einem der Seitenfächer zog er ein kleines Farbfoto hervor, das Robert als Säugling zeigte. Ungläubig betrachtete Küppers das Bild. Ob er mir wohl ähnlich sieht?, fragte er sich. Auf der Rückseite hatte er sich seinerzeit die Telefonnummer des Kinderheims notiert.

Küppers schloss seinen Spind ab, legte sich den Schal um den Hals und sagte: »Schönes Wochenende, Heinz«, und verließ das Kaufhaus. In der Mittagspause hatte er das Kinderheim, das zwei Autostunden entfernt war, angerufen und sein Kommen für den nächsten Tag angekündigt. »Ich fahre gegen zehn los und werde so gegen halb eins da sein. Sagen Sie das meinem Sohn.«

»Der wird sich aber freuen!«, hatte die Frauenstimme noch geantwortet. Küppers hatte den langgestreckten, sich an die terrassenförmig ansteigenden Weinberge schmiegenden Flachbau, in dem die Kinder untergebracht waren, wieder vor sich gesehen. Als er den Jungen seinerzeit in die Obhut der Pflegerinnen gegeben hatte, hatte er seinen Blick über das kleine, von weitgestreckten Wiesen dominierte Tal schweifen lassen, in das sich die Dorfstraße mit ihren Kurven eingrub wie ein dunkler Riss in eine grüne Tischplatte.

Als er am nächsten Morgen im Wagen saß und die unwirtliche Landschaft mit ihren entlaubten, ihn an Grabkreuze erinnernden Bäumen vorbeizog, hatte Küppers das Gefühl, auf direktem Weg in die Vergangenheit zu reisen. Und je länger er den Wagen durch den Vormittag über wenig befahrene Landstraßen steuerte, desto größer wurde seine Unruhe. Und so machte er vor einem Wirtshaus halt. Küppers war der einzige Gast, und er setzte sich zu dem Wirt an den Tresen.

»Ich bin auf dem Weg zu meinem Sohn.«, sagte er und sah sich in dem schwach beleuchteten Schankraum um.

»So«, sagte der Wirt.

»Wenig los heute, wie?«, sagte Küppers.

»Ist noch zu früh«, sagte der Wirt.

Küppers sah auf die Uhr, es war zehn vor elf. Bis hierher war er gut durchgekommen. Und wenn er sich ranhielt, konnte er zur angekündigten Zeit im Kinderheim sein.

»Ein Pils«, sagte er und rieb sich die Hände. Als das Bier vor ihm stand, legte Küppers erst einen Finger an den kühlen, goldglänzenden Glasbauch, dann zog er ihn zurück und schnippte gedankenverloren dagegen.

»Wie alt ist denn Ihr Sohn?«, fragte der Wirt und stellte ein poliertes Glas kopfüber neben einige andere.

»Acht«, antwortete Küppers, »ist 'n toller kleiner Bursche!« Und dabei war ihm, als hätte er so etwas Ähnliches kürzlich jemanden sagen hören.

»Meine beiden sind achtzehn und zwölf«, sagte der Wirt. »Der Kleine hat nur seinen MP3-Spieler im Kopf. Immerzu hat er die Stöpsel in den Ohren und ist nicht ansprechbar.«

»Ja, ja, die Jungs«, sagte Küppers und setzte das Glas an die Lippen. Und nachdem er sein Bier getrunken hatte und sie sich über dies und das unterhalten hatten, sah er erneut auf die Uhr

»Noch eins?«, fragte der Wirt, der seine Hand bereits um das leere, vor Küppers auf dem Tresen stehende Glas gelegt hatte.

»Also eigentlich müsste ich ja«, sagte Küppers und sah nochmals demonstrativ auf seine Uhr, die kurz nach halb zwölf zeigte, »aber ach, was soll's, ja, machen Sie mir noch eins!« Und dabei sagte er sich: Ich drücke nachher einfach ein bisschen auf die Tube. Und wenn ich Glück habe und nicht viel los ist auf den Straßen, bin ich um eins da.

In dem Moment ging die Tür auf, und eine junge, mit einem knallroten Anorak, Jeans und hellen Cowboystiefeln bekleidete Frau kam herein. Die Spitzen ihrer blonden Haare kräuselten sich wie Federn auf ihren Schultern.

»Hallo!«, sagte sie, ohne Küppers eines Blickes zu würdigen, und stellte ihre Handtasche auf dem Tresen ab.

»Tag, Carola«, sagte der Wirt. »Kaffee?«

»Ja, bitte«, erwiderte die Frau, nahm ihre Zigaretten aus der Handtasche und steckte sich eine an.

»Zu Hause alles klar?«, fragte der Wirt und spießte den Bon, den die kleine altmodische Registrierkasse auf Knopfdruck ausgespuckt hatte, auf eine Art Nagel, der in einem kleinen Holzklotz steckte.

»Wie man's nimmt«, antwortete die Frau und blies den Rauch ihrer Zigarette in den Lichtkegel der kleinen, über dem Tresen hängenden Lampen, worin er sich in engen grauen Schleifen drehte. »Meine Mutter ist heute Morgen aus dem Bett gefallen, hat sich aber, Gott sei Dank, nichts gebrochen. Verdammt zäh, die Alte!«

»Genau wie du«, sagte der Wirt und lachte.

»Komm, red kein Stuss, und mach mir lieber 'n

Klaren dazu!«, antwortete die Frau, drehte sich nun zu Küppers hin, so als hätte sie ihn erst jetzt bemerkt, und sagte: »Auf der Durchreise?«

Doch ehe Küppers antworten konnte, sagte der Wirt: »Der Herr ist auf dem Weg zu seinem Sohn.«

»Ja, das stimmt«, sagte Küppers und griff nach dem neuen, vor ihm stehenden Bierglas. »Er ist acht.«

»In dem Alter ist die Welt noch in Ordnung«, sagte die Frau und angelte nach dem Klaren, den der Wirt ihr hingestellt hatte.

»Du musst es ja wissen«, sagte der Wirt.

»Na, ist doch so«, sagte die Frau und kippte den Klaren auf einen Zug. »Oder etwa nicht?« Während sie das sagte, blickte sie Küppers auffordernd an.

»Doch, doch«, antwortete der und musste dabei an seinen Sohn denken, der bestimmt schon ganz aufgeregt war. Genau wie er selbst. Und nachdem er bei einem flüchtigen Blick auf die Uhr gesehen hatte, dass es bereits zehn vor zwölf war, sagte er, obwohl er wusste, dass es falsch war: »Kann ich auch so einen haben?« Er sagte sich: Nach all den Jahren kommt es ja wohl nicht auf eine halbe Stunde an. Außerdem haben wir ja noch den ganzen Nachmittag. Und mit Blick auf die Frau ergriff er das gefüllte Schnapsglas, hob es in die Höhe und sagte: »Na, dann prost!«

Im selben Moment fiel ihm ein, dass er überhaupt kein Geschenk für Robert hatte, nichts. Dabei wäre es ein Leichtes gewesen, in der Spielzeugabteilung etwas zu besorgen. Einen Teddybär zum Beispiel. Oder ein Spielzeugauto. Irgend so etwas eben, womit man einem Achtjährigen eine Freude machen konnte. Aber vielleicht konnte er ja noch irgendwo halten. Ja, so würde er es machen.

Küppers, der zum Frühstück lediglich eine Tasse Kaffee getrunken hatte, begann den Alkohol zu spüren und sagte mit einem flauen Gefühl im Magen: »Ich müsste, glaube ich, was essen.«

»Warme Küche gibt's erst ab sechs, aber eine Frikadelle mit Brot können Sie haben«, sagte der Wirt. »Oder ein Solei mit Senf und Brot.«

»Dann nehme ich die Frikadelle«, sagte Küppers und hatte das Gefühl, dass etwas aus der Mitte seines Körpers hinunter in seine Beine glitt, die schwer wurden.

»Kommt sofort«, sagte der Wirt und verschwand durch eine Tür hinter der Theke.

»Wie heißt denn Ihr Sohn?«, wollte nun die Frau wissen und steckte sich eine neue Zigarette an.

»Robert«, sagte Küppers.

»Lebt er bei Ihrer Frau?«

»Nicht ganz«, antwortete Küppers, der überlegte, was er sagen sollte, wenn die Frau weiterfragen würde.

»Also bei Ihrer Mutter?«

»Ja, genau, bei meiner Mutter.«

»Ich lebe auch mit meiner Mutter zusammen«, sagte die Frau. »Sie hat Parkinson, im Endstadium. Im Moment ist eine Pflegerin bei ihr.«

»Das tut mir leid«, sagte Küppers und nahm einen Schluck Bier.

In dem Moment klappte die Tür wieder auf, der Wirt stellte den Teller mit der Frikadelle vor ihn hin und sagte: »Einen guten!«

»Ja«, sagte die Frau und nickte kurz in Küppers Richtung. Und keine zwei Minuten später stand ein weiteres frisch gezapftes Pils vor ihm.

»Danke«, murmelte Küppers, tunkte die Frikadelle in den sämigen Senfklecks und biss in die Scheibe Schwarzbrot. Er versuchte sich vorzustellen, wie es einem Menschen im Endstadium einer solchen Krankheit ging; er hatte mal jemanden gekannt, dessen Vater Parkinson hatte. Nachdem er die Frikadelle verspeist und auch das Brot aufgegessen hatte, wischte er sich den Mund mit der Papierserviette ab: »Jetzt wäre gegen einen Klaren wohl nichts einzuwenden, oder was meinen Sie, Gnädigste?« Dabei sah er die Frau an.

»Ja, Rolf, mach mir auch einen«, antwortete sie und griff sich ins Haar.

»Also zwei Klare auf die Rechnung des Herrn?«

»So ist es!«, antwortete Küppers und sah beim Blick auf die Uhr, dass er seit über einer halben Stunde im Kinderheim erwartet wurde.

»Wo sind die Toiletten?«, fragte Küppers und erhob sich von seinem Platz.

»Gleich da hinten!«, antwortete der Wirt und zeigte auf einen dunklen Gang.

Küppers schlich den Gang entlang und fand die entsprechende Tür, die hinter ihm ins Schloss fiel. Drinnen erklang ein Geräusch, das ihn abrupt innehalten ließ: Es wurde von dem beständig herabrinnenden Spülwasser im Pissoir erzeugt, ein Zischeln, als ob Gas ausströmt.

Küppers zog sein Handy und das Foto hervor und tippte die Nummer des Heims ein.

»Kinderheim Prasselburg, Schwester Christa am Apparat.«

»Es ist so«, begann Küppers, »ich habe da ein Problem mit meinem Wagen.«

»Wer spricht denn da?«

»Ach so, ja«, sagte Küppers, »Küppers hier! Ob Sie wohl meinem Sohn sagen können, dass sich meine Ankunft noch ein wenig verzögert?«

»Ach Sie, Herr Küppers, Robert dachte schon, Sie hätten ihn vergessen und kämen nicht mehr.«

»Unsinn!«, erwiderte Küppers. »Ich lasse den Jungen doch nicht hängen!«

»Das freut mich«, sagte die Frauenstimme. »Ich werde ihm sagen, dass Sie angerufen haben. Und noch eine gute Fahrt.« Dann beendete sie das Gespräch, und Küppers vernahm wieder das Zischen, das vom Pissoir herüberdrang.

Er schob das Handy in die kleine Innentasche seines Sakkos, stellte sich ans Pissoir und wartete, während er auf die feinen rostbraunen Risse in der vergilbten Porzellanschale sah, dass der Urin aus ihm floss. Und nachdem er sich ausgiebig die Hände gewaschen und abgetrocknet und mit dem silberfarbenen Messingkamm, den er immer bei sich trug, seinen Scheitel nachgezogen hatte, ging er zurück in den Schankraum.

Inzwischen hatte der Wirt den Fernseher angeschaltet. Er stand auf einer Truhe, und es liefen Nachrichten.

»Sie heißen Carola, nicht wahr?«, sagte Küppers und kletterte wieder auf den Barhocker. Vor ihm stand das kleine randvolle Schnapsglas.

»Kein besonders schöner Name«, antwortete die Frau, die noch immer ihren Anorak trug. »Ines oder Jasmin finde ich viel besser.«

»Ansichtssache«, sagte Küppers und fügte hinzu: »Ich kannte mal eine Carola, die war wunderschön, aber kalt wie ein Fisch. Bei der war nichts zu holen.«

»Pech, so was«, sagte die Frau, ohne eine Miene zu verziehen. Dann griff sie nach ihrem Schnaps und sah Küppers an. »Na, dann mal rein damit!« Auf einen Zug kippte sie ihn hinunter.

»Ja, Pech«, erwiderte Küppers und leerte ebenfalls sein Glas.

»Die nächsten beiden gehen aufs Haus!«, sagte nun der Wirt und öffnete mit einem trockenen Klacken die Tür des Eisschranks.

»Für mich keinen mehr, danke!«, sagte Küppers und zog schwerfällig seine Brieftasche hervor. »Mein Sohn wartet.« Dabei hätte er große Lust gehabt, weiter sitzen zu bleiben.

Plötzlich trat im Fernseher ein Mann vor eine eingeblendete Deutschlandkarte.

»Worum geht es denn da?«, fragte Küppers.

»Um das Erdbeben, irgendwo bei Freiburg, glaube ich«, sagte der Wirt.

»Ein Erdbeben? Bei uns?«, sagte Küppers. »Ich dachte, so was gibt's bloß in Japan oder in Südamerika?«

»Tja, da kann man mal sehen«, sagte die Frau.

»Oje!«, rief der Wirt und streckte plötzlich den Arm in Richtung Fernseher aus. »Was ist denn mit dem los?«

Nun starrten alle drei auf die Mattscheibe. Der Mann, der eben noch über Erdstöße gesprochen und dabei mit seinem Arm kreisförmige Bewegungen gemacht hatte, war vor laufender Kamera zusammengebrochen.

»Das is ja ’n Ding«, sagte die Frau. »Unglaublich!« Im nächsten Moment wurde das Programm unterbrochen, und es erschien auf der Mattscheibe die Einblendung »Kurze Unterbrechung«. Dazu lief Musik.

»Na so was«, sagte Küppers. »Wahrscheinlich das Herz.«

»Jetzt doch noch einen? Der Herr Sohnemann wird schon nicht weglaufen!«, sagte der Wirt, an Küppers gerichtet, und goss ihre Gläser wieder voll. »Oder?«

»Nein, bestimmt nicht«, antwortete Küppers leise und beobachtete, wie die eisgekühlte Flüssigkeit unendlich langsam in sein Glas rann.

»Na, also gut, dann will ich mal kein Spielverderber sein«, sagte er und packte das kleine Glas. »Auf den edlen Spender!«

Kurz nach zwei schloss er seinen Wagen auf. Kraftlos fiel er in den Sitz, zog die Tür zu und schob den Schlüssel ins Zündschloss. Dann ließ er den Kopf nach hinten sinken, schloss die Augen und sagte sich: Ich will mich bloß ein bisschen ausruhen, gleich geht’s los! Doch schon nach wenigen Sekunden war er eingeschlafen.

Als er gegen halb vier langsam wieder zu sich kam, glaubte er zunächst, das Pochen, das den Wagen sanft erfüllte, dringe aus der Ferne des Traums an sein Ohr.

Doch als es nicht nachließ, schlug Küppers die Augen auf und blickte sich um. Draußen stand die Frau aus der Wirtschaft und klopfte gegen die Scheibe, Carola.

Mühsam ließ er die Scheibe herunter. »Sie?«, sagte er und blinzelte. »Was ist?«

»Ich dachte, Sie wollten zu Ihrem Sohn?«, sagte sie und beugte sich ein Stück zu ihm herunter.

»Will ich auch«, antwortete Küppers, der einen Blick auf die Uhr im Armaturenbrett warf und erschrak.

»Ach ja!«, sagte die Frau mit schwerer Zunge. Offenbar hatte sie weitergetrunken. »Der hat Sie doch längst abgehakt!« Dann torkelte sie lachend davon.

Hat er nicht!, hätte Küppers ihr am liebsten hinterhergerufen. Stattdessen strich er sich eilig die Haare glatt, ließ den Motor an und legte den ersten Gang ein.

Er steuerte den Wagen durch kleine, scheinbar immergleiche Ortschaften. Der kühle, zum geöffneten Fenster hereinwirbelnde Fahrtwind fuhr ihm angenehm ins Gesicht. Und dabei dachte er: Ich bin gleich da, Robert.

Irgendwann tauchte linker Hand eine Tankstelle auf, und Küppers setzte den Blinker.

»Haben Sie Spielsachen?«, fragte er, als er in dem hellerleuchteten Tankstellengebäude dem Angestellten gegenüberstand.

»Wir sind 'ne Tankstelle und kein Spielwarenladen«, antwortete der knapp. Der Mann trug ein weinrotes Sweatshirt, auf dem in gelben Großbuchstaben der Name des Ölkonzerns stand. Das struppige Haar hing ihm in die Stirn. An seinem linken Ohrläppchen blitzte ein blauer Stein.

»Irgendwas für einen Achtjährigen werden Sie doch wohl haben«, sagte Küppers. »Ein Spielzeugauto oder so was vielleicht?«

»Sie können meinen alten Astra haben. Für drei Mille. Dazu kostenlos 'n Eis für Ihren Sprössling.«

»Finden Sie das witzig?«

Der andere holte Luft, als wolle er zu einer weiteren Unverschämtheit ansetzen. Doch stattdessen sagte er: »Da hinten müssten Luftballons sein.«

»Luftballons? Was soll ich denn mit Luftballons?«

»Keine Ahnung. Aufpusten und fliegen lassen?«

Ohne ein Wort verließ Küppers die Tankstelle, stieg in seinen Wagen und ließ den Motor an. Die kleine, schwach beleuchtete Uhr im Armaturenbrett zeigte inzwischen zehn vor fünf.

Küppers glaubte, trotz der rundum verschlossenen Fenster, das stete Summen der Telefonleitungen zu hören, die sich von Haus zu Haus spannten und den dunkelgrauen Himmel zerschnitten, glaubte, es als Vibrieren in seinen Adern zu spüren, wie es durch ihn hindurchkroch und seinen Körper leicht erzittern ließ. Doch er schüttelte dieses Gefühl ab, zog das Handy aus seinem Sakko hervor, drückte die Wahlwiederholung und dachte: Was sage ich bloß? Er schaltete den Motor wieder aus. Wieder erklang dieselbe Frauenstimme wie am Mittag. Ehe er weiter ausholen konnte, sagte die Frau: »Robert hat den ganzen Nachmittag auf Sie gewartet.«

»Haben Sie ihm gesagt, dass ich angerufen habe?«

Doch ohne auf seine Frage einzugehen, sagte die Schwester: »Das hätten Sie ihm nicht antun dürfen. Nicht nach der langen Zeit. Robert hat bitterlich geweint. Ich sage ihm, dass Sie noch einmal angerufen haben.« Dann unterbrach sie die Verbindung.

Küppers löste den Hörer vom Ohr und ließ den Arm sinken. Dann stieg er aus dem Wagen, schob das Telefon in die Sakkotasche und lief wieder in das Tankstellengebäude.

»Also doch die Luftballons?«, sagte der Angestellte.

Ohne den Mann anzusehen, schritt Küppers zu den Getränkeregalen, nahm drei Dosen Bier heraus und ging damit zur Kasse. Dort griff er sich drei Cognacfläschchen aus dem Drahtgestell und knallte die Sachen auf den Tresen. Und dann sagte er: »Wenn Sie jetzt noch ein Wort sagen, bring ich Sie um.«

DREI

Bronnen hatte sich zwei Tage Urlaub genommen, die Balkonblumen gegossen, die Rollläden ein Stückchen heruntergelassen und sich anschließend mit der mit dem Nötigsten gepackten Reisetasche Richtung Bahnhof aufgemacht. Hinter den Fensterscheiben im Treppenhaus hatte das Grün der ausschlagenden Kastanien geleuchtet. Es war Mitte Mai, und das Thermometer zeigte dreiundzwanzig Grad.

Als er eine knappe Woche zuvor den Umschlag aus dem Briefkasten genommen und dessen Inhalt im Aufzug gelesen hatte, war im Handumdrehen alles wieder da gewesen: die rauchend auf dem Schulhof im Halbkreis zusammenstehende Clique, Ingrids offenes, ihm liebevoll zugewandtes Gesicht. Und natürlich Sarah Hübners Silhouette, deren ganze atemberaubende Erscheinung ihn noch Jahre später bis in seine Träume hinein verfolgte. Wie oft hatte er sich damals vorgestellt, mit ihr, der vierzehn Jahre Älteren, Sex zu haben. Im Fahrradkeller. Im nächtlichen, vom hereindringenden Mondlicht schwach illuminierten Lehrerzimmer. Ganz gleich, wo. Seit ihrer ersten Begegnung hatte er an nichts anderes mehr denken können als daran, sie zu berühren. Während des Unterrichts hatte er sie manchmal minutenlang mit offenem Mund angestarrt, wenn sie mit dem Schwamm in der Hand an der Tafel stand und etwas anschrieb, wobei ihr T-Shirt hochrutschte und ein Stück ihres Rückens entblößte. Dabei war er damals fest mit Ingrid zusammen gewesen, auf die einige aus der Clique scharf gewesen waren. Trotzdem hatte er sich unentwegt nach ihr gesehnt, nach Sarah Hübner, seiner Englischlehrerin.

Mein Gott, die Hübner, dachte Bronnen und registrierte zu seiner eigenen Überraschung ein sehnsüchtiges, altvertrautes Ziehen im Bauch. Die muss doch inzwischen über fünfzig sein, rechnete er und spürte, dass ihn diese Vorstellung befremdete.

Abiturtreffen, nach zwanzig Jahren! Das erste Wiedersehen mit den einstigen Mitschülern: Fritz, Paul, Ingrid und den anderen. Interessant, hatte Bronnen spontan gedacht, als er das Schriftstück umständlich in den Umschlag zurückgeschoben hatte, aber auch: Wieso ausgerechnet mitten in der Woche? Und weshalb dort, auf dem Land? Mehr als drei Zugstunden entfernt?

Als er das Zugabteil betrat, zog er als Erstes die Fensterscheibe herunter, und beim Anfahren drang ihm sogleich der süßlich-frische Geruch des lilafarbenen, die Gleise säumenden Sommerflieders in die Nase.

Bronnen nahm am Fenster Platz. Er nippte an seinem Kaffee, starrte hinaus, wo die Braun- und Grüntöne der Landschaft in rascher Folge wechselten.

Mit jedem Schienenkilometer, den sie zurücklegten, brachte der Zug ihn auf direktem Weg zurück in die Vergangenheit. In eine Zeit, in der sein Denken etwas Diffuses besessen hatte, jedenfalls kam ihm seine Jugend im Rückblick so vor. Als ein Zustand der dauernden Verwirrung, des puren Gefühls. Dass er einmal, nach drei Jahren als wissenschaftlicher Assistent in den USA, Inhaber zahlreicher Patente sein und erfolgreich für die Industrie forschen würde, das hätte er sich damals nicht träumen lassen. Was wohl aus ihr geworden war in all den Jahren? Und wie sie wohl heute aussah?

Als er zwei Stunden später in ländlicher Gegend in einen sogenannten Trans-Regional umstieg, waren die Baumschatten bereits länger geworden, und die Wiesen und sanften Erhebungen leuchteten im warmen Licht des frühen Nachmittags.

Das gemächlich dahingleitende Gefährt erinnerte ihn plötzlich an die rostroten Triebwagen, die er als Kind durch seine an Weihnachten im Wohnzimmer stehende und von zwei Holzböcken gestützte Eisenbahnlandschaft manövriert hatte. In dem rundum verglasten, zur Führerkabine hin offenen Waggon befanden sich außer ihm nur noch einige ältere Frauen sowie ein junges Paar mit einem Kinderwagen.

Bronnen gab sich ganz dem gleichmäßigen Gerüttel hin. Stundenlang hatte er als Junge vor der weitläufigen, grasgrün gestrichenen und von innen beleuchteten Pappmaché-Landschaft gestanden und mit einer Schaffnermütze auf dem Kopf und einer Trillerpfeife um den Hals an den Trafos hantiert, über die er diverse, gegenläufig durch Berg und Tal fahrende Züge steuerte. Regelmäßig hatte er zu Füßen der Eisenbahn geschlafen, um schon frühmorgens, wenn seine Eltern noch schliefen, damit spielen zu können.

Am liebsten hatte er es, wenn alle Rollläden geschlossen waren und die Lichter in den Häuschen und die Signale an der Strecke anheimelnd schimmerten.

Mein Gott, wie lange das her ist, dachte er und sah hinaus, wo vor ihnen, linker Hand in der Ferne, eine Koppel mit Pferden auszumachen war. Dunkle, sich bewegende Punkte, die langsam größer wurden. Auf Höhe des umzäunten Geländes passierte es: Mit einem Satz schoss eines der Pferde durch ein offenstehendes Gatter, donnerte die letzten, bis an die Gleise führenden Meter heran und schlug seitlich und mit hochgerissenen Vorderbeinen gegen die Frontscheibe des Zuges. Es ertönte ein Krachen, gefolgt von einem weiteren dumpfen Laut, der unterging im Kreischen der Bremsen.

Bronnen, der das Ganze reglos mitangesehen hatte, wurde mit voller Wucht aus seinem Sitz gehoben, er flog mit dem Kopf gegen die Rückenlehne des Vordersitzes, wurde zurückgeworfen und glitt zu Boden. Aus dem hinteren Teil des Waggons ertönten Schreie, verstummten aber sogleich wieder. Auf der Frontscheibe zerfaserte das Pferdeblut sternförmig und sprenkelte auch die Seitenfenster, an denen es schillernd herunterlief. Nach etwa fünfzig Metern kam der Zug endlich zum Stehen. Sekundenlang herrschte eine gespenstische Ruhe. Dann rappelte Bronnen sich auf, blickte sich nach hinten um und sah, dass der Kinderwagen seitlich auf dem Boden lag. Daneben knieten die Eltern. Und schon im nächsten Moment, als sei der jäh ins Stocken geratene Lebensfilm wieder angelaufen, ertönte das Schreien des Babys. Dann kamen die Frauen aus dem hinteren Teil des Waggons nach vorn gelaufen.

Draußen, das konnte Bronnen sehen, standen zwei Männer neben den Gleisen. Der eine gestikulierte mit den Armen, während der andere in sein Mobiltelefon sprach.

Auf den Hügeln blinkten die Blätter eines kleinen Pappelhains. Ein Anblick, der Bronnen unerklärlicherweise rührte und ein ähnliches Gefühl wie damals in ihm entfachte, als er sich als Fünfzehnjähriger bei dem Versuch, eine Scheibe Schwarzbrot abzuschneiden, mit dem rasierklingenscharfen Brotmesser die Kuppe des linken Zeigefingers abgetrennt hatte und er, bevor ihm schlecht wurde, mit Blick auf die im Ablauf liegende Bratpfanne gedacht hatte: Wie gerne würde ich mal wieder Kaiserschmarren essen!

Er riss sich vom Anblick der Bäume los und blickte stattdessen in das Gesicht einer Frau, die ihn anschrie: »Einen Arzt! Wir brauchen einen Arzt!« Dabei deutete sie in Richtung der Führerkabine.

»Ja, ja, natürlich«, stammelte Bronnen, tastete nach dem Handy in seiner Brusttasche und zog es heraus. Dann drückte er irgendwelche Tasten und starrte ungläubig auf dessen Display. »Ich habe keinen Empfang!«

»Tun Sie doch was!«, rief die Frau von neuem und rüttelte an seinem Arm. Ihr dichtes krauses Haar wurde von einem engmaschigen Netz gehalten.

Inzwischen war auch die junge Familie aus dem hinteren Teil nach vorn gekommen. Bronnen konnte das Weinen des Babys hören.

»Was soll ich denn tun?«, entgegnete er, schob das Handy in seine Hosentasche und lief an der Frau vorbei zum Führerstand.

Der Zugführer, ein höchstens dreißig Jahre alter Mann, lag mit leicht zur Seite geneigtem Kopf über der Lenksäule. Doch er atmete, sein Rücken hob und senkte sich.

Draußen, auf den Gleisen, hatte sich inzwischen eine Handvoll Personen versammelt, Bauern aus den umliegenden Höfen vermutlich. Neben den Gleisen standen jetzt zwei grüne, mit bunten Girlanden geschmückte Traktoren. Doch noch immer war keiner auf die Idee gekommen, sich um die Zugreisenden zu kümmern.

Bronnen spähte über den Verletzten hinweg durch die blutverschmierte Frontscheibe. Dann betätigte er wahllos sämtliche Knöpfe des Armaturenbretts, drückte da und dort, doch die Türen ließen sich nicht öffnen.

»Die Feuerwehr kommt! Da, sehen Sie nur!«, rief die Frau in Richtung des Ehepaars mit dem Kinderwagen. Dabei trat sie ans Fenster und zeigte auf das Blaulicht in der Ferne. Dann ging sie auf Bronnen zu und sagte: »Die holen uns hier raus.« Und nach einer Pause: »Sind Sie in Ordnung?«

»Ja«, sagte Bronnen, »alles okay. Aber den da hat's ziemlich erwischt.«

»Meinen Sie, er ist tot?« Die Frau sah ihn fragend an.

»Nein«, sagte Bronnen. »Er atmet.«

»Was ist denn eigentlich passiert?«, fragte nun der junge Mann, der den Kinderwagen hielt. Seine Frau hatte ihre Augen auf ihn gerichtet, während er sprach. Das Baby wiegte sie im Arm.

»Ein Pferd«, sagte Bronnen, »es ist direkt vor den Zug gelaufen. Einfach so. Er hatte keine Chance.«

»Ist er tot?«, fragte die junge Frau mit einem hörbaren Zittern in der Stimme. Offenbar hatte sie das Gespräch zwischen Bronnen und der Älteren nicht mitbekommen.

»Nein«, sagte die Ältere.

»Und Ihr Baby?«, sagte Bronnen, auf dessen Telefondisplay KEIN NETZ stand.

»Ich glaube, das war nur der Schock, weil der Wagen umfiel«, sagte der junge Mann.

»Aber das kannst du doch gar nicht wissen«, erwiderte die junge Mutter. »Vielleicht hat es ja eine Gehirnerschütterung oder eine innere Verletzung?«

»Dann würde es ja wohl noch schreien!«, entgegnete ihr Mann.

Nun ergriff eine andere Frau das Wort. Eine schlanke, nicht sehr große Person, in deren Ausschnitt ein goldener, an einer ebenfalls goldenen Kette befestigter Marienkäfer leuchtete. Trotz der winzigen Falten um ihren schön geschwungenen Mund war die Frau noch immer auffallend attraktiv. Bronnen schätzte sie auf Ende fünfzig. »Die sollen uns endlich hier rausholen!«, sagte sie halblaut.

»Die Feuerwehr ist schon im Anmarsch«, erwiderte die junge Mutter und sah Bronnen an, als erhoffe sie sich von ihm ein Zeichen der Bestätigung. Plötzlich klopfte es an der Seitenscheibe. Davor standen zwei Männer und gestikulierten.

»Wir haben einen Verletzten hier drin, aber die Türen gehen nicht auf!«, rief Bronnen, wedelte mit den Händen und schüttelte den Kopf. Doch die beiden hoben nur verständnislos die Schultern.

»Die Türen!«, rief die Frau lauter, die gefordert hatte, man solle sie endlich herausholen, und wies mit ausgestreckter Hand in Richtung Ausgang.

Bronnen sah sie irritiert an, betrachtete kurz den goldenen Marienkäfer und dachte: Woher kenne ich dieses Gesicht? Und plötzlich war es wie bei einer Überblendung: Die Erscheinung der Frau, sie war brünett und auf elegante Weise lässig gekleidet, nahm langsam Sarah Hübners Züge an.

»Sie sind nicht zufällig? Nein, ich meine …«, entfuhr es Bronnen. Dann aber dachte er: Ach, Unsinn! Völlig ausgeschlossen. Das kann gar nicht sein. Die Ereignisse haben mich ja völlig aus dem Gleichgewicht gebracht.

»Wie bitte?«, entgegnete die Frau und griff dabei unwillkürlich nach dem Anhänger.

»Ach, ich dachte bloß, nein, bitte entschuldigen Sie«, sagte Bronnen. Die andere sah ihn nun erwartungsvoll an.

»Was dachten Sie? Was? Nur zu, sagen Sie es!«

»Um ehrlich zu sein«, sagte Bronnen, doch hier riss sein Satz ab, denn nun sah er, dass draußen das Feuerwehrfahrzeug vorfuhr und behelmte Männer in Schutzanzügen heraussprangen.

»Jetzt holen sie uns raus!«, rief die junge Frau und lächelte in die kleine Runde.

»Wurde auch höchste Zeit«, sagte Bronnen und war im Begriff, sich wieder dem Verletzten in der Kanzel zuzuwenden. Doch da griff ihn die ältere Frau sanft am Arm, zog ihn zu sich herum und sagte: »Was? Was dachten Sie?« Dabei blickte sie ihm tief in die Augen.

»Ach«, sagte Bronnen, »dass ich Sie von irgendwoher kenne. Oder jedenfalls zu kennen glaube. Von früher.« Jetzt fing das Baby wieder an zu weinen.

»Und was glauben Sie, woher?«, fragte sie. Nun spürte Bronnen, dass er recht hatte und dass auch sie es wusste. Denn die Art, wie sie ihn ansah und mit ihm sprach, wurde ihm zusehends vertrauter. Doch statt ihre Frage zu beantworten, sagte er: »Später!«, trat entschlossen an ihr vorbei und einen Schritt zur Seite und stieg auf einen der Sitze. Dann öffnete er mit Gewalt das handtuchschmale Oberlicht und rief durch den Fensterspalt hindurch: »Hey, hallo! Wir haben einen Schwerverletzten hier drin! Holen Sie uns hier raus!«

Im selben Moment zerbrach geräuschvoll eine Fensterscheibe, zerfiel in tausend glitzernde Teile, die auf Sitze und Fußboden regneten. Frische Luft strömte herein, dann erschien im Fensterausschnitt das Gesicht eines Feuerwehrmannes, der einen riesigen Hammer in der Hand hielt.

»Na, endlich!«, rief die junge Frau, die ihr wimmerndes Baby im Arm wiegte.

»Der Fahrer ist schwer verletzt und braucht sofort

Hilfe!«, wiederholte Bronnen in Richtung des Feuerwehrmannes und stieg vom Sitz.

»Sie sind gleich draußen«, beschwichtigte der andere. Dann holte er aus und zertrümmerte mit seinem Hammer die nächste Scheibe. Und dann, zu Bronnens großer Verwunderung, noch eine und noch eine. Bis man deutlich die Stimmen und Geräusche von draußen hören konnte. Doch statt sich zu beeilen und die Rettungsaktion voranzutreiben, drehte sich der Mann plötzlich um und winkte mit der freien Hand einen seiner Kollegen herbei. Gelächter erklang, und Bronnen suchte die Blicke der anderen, denn er verstand nicht. Was gab es denn angesichts der Situation, in der sie sich befanden, zu lachen?

»Spinnen die?«, rief der junge Vater, der unverändert neben dem Kinderwagen stand. Dabei sah er Bronnen fragend an. Und die Frau mit dem Haarnetz klagte: »Was ist denn da draußen los? Hallo! Sie helfen uns ja gar nicht!«

»Der Mann da vorn braucht dringend ärztliche Hilfe!«, rief Bronnen. Während er sprach, fing Bronnen den Blick der Brünetten auf, sodass er sich augenblicklich fühlte wie damals, wenn er zu ihr an die Tafel musste. Als er an ihr vorbei wollte, hinüber zu den eingeschlagenen Fenstern, hauchte sie ihm zu: »Bitte, sagen Sie mir jetzt Ihren Namen! Ich muss wissen, wie Sie heißen!«

Doch er wich ihr abermals aus, streckte seinen Kopf heraus und schrie: »Verdammt noch mal, was ist denn los? Warum hilft uns denn keiner?« Ihre überraschende Gegenwart spornte ihn an und schien ihn regelrecht zu beflügeln. Genau wie damals, wenn sie einander nach dem Unterricht zufällig im Flur begegneten, sie ihn ansah und sagte: »Na, Klaus? Alles klar?«

Zu seiner eigenen Überraschung riss er jetzt die übriggebliebenen Glasstücke aus der Gummierung des Rahmens, hielt sich daran fest und stellte erst das eine, dann das andere Bein darauf ab. Anschließend machte er den Rücken rund und zog den Kopf ein, stieß sich ab und sprang nach draußen. Und nachdem er ein paar Schritte gegangen war, sah er die Bescherung: Das Pferd, oder besser das, was nach dem Aufprall davon übriggeblieben war, bot allen Umstehenden einen grauenvollen Anblick. Aus dem geborstenen Leib hingen die Därme heraus, Blut und Hirn waren über Gleise, Schwellen und Schotter verteilt, und die Vorderläufe des Tieres waren vom Körper abgetrennt.

Entsetzt wandte Bronnen seinen Blick von dem in der Spätnachmittagssonne glänzenden Kadaver ab und ging auf einen der vier Feuerwehrleute zu: »Warum tun Sie denn nichts? Sie müssen die Tür aufbrechen, verdammt noch mal, und den Fahrer rausholen! Der Mann braucht ärztliche Hilfe! Aber schnell!«

Zuerst verstand er nicht, als die Männer zu kichern begannen. Und so rief er: »Was ist denn? Was ist los mit Ihnen?«

Doch statt zu reagieren, forderte der Feuerwehrmann die Bauern auf: »Schaffen Sie das Tier weg!«

Die Worte des Mannes klangen gedehnt und unbeholfen. Verständnislos sah Bronnen die Bauern an, doch die schienen noch immer nur Augen für das tote Tier zu haben.

Da entriss er dem, der die Fenster eingeschlagen hatte, den Hammer, lief damit zu der blutverschmierten Wagentür und schlug so lange dagegen, bis sie endlich nachgab. Schweißüberströmt ließ Bronnen den Hammer ins Gras fallen und rief in Richtung der Feuerwehrleute: »Jetzt holt ihn endlich raus, ihr verdammten Arschlöcher!« Doch er erntete nur Gelächter.

Der junge Mann, der ihm die ganze Zeit über durchs offene Fenster hindurch zugesehen hatte, sprang nun ebenfalls aus dem Zug, gefolgt von seiner Frau, die ihm zuvor das Baby überreicht hatte.

Als endlich einer der Feuerwehrleute einstieg, um sich um den Zugführer zu kümmern, roch Bronnen den Alkohol und begriff, weshalb sich die Männer so seltsam verhielten.

»Dann holen eben Sie einen Arzt, verdammt noch mal!«, forderte er nun von den Bauern, die kaum ihre Köpfe hoben. »Einen Arzt! Na los, wird's bald!«

Hinterher, als alles vorbei war und sie neben den Gleisen standen und zusahen, wie die Sanitäter den Verletzten auf eine Trage schnallten und in den Wagen schoben und mit Blaulicht davonfuhren, blickte er sich nach der Brünetten um. Sie stand etwas abseits unter einem Baum und rauchte eine Zigarette. Bronnen überlegte kurz, dann lief er zu ihr und sagte entschlossen: »So, und nun sagen Sie mir Ihren Namen, okay?«

Da hob sie das Kinn, strich sich lässig eine Strähne aus der Stirn und sah ihn lächelnd an. »Ich heiße Anna. Anna Wallot. Und wie heißen Sie?«

VIER

William Spencer war neunundfünfzig Jahre alt, dürr und knochig, und sein helles Haar wurde licht und grau. Seine Kindheit hatte er in Enfield, einem Vorort Londons, verbracht und war nach der Schule für einige Jahre ins Ausland gegangen, nach Australien und Nigeria.

Nun war er nach Zürich gekommen, um mit einem Anwalt die Formalitäten für die Scheidung von seiner Frau Esther, einer gebürtigen Schweizerin, zu erörtern. Nach ihrer Trennung hatte Esther es vorgezogen, England, wo sie acht Jahre gemeinsam gelebt hatten, wieder zu verlassen und Zuflucht in ihrem Heimatland zu suchen, das sie nicht an Spencer denken ließ. Als ihn das Schreiben ihres Anwalts erreicht hatte, hatte Spencer seine Sekretärin Glenda beauftragt, ihm einen Termin bei einem Zürcher Scheidungsanwalt zu machen.

»Herr Widmer hat in Kürze Zeit für Sie«, sagte die Dame am Empfangspult. Die recht dezent geschminkte Blondine geleitete Spencer ins Vorzimmer, einen hellen, großzügigen Raum, durch dessen weit geöffnetes Fenster die vielfältigen Aromen des Frühlings hereinströmten. Am oberen Rand des rechteckigen Fensters leuchtete ein stahlblauer wolkenloser Himmel.

Spencer begutachtete die zahlreichen, auf dem kniehohen Mahagonitischchen liegenden Zeitungen und Magazine. Sowohl der »Tagesanzeiger« als auch die »Neue Zürcher Zeitung« brachten auf den Titelseiten Berichte über das Erdbeben am Vortag an der Deutsch-Schweizer Grenze. Spencer hatte am Abend vor seinem Abflug in die Schweiz in den World News im Fernsehen davon gehört.

Als Student hatte er ein Buch über das Lissaboner Erdbeben von 1755 gelesen, das seinerzeit in Verbindung mit einem Großbrand und einem Tsunami zur nahezu völligen Zerstörung der portugiesischen Hauptstadt geführt und fast einhunderttausend Menschen das Leben gekostet hatte. Seitdem horchte er jedesmal auf, wenn in den Medien die Rede von Erdbeben war.

Das Lissaboner Beben, daran erinnerte Spencer sich noch, hatte die unglaubliche Stärke von 8,5 auf der Richterskala gehabt und markierte die Geburtsstunde der modernen Seismologie. Fast sechs Minuten lang hatten die Erdstöße damals, am Allerheiligentag, angedauert und tiefe Spalten in die Straßen gerissen. Beim Lesen hatte Spencer damals gedacht: Die sechs Minuten mussen den Leuten wie eine Ewigkeit vorgekommen sein. Er hatte das Buch in den Semesterferien am Meer, in Brighton, gelesen, wo eine Tante wohnte. Spencer hatte die Tante seinerzeit öfter besucht, um von zu Hause wegzukommen, wo seine Eltern so lange rund um die Uhr stritten, bis sein Vater eines Abends einem Herzinfarkt erlag. Spencer, der an seinem Vater gehangen hatte, hatte nie aufgehört, seiner Mutter Vorwürfe deswegen zu machen.

Er nahm eines der Magazine in die Hand und blätterte es flüchtig durch. Bis er bei einer Anzeige für ein Mittel gegen Haarausfall hängen blieb und sich unbewusst mit der linken Hand über den Kopf strich. Dann blätterte er weiter zu einer Parfümanzeige, in der eine leicht bekleidete, wohlgeformte Frau sich auf einem cremefarbenen Sofa räkelte und mit verträumter Miene einen blitzenden Flakon in die Höhe hielt.

Spencer ließ seinen Blick andächtig auf ihrem Körper ruhen, auf ihren schönen vollen Brüsten, den schwellenden Schenkeln, dem makellosen Gesicht.

Nein, so ein Geschöpf hatte sich ihm noch nie hingegeben, obwohl er sein Leben lang davon geträumt hatte; ohne dass ihm dies klar gewesen wäre. Warum war es ihm nicht klar gewesen? Wozu all die Mühen, wenn sie gar nicht belohnt wurden? Für diese Ehe? Was hatte er sich nur dabei gedacht, sein Leben, seine Jugend so zu vertun? Später! Immer nur später!, hatte sein Prinzip gelautet. Nun war es zu spät.

Einmal, und auch das war bereits Jahrzehnte her, hatte sich eine schmerzhaft schöne Person in sein Leben verirrt. Sie hatte gehabt, wonach er sich verzehrte, und die pure Lebenslust geatmet. Aber er hatte es nicht einmal versucht, danach zu greifen. Warum nicht? Weil er feige gewesen war. Er hatte sie nicht verdient.

Beim Gang durch die engen Gassen der Zürcher

Altstadt hatte Spencer seinen Blick zunächst auf die Schaufenster gelenkt, sich bald aber nur noch für die jungen, zumeist mit Jeans, Turnschuhen und leuchtend engen, oft tief ausgeschnittenen T-Shirts bekleideten Passantinnen interessiert; verehrungswürdige Geschöpfe, die sich in der gleichen Zeit und am selben Ort aufhielten wie er. Trotzdem war er unsichtbar für sie. In seinem rehbraunen Wildledersakko, den farblich passenden Lloyds und der zimtfarbenen Cordhose empfand er sich plötzlich selbst wie aus der Zeit gefallen, wie ein altbackenes Sujet. Und dennoch: In seinem Innersten fühlte er sich keineswegs alt, neuerdings sogar jugendlich. Er vibrierte geradezu unter einem Jagdtrieb, wie er ihn nicht einmal aus seiner Jugend kannte. Als Zwanzigjähriger wollte er die Philosophen verstehen, wollte, dass man ihn für einen ernsthaften jungen Mann hielt. Vielleicht hätte er die Welt besser verstanden im Bett einer Frau.

Spencer hatte, als er in London ins Flugzeug gestiegen war und seinen Blick durch das Seitenfenster über die unter heftigen Regenschauern liegende Startbahn gleiten ließ, nicht damit gerechnet, in Zürich Sonnenschein und Temperaturen um die zwanzig Grad anzutreffen. Nun war er fest entschlossen, nicht sofort nachdem die Modalitäten für die Scheidung besprochen waren, nach London zurückzufliegen. Er wollte noch eine Weile in der Stadt bleiben und am Abend eine Bar besuchen.

Spencer war Lektor für Belletristik in einem angesehenen Londoner Verlagshaus. Ursprünglich hatte er selbst von einer Karriere als Schriftsteller geträumt und jahrelang unermüdlich an einem Roman über einen Abenteurer geschrieben. Er hatte das nach achtjähriger Arbeit endlich fertiggestellte Manuskript unter einem Pseudonym an mehr als ein Dutzend renommierter Verlage geschickt und nach monatelangem Ausharren ausnahmslos Absagebriefe erhalten. Mit einem Glas Brandy in der Hand hatte er das Manuskript feierlich im Vorgarten des Hauses seiner Tante verbrannt. Irgendwie hatte er gehofft, mit dieser Geste seinem Scheitern Grandezza zu verleihen. Doch dann hatte es zu nieseln begonnen, und das Manuskript kokelte mehr, als dass es brannte, und die rußige Stelle im Gras blieb ein Schandfleck im Garten, wie er später mit grimmiger Befriedigung feststellte.

Und so bewarb er sich als knapp Dreißigjähriger auf eine Lektorenstelle und erhielt zunächst die Chance, eine kleinere, neu ins Programm gehobene Reihe belletristischer Debüts zu betreuen.

Spencer hatte geglaubt, das Leben werde es von nun an gut mit ihm meinen. Die Autoren waren begeistert von seinem Einfühlungsvermögen, und sie spürten seinen Respekt vor dem geschriebenen Wort. Er löste die Textarbeit mit der Akribie eines Mathematikers, der streng den Gesetzen der Logik folgte. Und den Erfolg, den sie mit den vom ihm redigierten Texten hatten, empfand er als Bestätigung. Bald gehörte Spencer zum sogenannten »Inner Circle«, zur Führungsriege, und man vertraute ihm die gestandenen Autoren, die Aushängeschilder des Hauses an.

War es die bevorstehende Scheidung oder waren es die wie mit Puderzucker bestäubten Berge und der

See mit seinen weiß leuchtenden Ausflugsdampfern, die plötzlich ein Gefühl von Freiheit in ihm aufsteigen ließen? Das Gefühl, dass ihm das Leben plötzlich wieder offenstand?

»Ich willige widerspruchslos in die Scheidung ein«, sagte Spencer entschlossen und blickte in das faltige Gesicht seines Gegenübers.

»Das heißt, Sie akzeptieren sämtliche Ansprüche Ihrer Frau?«, antwortete der Advokat teilnahmslos.

»Ganz recht«, sagte Spencer.

»Aber wozu benötigen Sie dann meine Hilfe?«

»Damit Sie sicherstellen, dass meine Frau erhält, was ihr zusteht«, sagte Spencer.

Er hätte nicht sagen können, woher sein plötzlicher Großmut Esther gegenüber rührte. Schließlich war sie es gewesen, die eines Morgens von Scheidung gesprochen hatte. Doch wenn er ehrlich war, und das schien er jetzt zu sein, musste er sich eingestehen, dass sie nur ausgesprochen hatte, was er selbst bereits seit geraumer Zeit gefühlt hatte: dass ihre Beziehung am Ende war. Doch seit wann eigentlich? Und weshalb? Was hatte er sich denn von dieser Ehe erwartet? Und warum hatten sie überhaupt geheiratet?

Esther hatte allen gefallen, die er kannte. Sie war nicht dumm und nicht hässlich. Aber war sie deshalb hübsch und verständig gewesen? Sie hatte schöne Beine, die auch, als sie älter wurde, ihre Form nicht verloren. Aber das konnte es wohl kaum gewesen sein. Hatte sie je ein Verlangen in ihm entfacht, das gebrannt hatte? Einen Taumel? Einen Rausch?

Spencer wollte einfach kein Grund einfallen, weshalb er sie einmal ausgesucht hatte. Rührte daher seine plötzliche Generosität? Weil er froh war, dass dieser Irrtum zu Ende ging?

Spencer träumte von einer Liebe, die größer war als sein Alltag. Von einem Schwindel, den die Anwesenheit einer Frau in ihm auslöste. Ihr Blick. Der Schwung ihrer Hüften. Oder die Art, wie sie sich vielleicht mit der Zunge über die Lippen fuhr, wenn ihr etwas so schmeckte, dass sie keine Worte dafür fand.

Nachdem er sämtliche Papiere unterschrieben hatte, verließ er die Kanzlei und strebte zum See hinunter. Über der zentralen Anlegestelle kreisten Möwen, helle, sich in der Höhe ruhelos drehende Punkte. Am Ticketschalter drängte sich eine Gruppe Japaner. In der Luft trieb der Geruch von Motoröl. Von irgendwoher ertönte Gitarrenmusik.

Spencer dachte an den Glanz der untergehenden Sonne und löste ein Ticket. An Deck fand er einen Platz neben einer älteren, mit einem hellen Allwettermantel und dazu passenden, ebenfalls hellen Schuhen bekleideten Frau, über deren der Sonne zugewandtes Gesicht in unregelmäßigen Abständen ein Zucken ging. Bis sie sich irgendwann wortlos erhob, wegging und nicht mehr wiederkam. Stattdessen setzte sich wenig später, so als habe sein Wünschen geholfen, eine jüngere Frau neben ihn. Ihr schwarzes, schulterlanges und in der Mitte gescheiteltes Haar umrahmte ihr klar geschnittenes Gesicht wie ein Vorhang. Ihre Hände waren auffallend gepflegt. Und wenn sie die Stellung ihrer langen Beine änderte, die bis zu den Knien von einem weinroten Samtrock bedeckt waren, traten an den schlanken Waden kräftige Muskelstränge hervor. Sie hatte, wie die meisten anderen auch, ihr Gesicht der Sonne zugewandt und hielt die Augen geschlossen. Manchmal fuhr sie sich mit der Zungenspitze über die rot geschminkten Lippen.

Spencer konnte nicht anders, als seinen Blick immer neu über den schön geschnittenen Mund, die Wangen und ihren makellosen Hals gleiten zu lassen. Kein Detail schien ihr Gesicht zu dominieren, vielmehr bildeten ihre Züge zusammengenommen diese klare, einnehmende Schönheit. Schließlich sprach er sie an, wobei sein Blick auf einen sich in sein Sichtfeld schiebenden Anlegeplatz gerichtet war: »Großartig, dieses Wetter, nicht wahr?«

Spencer erschrak sogleich über die Dummheit dieses Satzes. Doch im nächsten Moment drehte die Frau ihren Kopf, ohne dabei die Augen zu öffnen, ein Stück in seine Richtung und erwiderte in tadellosem Englisch: »Was wollen Sie? Meinen Sie vielleicht, ich hätte nicht gespürt, wie Sie mich die ganze Zeit angestarrt haben?«

»Entschuldigen Sie!« Spencer blickte ihr abwartend auf die geschlossenen Lider und sagte: »Aber Sie gefallen mir!«

Ihre Sicherheit bekam erste Risse, und sie antwortete, um Haltung bemüht: »Wenn Sie etwas Sinnvolles machen wollen, dann bestellen Sie uns eine Tasse Kaffee! Und hören Sie auf, dummes Zeug zu reden!« Dann rückte sie ihren Kopf wieder gerade und legte ihn in den Nacken.

Spencer überrollte eine Welle der Genugtuung. Er

schloss sekundenlang die Augen und versuchte seine Erwartungen zu dämpfen. Doch er hatte sich nicht getäuscht. Nachdem sie den Kaffee getrunken und er ihr von London, seinen Autoren und seinem Leben in Nigeria erzählt hatte, wagte er es, ihr seinen Arm um die Schulter zu legen. Als er spürte, dass sie ihn gewähren ließ, wanderte seine Hand über ihren Rücken abwärts. Sie blickte ihm verschwörerisch in die Augen.

Eine Stunde später gingen sie gemeinsam von Bord, und Spencer konnte sich nur darüber wundern, dass er diese junge Frau in eines der hell erleuchteten, das Seeufer säumenden mondän erscheinenden Restaurants führen konnte.

Der Speisesaal strahlte etwas Festliches aus, an der Decke hingen Kronleuchter, und Spencer glaubte plötzlich zu spüren, auf was ihr Zusammensein zusteuerte.

Als er zur Toilette lief, vor dem verschmierten Spiegel stand und seine Hände unter dem eiskalten Wasserstrahl rieb, war er fest entschlossen, den eingeschlagenen Weg bis zum Ende zu gehen. Er schob die entsprechenden Münzen in den Automatenschlitz, drückte eine Taste, und die Schachtel fiel klappernd in den Schacht. Dabei kam er sich sekundenlang wie ein Pennäler vor, der das erste Mal mit einem Mädchen schlief.

Zurück am Tisch erzählte er ihr, weshalb er nach Zürich gekommen war. Ihre Reaktion darauf war ein ungeniertes Grinsen. Überrascht fragte Spencer, was so amüsant daran sei, sich scheiden zu lassen.

»Gar nichts. Tut mir leid«, erwiderte sie, warmherzig lächelnd. »Ich musste nur daran denken, wie es war, als ich das erste Mal geschieden wurde.«

Spencer sah sie irritiert an. »Das erste Mal?«

»Ja«, erwiderte sie gelassen und griff nach ihrem Glas. »Ich bin bereits zweimal geschieden.«

Auf einmal hatte Spencer das Gefühl, dass alle Leute sahen, dass er keinen Anspruch auf eine solche Frau hatte. Eine Frau, die auffallend schön war, zu schön für ihn. Dass er im Begriff war, sich lächerlich zu machen. Denn plötzlich kam ihm der schmerzliche Gedanke, die Leute könnten denken, sie sei seine Tochter. Doch so, als könne sie seine Gedanken lesen, sagte sie: »Was andere Leute denken, spielt keine Rolle. Komm, wir gehen zu mir!«

Mit einer solchen Direktheit hatte er nicht gerechnet. Zugleich aber war er froh, dass sie die Initiative ergriffen hatte. Er umklammerte die Kondome in seiner Sakkotasche. Und mit Blick auf die faltige Haut seiner freien Hand fragte er sich, was sie wohl denken würde, wenn sie ihn nackt sähe, seinen da und dort schlaff gewordenen Körper berührte, die leichten Speckpolster an den Hüften und womöglich sogar alles andere. Denn dann würde sie erleben, wie er wirklich war: plump und alles andere als ein Liebhaber, der mit erstaunlichen Techniken aufwarten konnte.

Esther und er hatten wie alle anderen Paare auch ihre Rituale gehabt und jeden Handgriff des anderen aus ungezählten Begegnungen gekannt. Doch nun saß er einer jungen fremden Frau gegenüber, mit der alles neu sein würde, und auf einmal druckste er wieder herum wie ein Feigling.

»Mich stört übrigens nicht im Geringsten, was die Leute denken«, sagte sie erneut und strich sich eine Strähne aus ihrer hohen Stirn. »Wirklich nicht!«

Dabei griff sie nach seiner Hand, als wolle sie ihn zu sich herüberziehen, lächelte und drückte sie. Doch Spencer blickte sich hilfesuchend um und sagte, obwohl er genau wusste, dass das so nicht wirklich stimmte: »Mich aber!«

Da ließ sie seine Hand los, und er sah, wie sich in ihrem Gesicht etwas veränderte, etwas Kühles sich darin ausbreitete. Eilig ruderte er zurück, lächelte unecht und sagte: »Nein, so war das nicht gemeint.«

Spencer hatte kürzlich unbeabsichtigt das Telefonat eines jüngeren Kollegen im Verlag mit angehört, in dessen Verlauf dieser einem anderen offenbar seinen Besuch bei einer Prostituierten schilderte. Spencer hatte zunächst seinen Ohren nicht getraut, sich aber trotzdem nicht von der Stelle gerührt, denn Jamisons saftige Schilderungen hatten seinen eigenen, immer mal wieder in diese Richtung laufenden Phantasien für ein paar Minuten neue Nahrung gegeben. Und irgendwie hatte er Jamison um seine Schlichtheit beneidet, auch wenn ihm sein Gefühl sagte, dass der Gang zu einer Prostituierten nicht wirklich etwas für ihn war. Daran musste Spencer denken, als er so dasaß und den Blick der jungen Frau, die sich ihm als Ronda vorgestellt hatte, auf sich spürte.

Noch am Mittag, nachdem er Widmers Kanzlei verlassen hatte und die zahlreichen jungen Frauen ihm lachend entgegengekommen waren, hatte er von einer Situation wie dieser geträumt. Nun aber, da er im Begriff war, mit einer hinreißenden Frau ins Bett zu gehen, verließ ihn der Mut.

Spencer zahlte, und als sie hinaustraten in die Nacht und die würzige Luft in seine Lungen strömte, musste er plötzlich an Esther denken. Doch da hakte Ronda sich bereits bei ihm unter und zog ihn zielstrebig über Straßen und schlecht beleuchtete Plätze. Bis sie in einem schmalen, vom kalten Licht leise summender Neonröhren erhellten Hausflur standen und Ronda ihre Wohnungstür aufschloss.

»Bist du sicher, dass du das willst?«, sagte Spencer, als er auf dem Rand ihres Bettes saß und Ronda dabei zusah, wie sie aus einer der zahlreichen, auf einem Beistelltisch stehenden Flaschen eine hellbraune Flüssigkeit in zwei Gläser goss.

»Ja. Du etwa nicht?«, antwortete sie, kickte mit zwei, drei kurzen ruckartigen Bewegungen ihrer Beine ihre Pumps durchs Zimmer und hielt ihm lächelnd sein Glas hin.

Esther hatte das auf die gleiche Weise gemacht, wenn sie von einem Theaterbesuch nach Hause kamen und sie sich bereits im Flur, begleitet von einem erleichterten Seufzen, ihrer Schuhe entledigte.

Spencer fragte sich, wer wohl den ersten Schritt tun würde. Gewöhnlich hatten Esther und er sich zunächst lange geküsst, ehe meist er sich daran machte, den Reißverschluss ihres Kleides oder die Knöpfe ihrer Bluse zu öffnen und, wenig später, den Hakenverschluss ihres Büstenhalters zu lösen. Doch das hier war etwas völlig anderes. Fieberhaft durchforstete er sein erregtes Bewusstsein nach einer Idee, wie er weiter vorgehen sollte. Im selben Moment ließ Ronda sich neben ihm nieder, drückte ihr Glas spielerisch gegen seines und prostete ihm zu.

Spencer starrte gebannt auf ihre feucht glänzenden Lippen, so, als müsse von dort jeden Moment die ersehnte Anweisung, der alles entscheidende Satz kommen. Doch stattdessen bewegte sie ihr Gesicht langsam auf ihn zu und gab ihm vorsichtig zuerst einen Kuss auf den Mund. Und anschließend noch einen auf die Wange.

Und dann lag er irgendwann nackt neben ihr und wünschte sich, noch einmal das zu fühlen, was er Sekunden zuvor erlebt hatte, diesen Taumel, der scheinbar wie aus dem Nichts gekommen war und ihm schlagartig den Boden unter den Füßen weggezogen hatte.

Mit den Fingerspitzen strich er langsam über ihren Handrücken mit der immergleichen knappen Bewegung. Kurz darauf, auf der zugigen Toilette, wo er lange frierend vor der Schüssel stand und mit ansah, wie der bräunliche Strahl sich am Porzellan brach, dachte er, dass er Teil eines kleinen Wunders geworden war. Und dass sein Leben nicht mehr dasselbe war wie noch am Mittag an Bord des Dampfers.

»Alles in Ordnung?«, hörte er Ronda rufen.

»Ja, ja!«, antwortete er. »Alles in Ordnung!«

Während sie sich geliebt hatten, hatte Spencer einmal kurz an Esther denken müssen. An ihre kleinen, schlaffen und leicht zur Seite gebogenen Brüste, die sie selbst einmal traurig lächelnd als Teebeutel bezeichnet hatte. Und an ihr Gesicht, auf dem sich, wenn sie auf ihm saß und sich mit heiligem Ernst mühte, ans Ziel zu kommen und ihre flüchtige Erlösung zu erlangen, oft schon nach ein paar Minuten rote Flecken zeigten.

Doch irgendwann waren die Bilder verschwunden, und Spencer hatte sich ganz Rondas hingebungsvollen und zugleich erstaunlich routiniert wirkenden Handgriffen überlassen. Es hatte eine Weile gedauert, bis er sich entspannte. Mit geschlossenen Augen hatte er auf ihren bald immer schneller gehenden Atem gelauscht.

Als er sich in ihr entlud, zuckten winzige, gleißend helle Blitze über seine Netzhäute, durch seine Adern rieselte eine sanft brennende Wärme, und er kippte schlagartig hinüber in eine kurze, angenehme Finsternis.

Nachdem er aus dem Bad zurückgekehrt war, legte er sich neben sie. Erschöpft, aber zufrieden blickte er an die Decke und verfolgte die haarfeinen Risse darin, während Ronda sich eine Zigarette anzündete, die erste in seiner Gegenwart überhaupt.

»Du rauchst?«, fragte er wenig überrascht.

»Stört es dich?«

»Nein, gar nicht«, sagte Spencer und schnupperte dem würzigen, in kleinen unsichtbaren Wellen an seine Nase dringenden Geruch nach. Er hätte immer nur weiter entspannt daliegen mögen und mit halb geschlossenen Lidern Rondas zischendem Ein- und Ausatmen lauschen wollen, als ihm die Schachtel mit den Kondomen in der Tasche seines Sakkos einfiel. Sein Puls schnellte ruckartig in die Höhe.

»O Gott«, entfuhr es ihm halblaut. »Verdammt!«

»Was ist denn?«, fragte Ronda.

»Nichts, gar nichts«, wiegelte Spencer ab und drehte sich hastig auf die Seite.

»Na, komm!«, ließ Ronda nicht locker und schmiegte sich zärtlich an ihn. »Sag schon!«

Hin und wieder war zwischen Esther und ihm das Gespräch auf das Thema Seitensprung gekommen, schließlich lebten sie in einer Welt, in welcher Seitensprünge inzwischen offenbar zum guten Ton gehörten.

Das letzte Mal, als sie miteinander darüber sprachen, hatte Esther, und daran konnte Spencer sich noch gut erinnern, gesagt: »Solltest du mal was in diese Richtung vorhaben, ich meine ja nur, so bitte ich dich, verantwortungsvoll zu handeln und Kondome zu benutzen. Da draußen laufen schließlich schon genug Selbstmörder herum.«

Spencer hatte damals gelacht. Doch nun spürte er, wie ihm der Schweiß ausbrach. Was wusste er überhaupt von Ronda? Nicht einmal ihren Nachnamen kannte er.

Spencer spürte, wie das Luftholen ihm immer schwerer zu fallen begann. Und mit jeder Sekunde, die er länger dalag und seinen sich verfinsternden Gedanken nachhing, wuchs die Angst.

Während sie sich liebten, hatte er das Gefühl gehabt, dass Rondas Berührungen versuchten, ihm etwas Spezielles zu sagen. Und diese geheimnisvolle Zeichensprache steigerte nur seine Lust, worauf er selbst noch aktiver wurde, um in diesen taktilen Dialog einzutreten.

Während er bei Esther das Gefühl gehabt hatte, stets die annähernd gleichen Informationen zu erhalten, schien er Rondas Sprache zwar zu sprechen, doch sie nicht wirklich zu verstehen.

Nach allem, was ihm die letzten Stunden gebracht hatten, war ihm, als stünde nun eine böse Fee neben seinem Bett und würde achselzuckend sagen: »Du hast es nicht anders gewollt!«

Spencer löste sich aus ihrer sanften Umklammerung, erhob sich und stand mit einem Satz neben dem Bett. Und während er nach seinen Kleidern griff, sagte er: »Ich muss gehen!«

»So plötzlich? Aber wieso denn?«, antwortete sie und sah ihn irritiert an, rührte sich aber nicht von der Stelle.

»Darum«, sagte Spencer knapp. Eine uralte, instinktive Furcht hatte von ihm Besitz ergriffen. Sein Herz raste. Und jetzt hasste er auch das milchig-gelbe Licht der Nachttischlampe auf ihrer Seite, das keine halbe Stunde zuvor allen Konturen noch etwas wundervoll Uneindeutiges verliehen hatte.

»So sag doch was!«, bat Ronda, die sich nun im Bett aufgesetzt hatte. »Ich bitte dich!«

Spencer spürte ein plötzliches, unerklärliches Brennen im Hals und fuhr sich ängstlich mit dem Finger über die unebene Stelle.

»Später!«, sagte er, ohne sie anzusehen. Als er sich hastig angezogen hatte, spürte er, dass er am ganzen

Leib zitterte. Er riss die Tür auf und rannte über den langen Korridor ins Freie. Und das war es, woran er sich später erinnern würde: seinen keuchenden Atem und die schmutzigen Steinplatten, über die seine Sohlen schabten.

FÜNF

Das Letzte, woran Springer sich erinnern konnte, war, dass er in die Kamera geblickt und auf einmal das Gefühl gehabt hatte, das darüber angebrachte Rotlicht beginne auf und ab zu tanzen. Dann war ihm schwarz vor Augen geworden, und das Dunkel schlug über ihm zusammen. Als er wieder zu sich kam, lag er in einem Krankenhausbett, und seine Tochter Mia saß vor ihm und sah ihn erwartungsvoll an.

Markus Springer war Geophysiker und arbeitete seit siebzehn Jahren im Erdbebenbüro des Meteorologischen Dienstes auf dem Kleinen Feldberg. Aus Anlass eines Bebens der Stärke 5,3 war er ins Fernsehstudio geladen worden, um über die Ursache, die Beschaffenheit und die seismischen Folgen der aufgefangenen Schockwellen zu berichten. Das Epizentrum des Bebens hatte sich fünfzig Kilometer von Freiburg entfernt befunden, und Springer hatte die Erschütterung anhand einer eingeblendeten Graphik zu erläutern versucht, als er wieder diesen Schatten im Auge wahrnahm. Ein kurzes Flackern an den Rändern seines Sichtfeldes, anschließend ein Verschwimmen der Konturen der Gegenstände, und dann wurde es schwarz.

Das Taunusobservatorium registrierte nicht nur Beben auf der ganzen Welt, sondern überwachte zudem rund um die Uhr die Trübung der Atmosphäre und das Flugverhalten der Vögel, sodass es nicht selten vorkam, dass Springer und seine beiden Kollegen Kalder und Hollberg manchmal sieben und mehr Stunden am Stück vor dem Seismographen saßen und nichts anderes taten, als dessen Bewegungen aufmerksam zu verfolgen.

Anfangs hatte Springer geglaubt, die kurzen Aussetzer seien eine Folge seines Lebenswandels mit zu viel Arbeit, zu wenig Bewegung und vor allem viel zu wenig Schlaf. Doch seit sich seine Erinnerungsverluste und kurzen Irritationen zu häufen begannen, war aus dem Missmut, den er deswegen hegte, Angst geworden. Bislang hatte er es verstanden, all das zu ignorieren. Nun aber ließ es sich nicht länger leugnen. Springer begriff, dass er ein gesundheitliches Problem hatte, offenbar ein ziemlich gravierendes.

Springer war nie richtig krank gewesen. Als Junge hatte er die üblichen Kinderkrankheiten gehabt, Masern und Mumps. Später war ihm der Blinddarm entfernt worden. Doch seit ein paar Monaten gingen kleine, unübersehbare Veränderungen mit ihm vor sich. Immer öfter war ihm, als sehe er seine Umwelt wie durch einen unauflöslichen Nebel. Dazu kam seine zunehmende Orientierungslosigkeit. Einmal hatte er morgens den Mantel angezogen und seine Aktentasche gepackt, war aber nicht wie üblich in Richtung

Bushaltestelle gelaufen, sondern hinunter in den Keller gegangen, wo er sich fragte, wie er dorthin gelangt war. Ein andermal hatte er ein nahes Bankgebäude betreten und sich, mit dem Einkaufsbeutel in der Hand, gewundert, weshalb er sich nicht im Supermarkt befand.

Seine Frau war ein Jahr zuvor nach kurzer schwerer Krankheit gestorben, und seither saß Springer nach Feierabend die meiste Zeit im Keller in seinem roten, aus sämtlichen Nähten platzenden alten Ledersessel und sah fern, die Füße auf einer zu einem Fußbänkchen umfunktionierten Apfelkiste. In den oberen Räumen ließ er regelmäßig das Licht brennen und das Radio laufen, wenn er unten bis spät in die Nacht auf die Mattscheibe starrte. So fühlte er sich weniger allein. Und wenn Frauenstimmen zu hören waren, konnte er sich für Momente der Illusion hingeben, Mona, seine Frau, säße oben oder mache sich an irgendetwas zu schaffen. Dass er dadurch häufiger das Klingeln des Telefons überhörte, war ihm egal. Außer seiner Tochter Mia, die sich regelmäßig nach seinem Befinden erkundigte, rief sowieso niemand an. Springer lebte seit dem Tod seiner Frau noch zurückgezogener als früher.

Der Fernseher stand auf einer alten Tischtennisplatte, an der er mit Mia gespielt hatte. Am nördlichen Ende der Platte türmten sich alte Sportmagazine. Und wo einmal das Netz gespannt war, lagen seine Vogelbücher. Bildbände und Bestimmungsbücher. Denn neben der Geophysik hatte Springer noch eine zweite Leidenschaft: Tauben. Wild- und die von Südosten her eingewanderten Türkentauben sowie die in Wäldern lebenden Hohl- und Turteltauben, die er im Urlaub auf diversen frühmorgendlichen Exkursionen stundenlang mit dem Feldstecher beobachtet hatte. Doch am liebsten hatte er die steingraue Ringeltaube, Columba Palumbus, die er schon oft dabei beobachtet hatte, wie sie in größeren Scharen die Siedlung, in der er wohnte, in Richtung Frankreich oder Italien überflog.

»Was ist passiert?«, fragte Springer und sah seine Tochter an. Er versuchte, sich im Bett ein wenig aufzurichten.

»Du bist ohnmächtig geworden und warst längere Zeit bewusstlos«, sagte sie und strich über seine Hand.

»Ohnmächtig? Wie lange?«

»Fast eine Viertelstunde!«, antwortete Mia und reichte ihm ein Glas Wasser. »Komm, trink etwas.«

»Ich habe keinen Durst!«, erwiderte Springer und drehte den Kopf weg. »Ich will hier raus! Mir geht es gut.«

»Unmöglich!«, sagte Mia und stellte das Glas wieder auf den Nachttisch.

»Aber wieso denn?«

»Weil sie dich untersuchen müssen, um herauszufinden, was mit dir los ist.«

»Was mit mir los ist?« Springer machte Anstalten, sich zu erheben. »Ich kann dir sagen, was los ist! Ich bin überarbeitet, das ist los!« Er musste daran denken, wie er ein paar Tage zuvor im Mantel und mit der

Aktentasche unter dem Arm im Keller gestanden hatte. »Mir fehlt nichts! Gar nichts!«

Erst jetzt bemerkte Springer, dass er durch einen dünnen Schlauch, der an seinem Handrücken befestigt war, mit einem Infusionsbeutel verbunden war. Der Beutel hing an einem Metallständer, der neben seinem Bett stand. »Was ist das?«, fragte er.

»Keine Ahnung, irgendeine Lösung«, sagte seine Tochter und musterte den geblähten Beutel. »Vitamine oder so etwas.«

»Ich muss aufs Klo«, sagte Springer und streckte entschlossen das rechte Bein unter der Bettdecke hervor.

»Warte«, sagte seine Tochter, erhob sich von ihrem Sitz und half ihm aufzustehen. Als er, den Infusionsständer neben sich her rollend, ins Bad ging, dachte er: So muss es sein, wenn man am Ende ist und am Stock geht.

Springer knipste in der kleinen Kabine das Licht an, worauf surrend die Lüftung ansprang, und zog die Tür hinter sich zu. Im Spiegel sah er sein Gesicht.

Ich sehe aus, als ob ich geschminkt wäre, dachte er mit Blick auf das Hämatom an seiner Wange. Die Lider drückten grau und schwer auf seine Augäpfel. Auf der Stirn zeigte sich neuerdings eine tiefe Furche, und seine eingefallenen Wangen ließen das dahinter fehlende Gebiss erahnen, das in seiner Nachttischschublade lag. Er stellte sich vor, wie es wäre, wenn er eines Tages vor dem Spiegel stehen und darin einen Fremden erblicken würde. Er klappte den Deckel hoch, setzte sich auf die Klobrille und schloss die Augen. So blieb er sitzen, bis er seine Tochter rufen hörte: »Ist alles in Ordnung da drinnen bei dir?«

Er erhob sich, betätigte die Spülung, packte den Infusionsständer und rief: »Ja, ja!« Dann hielt er inne und versuchte sich zu erinnern, was in dem Fernsehstudio geschehen war. Doch was er sah, wenn er zurückzuschauen versuchte, war ein großes schwarzes Loch. Nicht ein Fünkchen Licht darin. Er war vor laufender Kamera umgekippt. Vor einem Millionenpublikum. Es wird schlimmer, dachte er. Wer weiß, ob ich beim nächsten Mal überhaupt wieder zu mir komme.

Er stieß die Tür auf, machte das Licht aus und lief mit dem Metallständer zurück zum Bett.

Seine Tochter lächelte angestrengt. »Alles okay?«, fragte sie.

Springer antwortete nicht, sondern ließ sich mit dem Rücken zu ihr auf das Bett sinken und starrte das über der Zimmertür angebrachte Kreuz an. »Was haben die Fernsehleute gesagt?«, fragte er, ohne sich umzudrehen.

»Alle sind sehr besorgt, heißt es«, sagte seine Tochter.

»Wie hast du es erfahren?«

»Ich wurde angerufen.«

»Von wem?«

»Von Hollberg.«

»Was hat er gesagt?«

»Dass du umgefallen bist. Und dass er sich große Sorgen um dich macht. Er sagt, dass es morgen in allen Zeitungen stehen wird.«

»So, sagt er das.« Springer legte sich hin.

Springer, inzwischen zweiundsechzig, leitete seit etwas mehr als fünf Jahren die aus drei Seismologen, einem Assistenten und einem Volontär bestehende Gruppe, und mehr als einmal war es zwischen Hollberg und ihm zu Auseinandersetzungen gekommen. Hollberg hatte eine andere Vorstellung von der Leitung der Gruppe. Außerdem fiel es ihm schwer, sich unterzuordnen.

Tatsächlich hatte Springer zu Paul Kalder von Anfang an ein besseres Verhältnis gehabt als zu Hollberg, der oft besserwisserisch auftrat und keine Gelegenheit ausließ, ihn zu kritisieren. Dabei hatte Springer seinen Dienst bis zuletzt mit der Gewissenhaftigkeit und der Leidenschaft eines Mannes versehen, der das Glück gehabt hatte, sein Hobby zum Beruf machen zu können.

Solange er zurückdenken konnte, hatte er sich für das im wahrsten Sinne des Wortes vielschichtige Geschehen im Erdinneren interessiert. Er vermochte sich nicht vorzustellen, wie Menschen existieren konnten, ohne zu wissen, wie die Erde, auf der sie lebten, beschaffen war und nach welchen Gesetzen sie funktionierte. Wie Steinzeitmenschen nahmen sie Blitz und Donner, Erdbeben und die Gezeiten hin und gaben sich damit zufrieden, dass andere an ihrer Statt wussten, was es damit auf sich hatte. Sie brauchten nicht einmal Götter, um sich ihre Welt zu erklären. Stattdessen lebten sie selbstzufrieden mit ihren Schwarzen Löchern. Seit er die Erdkruste und den Erdmantel studierte und Tag für Tag am Seismographen die Erschütterungen des Erdkörpers verfolgte, hatte er das sichere Gefühl, mehr über das irdische Dasein zu wissen und die komplizierten kosmologischen Zusammenhänge besser zu verstehen. Und irgendjemanden gab es sicher da draußen, der sich ebenso für das Innenleben der Erde interessierte wie er. Das jedenfalls wollte er glauben, wenn er im Fernsehen oder im Radio etwas erklärte.

»Hast du etwas gegen Frank Hollberg?«, riss seine Tochter ihn aus seinen Gedanken.

»Ob ich etwas gegen ihn habe?« Springer ruckte an dem Infusionsständer, indem er seine damit verbundene Hand in die Höhe riss. »Hollberg ist …«

Die Zimmertür wurde aufgestoßen, und die Schwester trug ein Tablett herein, das sie auf dem kleinen Tisch abstellte. »Abendessen, Herr Springer.«

»Ich geh dann mal«, sagte Mia und erhob sich von ihrem Platz.

»Nein, bleiben Sie nur«, sagte die Schwester, die ebenso schnell wieder verschwand, wie sie gekommen war.

»Es wird Zeit für mich«, sagte Mia und griff nach ihrem Mantel, der auf dem anderen Stuhl lag. Springer setzte sich wieder auf, angelte nach dem Infusionsständer und lief zum Tisch.

»Nun sieh dir das an!«, sagte er mit Blick auf das Tablett, auf dem ein Teller mit zwei mit Fleischwurst belegten Scheiben Schwarzbrot stand, daneben ein Diabetiker-Früchtejoghurt und eine Tasse Hagebuttentee.

»Was hast du denn erwartet?«, sagte Mia. »Ein Kalbsschnitzel in Weißweinsoße? Du bist hier im Krankenhaus, Vater, und nicht in einem Restaurant.«

»Ich bin nicht krank. Ich bin kurz ohnmächtig geworden, das ist alles«, sagte Springer und dachte an den nächsten Schlag, den nächsten Sturz in die Dunkelheit.

»Bis morgen.« Ohne auf seinen Protest einzugehen, drückte Mia ihm einen Kuss auf die Wange.

»Ja, ist gut«, sagte Springer, nahm das Tablett und balancierte es einhändig zu seinem Bett.

Er biss einmal in das Brot, nippte am Tee und löffelte schließlich den Joghurt. Anschließend trug er das Tablett zurück zum Tisch und legte sich wieder ins Bett.

Dann kam die Nacht, und Springer glitt in einen Traum, in dem er sich in einem offenen, mit weißem Samt ausgeschlagenen Sarg liegen sah. Weil er fürchtete, man könne den Deckel schließen und ihn lebendig begraben, hatte er so lange gerufen, bis er irgendwann davon wachgeworden war. Als er schweißgebadet das Licht anmachte, zeigte seine auf dem Nachttisch liegende Armbanduhr kurz nach halb vier an, und er war froh, noch am Leben zu sein.

Springer hielt trotz des Lichts die Augen geschlossen. Zwischen seinen Lidern registrierte er ein schwaches bräunliches Flimmern. Seit Mona tot war, hasste er es wachzuliegen; zu Hause hätte er auf der Stelle eine Schlaftablette genommen, um nicht länger als nötig seinen Gedanken ausgeliefert zu sein.

Springer dachte an seine Klassenkameraden von einst. Viele hatten, anders als er selbst, wenig Glück gehabt und ein langweiliges Leben geführt, ohne viel Aufhebens davon zu machen. Drei waren bereits tot, einer von ihnen hatte sich nach seiner Auswanderung nach Spanien erschossen. Andere wie Jens Herweg hatten geschafft, was sie sich vorgenommen hatten. Herweg besaß eine gutgehende Versicherungsagentur und war inzwischen häufiger im Urlaub als in seinem Büro. Und ich?, dachte Springer. Was ist mit mir? Ich liege im Krankenhaus, weil in meinem Kopf etwas außer Kontrolle geraten ist. Doch mit zweiundsechzig muss man eben akzeptieren, dass man fast alles hinter sich hat. Es gibt nur noch wenige wichtige Entscheidungen, die vor einem liegen. Und noch weniger Momente des Glücks.

Am meisten aber machte ihm zu schaffen, dass nichts und niemand auf der Welt etwas daran zu ändern vermochte. Mit dem Gefühl, dass alles verloren war, schlief er ein.

Als er gegen sieben von der Schwester geweckt wurde, ließ ihn sein Gedächtnis erneut im Stich. Er wusste nicht, wer die Frau war, die mit ihm sprach. Er hatte sie schon einmal gesehen, aber was sie hier machte? Er hatte keine Ahnung. Dann verließ sie das Zimmer, und es wurde vollkommen still.

Als sie nach einer Viertelstunde wiederkam und sagte: »Um halb zehn werden Sie zu Untersuchungen abgeholt« und ihm sein Frühstück hinstellte, wusste Springer plötzlich wieder, wer sie war.

Nachdem er sich gewaschen und ein halbes, mit Aprikosenmarmelade bestrichenes Brötchen gegessen und die Tasse Kaffee getrunken hatte, griff er nach dem Infusionsständer. Überrascht stellte er fest, dass die Nachtschwester den leeren Beutel offenbar gegen einen vollen ausgetauscht hatte.

Springer erhob sich, schlüpfte in die Hausschuhe, die Mia ihm gebracht haben musste, und lief hinüber zum Fenster. Mit der rechten Hand schob er den Metallständer neben sich her. Und dann sah er sie auf dem höchstens zwei mal zwei Meter großen Dachvorsprung in ihrer ganzen Schönheit sitzen: Columba Palumbus.

Obwohl er sein Gesicht dicht an die Scheibe hielt, machte die Taube keine Anstalten wegzufliegen. Stattdessen ruckte sie ein paar Mal mit dem Hals.

Springer betrachtete den Vogel. Er hatte den für die Ringeltaube typischen weißen Fleck im grauen Gefieder, die gelb gefassten Augen und den orangefarben auslaufenden Krummschnabel. Dann öffnete er vorsichtig das Fenster.

Noch immer flog die Taube nicht weg. Sie stieß den für sie typischen Ruf aus, ein langgezogenes Duh-duh-duh-duh-duh-duh, das in Springers Ohren klang wie ein Lockruf. War das Tier verletzt und aus diesem Grund flugunfähig?

Er überlegte fieberhaft, was zu tun war. Dann schob er kurz entschlossen die beiden Fensterflügel so weit wie möglich auseinander, riss sich mit einem Ruck die Kanüle aus seinem Handrücken und stieß den Metallständer weg. Sekundenlang beobachtete er, wie die helle Flüssigkeit aus dem herabhängenden Plastikschlauch lief und eine farblose Lache auf dem Linoleumfußboden bildete. Dann hievte er sich aufs Fensterbrett. Und mit den Worten »Ich komme, mein Täubchen!« schob er zunächst das eine, dann das andere Bein auf den abschüssigen Vorsprung, legte sich seitlich gegen die Schräge und streckte den linken Arm nach dem Vogel aus.

»Ganz ruhig«, sagte er, »keine Angst, mein Kleines!« Doch im nächsten Moment dachte er: Was mache ich hier draußen? Dann wurde ihm schwarz vor Augen.

Er starrte in die Schwärze und vernahm ein langgezogenes Duh-duh-duh-duh-duh-duh. Ein Geräusch, das er von irgendwoher kannte und das ihm gefiel. Doch woher, das wusste er nicht.

SECHS

Der Junge war ihm vors Auto gelaufen. Anfangs war er nicht mehr als ein Schatten gewesen, der durch die engstehenden Bäume gefallen war. Dann aber hatte er in den Lichtern seiner Scheinwerfer blitzschnell Gestalt angenommen. Mit aller Kraft hatte Raik Maas auf die Bremse getreten und anschließend hilflos mitangesehen, wie der Motorgrill gegen den Körper gekracht und der Junge zu Boden gegangen war. Mit beiden Händen hatte er das Lenkrad umklammert und gefleht: Lass es nicht wahr sein, bitte, lass es nicht wahr sein! Doch nun lag der Junge verletzt auf der Rückbank und stöhnte, und Raik Maas registrierte, wie ihm der Schweiß in die Augenbrauen lief.

Ohne sich umzusehen, hatte er den Jungen eilig in den Wagen geschafft und war davongefahren. Doch weil ihm die Gegend fremd war, irrte er nun schon eine ganze Weile orientierungslos durch die Nacht.

»Aaahhh!«, stöhnte der Junge. Und Raik Maas rief: »Ich hab keinen Führerschein, verstehst du! Darum können wir unmöglich ins Krankenhaus.« Er schlug ein paar Mal gegen das Lenkrad, ein junger Mann, der ohne Fahrerlaubnis am Steuer eines geliehenen Wagens saß und einen Jungen angefahren hatte.

»Ich hab Schmerzen in den Beinen!«, rief der Junge. »Außerdem hab ich Hunger.«

»Ist ja gut, halt aus!« Raik Maas lenkte den Wagen durch schlecht beleuchtete Straßen, bis die Scheinwerfer die Konturen eines Schnellimbisses aus der Dunkelheit rissen und Raik Maas rechts ran fuhr. Als sie aus dem Wagen stiegen und den Imbiss betraten, stützte sich der Junge auf Raik Maas und hielt sich halbwegs gerade.

»Zwei Kaffee«, sagte Raik Maas zu dem Mann hinter der Theke. »Und für meinen Freund hier ein ordentliches Sandwich.«

Der Mann blickte sie an. »Schwarz? Oder mit Milch und Zucker?«, fragte er.

»Schwarz«, antwortete Raik Maas.

Mit Blick auf den Jungen sagte der Mann: »Und für den Jungen ein Schinken-Käse-Sandwich mit Roggenbrot, Mayonnaise, Senf, Tomate, einer Gurkenscheibe und einem Sträußchen Petersilie obendrauf?«

»Klingt gut!«, sagte Raik Maas.

Der Junge hatte inzwischen auf einem der blauen Plastikstühle Platz genommen und betrachtete sein blutendes Knie, das aus dem zerrissenen Hosenbein hervorschaute. Das kurzgeschnittene Haar stand ihm in alle Richtungen vom Kopf ab, und wenn er die Lippen öffnete, blitzten dazwischen zwei Reihen makelloser Zähne.

»Wir hatten 'nen kleinen Unfall, aber nichts Gravierendes«, sagte Raik Maas, der sah, dass der Mann den Jungen fixierte. »Er ist mir einfach so vors Auto gelaufen. Aber alles halb so wild.«

»Na, ich weiß nicht«, sagte der Mann und wandte sich ab. Nachdem er eine Weile hantiert hatte, sagte er, an den Jungen gerichtet: »Möchtest du dein Sandwich nicht lieber im Krankenhaus essen?« Er hielt ihm den Teller demonstrativ hin.

»Ich will nichts essen, bloß was trinken«, antwortete der Junge schwach.

»Und was wird aus dem Sandwich? Soll ich das vielleicht wegwerfen?«

Raik Maas sah zu dem Jungen hinüber, der den Kopf über sein verletztes Knie gebeugt hielt. Dann wandte er sich wieder dem Mann hinter der Theke zu und sagte: »Na, nun geben Sie schon her. Und für den Jungen was zu trinken.«

Der Mann hatte das Sandwich in zwei gleichgroße Dreiecke zerteilt, und Raik Maas, dem weiß Gott nicht nach einem Schinken-Käse-Sandwich zumute war, griff sich eines und biss lustlos hinein. Anschließend nippte er an seinem Kaffee.

»Hier, das Wasser für den Jungen«, sagte der Mann und stellte den Becher auf den verschrammten Holztisch. »Macht zusammen neun fünfzig.«

Raik Maas legte dem Mann einen Zehner auf die Theke und sagte: »Stimmt so!« Aus dem Stöhnen des Jungen war inzwischen ein anhaltendes Wimmern geworden.

»Der Junge braucht Hilfe, und zwar schleunigst«, sagte der Mann. Dabei wischte er seine Hände an einem Tuch ab.

»Nein, nein, der ist schon in Ordnung«, antwortete Raik Maas und stopfte die zu einer Kugel zerdrückte Papierserviette in seinen leeren Kaffeebecher.

»So ein zermatschtes Knie finden Sie in Ordnung?«

Raik Maas stieß den Jungen an und sagte: »Du bist doch okay, nicht wahr? Los, sag dem Mann, dass du okay bist!«

»Mein Knie, mein Knie«, jammerte der Junge, ohne Raik Maas anzusehen. Der klatschte die angebissene Sandwichhälfte auf den Teller.

»Also, wenn ich an Ihrer Stelle wäre, würde ich den Jungen schleunigst zum Arzt bringen«, sagte der Wirt und verschränkte die Arme vor der Brust.

»Sind Sie aber nicht«, antwortete Raik Maas. Dann stieß er den Jungen an und sagte: »Los, wir gehen!«

»Ich kann nicht«, erwiderte der Junge und begann von neuem zu wimmern.

»Nur bis zum Wagen, na, komm schon«, sagte Raik Maas sanft.

«Also, ich ruf jetzt einen Krankenwagen«, sagte der Imbissbesitzer und hielt bereits den Hörer des Wandtelefons in der Hand.

»Das werden Sie nicht tun!«, rief Raik Maas. »Die Sache hier geht Sie überhaupt nichts an.«

»He, he«, sagte der andere. »Das ist immer noch mein Laden, klar! Oder ist dir lieber, wenn ich die Polizei rufe?« Im selben Moment machte der Junge Anstalten, sich zu erheben.

»Na, sehen Sie«, sagte Raik Maas. »Wir kommen gut ohne Arzt zurecht, nicht wahr?« Dabei griff er dem Jungen unter die Arme und half ihm aufzustehen. Er schob den Jungen nach draußen und murmelte kurz und trocken: »Idiot!«

»Ich glaube, mir wird schlecht«, hauchte der Junge, während Raik Maas ihm half, in den Wagen einzusteigen.

Raik Maas ließ den Motor an. »Kotz mir bloß nicht in den Wagen.« Er schaltete die Wischer ein, denn es hatte angefangen zu regnen. »Ich bring dich zu einem Arzt, wir fahren jetzt ins Krankenhaus.«

»Aber haben Sie nicht gesagt, dass das nicht geht? Ich meine, wegen Ihres Führerscheins, oder halt, nein, weil Sie keinen haben, ja, so rum«, sagte der Junge.

»Egal. Wir fahren jetzt ins Krankenhaus«, sagte Raik Maas wieder.

»Ja, wir fahren jetzt ins Krankenhaus«, wiederholte der Junge und sank auf seinem Sitz zusammen.

Nach kurzer Fahrt sah Raik Maas eine Frau am Straßenrand stehen. Er hielt an. Die Frau ging auf den Wagen zu, machte die Tür auf und sagte: »Können Sie mich mitnehmen?«

»Wo soll's denn hingehen?«, fragte Raik Maas. Die feuchte Nachtluft strömte in den Wagen.

»Ganz egal«, sagte die Frau.

Raik Maas blickte an ihr vorbei in den strömenden Regen. »Also von mir aus, dann steigen Sie ein.« Aus der Handtasche der Frau schauten Kleidungsstücke hervor. Der Zipfel eines Pullovers, die Träger eines Büstenhalters oder eines Unterhemds. Ihr langes nasses Haar kringelte sich auf ihren Schultern.

»Ich hatte schon Angst, Sie würden nicht anhalten«, sagte die Frau.

»Ich lass Sie doch bei dem Wetter nicht da draußen stehen«, sagte Raik Maas.

Etwas später sagte die Frau: »Ich sollte eigentlich bei meinem Mann und meinen Kindern sein.«

Raik Maas versuchte, sich auf die Straßenbegrenzungen zu konzentrieren. Nach einer Weile sagte er: »Und wieso sind Sie das nicht? Ich meine, bei Ihrer Familie?«

»Weil es nicht mehr geht. Es passt einfach nicht mehr zwischen uns. Es war die Hölle.« Auf einmal fing sie an zu lachen, leise und zögernd. Bis aus dem Lachen ein Schluchzen wurde, laut und ungehemmt. »Ich kann immer noch nicht fassen, dass ich es getan habe«, schluchzte sie.

»Was meinen Sie?« Wegen des Windes, der von der Seite gegen den Wagen drückte, musste Raik Maas das Lenkrad fest umklammern.

Als die Frau antworten wollte, war von der Rückbank ein Röcheln zu hören.

»Was war das?«, fragte die Frau und wandte sich um.

»Ach, nichts, das ist bloß mein Bruder«, antwortete Raik Maas.

»Was ist mit ihm?«, fragte die Frau, die wieder nach vorn sah.

»Der hat ein bisschen zu viel getrunken, wir haben nämlich seinen Geburtstag gefeiert.«

»Wie alt ist er denn geworden?«

»Siebzehn«, sagte Raik Maas. »Und wie alt sind Ihre Kinder?«

»Sieben und fünf«, sagte die Frau und begann von neuem zu schluchzen.

»So weinen Sie doch nicht, bitte!«, sagte Raik Maas, lenkte den Wagen an den Straßenrand und schaltete den Motor aus. Ihm gefiel die Vorstellung, mit dieser Frau im Wagen zu sitzen und über ihre Probleme zu sprechen. »Sie dürfen kein schlechtes Gewissen haben«, sagte er. »Denn besser ein Ende mit Schrecken als ein Schrecken ohne Ende.«

»Wie können Sie so etwas sagen? Sie kennen meinen Mann doch gar nicht!«

»Das stimmt. Aber ich weiß, was es heißt, als Kind die ewigen Streitereien der Eltern ertragen zu müssen.«

»Wirklich?« Die Frau wischte sich mit dem Handrücken die Tränen aus dem Gesicht.

»Ja«, sagte Raik Maas, während das Regenwasser in Schüben über die Windschutzscheibe lief.

»Ich weiß gar nicht, was in mich gefahren ist«, sagte die Frau. »Aber ich konnte nicht länger mitansehen, wie er auf uns allen herumgetrampelt ist.«

»Sie haben richtig gehandelt. Vielleicht kommt Ihr Mann ja dadurch zur Vernunft.«

»Meinen Sie?«

»Ganz bestimmt«, sagte Raik Maas und wischte mit den Fingern ein kreisrundes Guckloch in die von innen beschlagene Windschutzscheibe.

»Wo sind wir hier?«, fragte die Frau. Raik Maas sah, dass sie auf einem Parkplatz standen, an dessen Ende als vom Regen verschleierter Farbfleck eine Gaststätte oder so etwas Ähnliches zu erkennen war.

»Da drüben können wir was trinken«, sagte er und zog den Zündschlüssel aus dem Schloss.

»Und was wird aus Ihrem Bruder?«, fragte die Frau.

»Der soll seinen Rausch ausschlafen«, sagte Raik Maas und erkannte, dass es sich tatsächlich um ein Gasthaus handelte. »Sagen Sie jetzt nicht, dass Sie ein schlechtes Gewissen haben.« Raik Maas lächelte die Frau an.

»Eins zu null für Sie«, sagte die Frau und stieg aus. Dabei fiel etwas zu Boden. »Auch das noch«, rief sie und bückte sich.

»Lassen Sie nur, ich mach das schon«, sagte Raik Maas. Als er sich wieder aufrichtete, sah er, dass es vom Regen im Nu aufgeweichte Fotos waren. Als er begann die Bilder zu betrachten, entriss sie sie ihm und stopfte sie in ihre Manteltasche. Mit schnellen Schritten lief sie über den Parkplatz durch den Regen.

SIEBEN

Mit neunzehn war sie wegen eines zweiundzwanzig Jahre älteren Mannes von zu Hause weggelaufen und ihm in die Toskana nachgereist. Nun lag Julia mit einem Mann im Bett, der vierundzwanzig Jahre jünger war als sie.

Julia hatte Leander über eine Agentur kennengelernt, die Blind Dates vermittelte. Er hatte das Pseudonym des etruskischen Liebesgottes Atunis verwendet, sie die lateinische Bezeichnung ihrer Lieblingsblume, der Pfingstrose: Paeonia.

Julia hielt nichts von festen Beziehungen, hatte kein Interesse am seichten Beieinandersein, das der Zeit des Glücks unweigerlich folgte. Also bevorzugte sie flüchtige Affären, die ihr mittlerweile lieber waren als jede noch so intensive Liaison, die sie später doch nur als anstrengend und nervenaufreibend in Erinnerung behalten würde. Doch weil ihr Verlangen nach Sex größer war als die Zahl der ihr in dieser Hinsicht zur Verfügung stehenden Männer, griff sie regelmäßig zum Telefonhörer, um die Nummer von Lovepoint zu wählen, wo man ihr Profil bereits seit geraumer Zeit im Computer gespeichert hatte. Wenig später befanden sich diverse Partnervorschläge in ihrem E-Mail-Ordner, und Julia hatte die süße Qual der Wahl.

Natürlich ging es Julia in erster Linie darum, einen Partner für lustvollen, befriedigenden Sex zu finden, der darüber hinaus keine Ansprüche an sie stellte; doch das damit verbundene Spiel mit verdeckten Karten faszinierte sie nicht minder. Und so überfiel sie jedes Mal wieder ein erregender Schauer, wenn sie in ihren kirschroten Fiat 124 Sport Spider stieg und zu einem Blind Date mit einem Lancelot oder einem Vulcanus aufbrach.

In einem schwachen Moment, sie hatte damals bereits mehrere Gläser Rotwein getrunken, hatte Julia ihrem drei Jahre älteren Cousin Richard, mit dem sie sich dann und wann zum Essen traf, von ihren Blind Dates erzählt.

Richard Manthey war Schriftsteller und sofort hellhörig geworden. Denn seit er sich in einer handfesten Schreibkrise befand und neuerdings sogar Drogen nahm, um seine Verkrampfung zu lösen, suchte er verzweifelt nach einem Thema für seinen neuen Roman. Seine ersten beiden Bücher waren erfolgreich gewesen, insbesondere sein Debüt »In den Augen der Anderen« hatte ihn praktisch über Nacht bekannt gemacht. Doch nachdem »Unklare Verhältnisse« erschienen und Manthey monatelang mit seinem Buch auf Lesereise gewesen war, hatte er sich leer und ausgelaugt gefühlt. Und als er dann sein nächstes Buch anzugehen versuchte, da hatte ihn plötzlich die Angst gepackt, und er hatte nichts Brauchbares mehr zu Papier gebracht.

»Du musst einfach auf andere Gedanken kommen, Richard!«, hatte Julia zu ihm bei ihrem letzten Treffen gesagt. »Versuch es doch mal mit Sex mit einer Unbekannten! Das hilft! Glaub es mir!«

»Sex?«, hatte Manthey gefragt und Julia mit großen Augen angesehen. Er hatte es mit Alkohol, mit Dope und zuletzt sogar mit Kokain versucht, um den Schalter in seinem blockierten Hirn umzulegen. Alles vergebens.

Seit Julia Kundin bei Lovepoint war, hatte sie das Gefühl, geistreicher, wacher und vor allem ausgeglichener zu sein. Eine Kundin, die seit Jahren teure Sträuße bei ihr kaufte und sich ebenso wie sie zu ihrer Lust auf wechselnde Sexualpartner bekannte, hatte ihr irgendwann die Telefonnummer von Lovepoint zugesteckt und seither ein verschwörerisches Glitzern in den Augen, wenn sie Julias Blumenladen betrat. Und waren gerade keine anderen Kunden im Laden, kam Elsa ohne Umschweife zur Sache und sagte Sachen wie: »Also ich könnte dir da einen Honduraner empfehlen, Schätzchen, der ist 'ne Wucht! Ein Ficker unter dem Herrn, sag ich dir!«

Doch nun lag Julia in ihrem Bett, und neben ihr, gefangen und seltsam gekrümmt im Schlaf, stieß Leander in regelmäßigen Abständen Luft durch seine schöne große Nase.

Zum gekippten Fenster, vor dem sich die leichten Leinenvorhänge bauschten und ein lindgrün gefiltertes Licht einließen, drangen die Geräusche der Straße herein, und Julia verspürte ein heftiges Verlangen nach einer Zigarette.

Leander hatte zwar nicht gehalten, was sein Pseudonym versprochen hatte, nämlich den Zauber eines etruskischen Liebesgottes; doch die Art, wie er sich in dem Moment an sie geklammert und klagend gestöhnt hatte, als er liegend gekommen war, hatte sie nicht nur seltsam gerührt, sondern darüber hinaus Beschützerinstinkte in ihr geweckt. Zudem gefiel ihr, dass sie, die in zwei Jahren fünfzig wurde und natürlich nicht mehr den makellosen Körper einer Dreißigjährigen besaß, noch immer eine erregende Wirkung auf einen jungen Mann ausübte. Außerdem waren ihr Männer wie Leander, die sich noch ganz auf ihre Physis verlassen konnten, grundsätzlich lieber als jene meist zwar gut erhaltenen, aber dennoch unverkennbar in die Jahre gekommen Herren, die auf die Macht ihrer grauen Schläfen setzten und in ihr etwas sahen, das man sich gönnte wie eine Kur, um sich hinterher jünger zu fühlen.

Zuletzt war sie an einen Zahnarzt geraten, der sich hinter dem Pseudonym Demetrius verborgen hatte und so ganz anders war als seine Generationskollegen. Sofort war Julia von dessen imposanter Erscheinung angetan gewesen, denn tatsächlich erinnerte Alfred auf den ersten Blick an einen erfolgreichen Kriegsherrn. Nicht zuletzt wegen seiner muskulösen Arme, seiner vertrauenerweckenden nahtlosen Bräune und der ruhigen, selbstgewissen Art, mit der er sie während des Essens aus seinen wasserblauen Augen ansah.

Alfred hatte auffallend gute Manieren besessen und

sie in der Art, wie er sie manchmal stumm fixierte, an Claudio erinnert, dem sie als Neunzehnjährige bis in die Toskana nachgereist war, um ihn von der Ernsthaftigkeit ihrer Gefühle zu überzeugen. Außerdem hatte ihr gefallen, dass er nichts dem Zufall überließ, sondern sich für den Abend mit ihr offenbar einen Plan zurechtgelegt hatte. Denn als sie vor dem Bungalow standen und er mit den beiden Flaschen Champagner in der Hand, die er auf dem Rücksitz seines Wagens bereitgelegt hatte, kurz ums Haus herumging, um ihr wenig später mit weltmännischer Geste die Tür zu öffnen, da war sie das Gefühl nicht losgeworden, einem echten Abenteurer in die Arme gelaufen zu sein. Und auch im Bett hatte er alles mit beiläufiger Präzision getan. Alfred hatte sie verwöhnt und sich als Künstler erwiesen, der ihre Wünsche regelrecht zu ahnen schien. Doch als sie zur Toilette musste und über den dunklen Flur ins Badezimmer lief, kamen ihr erste Zweifel an Alfreds Stilsicherheit. Denn der große, mit Zahnpastaspritzern gesprenkelte Spiegel passte ebenso wenig zu ihm wie die verfilzten alten Pantoffeln, die unter dem Waschbecken lagen. Und weil sie ihre Zweifel grundsätzlich ernst nahm, schlich sie weiter hinüber in das dunkle Wohnzimmer, knipste die Stehlampe an und sah sich interessiert um. Sie öffnete und schloss die Schubladen des Wandschranks, lief hinüber zum Tisch und blätterte die darauf liegenden Zeitschriften durch. Und dann fiel ihr Blick auf den Stapel ungeöffneter Briefe, den jemand neben das auf dem gepolsterten Fußbänkchen stehende Telefon gelegt hatte.

Julia nahm die Umschläge, die allesamt an einen gewissen Reinhold Taschau adressiert waren, in die Hand und ließ sie nachdenklich durch ihre Finger gleiten. Dann legte sie die Briefe zurück, knipste die Stehlampe wieder aus und lief zurück ins Schlafzimmer. Alfred war unterdessen eingeschlafen und wirkte in dem gedämpften rosafarbenen Licht der Nachttischlampe, über die er ein rotes Tuch gelegt hatte, wie ein gefallener Krieger, den der Triumph einer am Ende gewonnenen Schlacht selbst noch im eigenen Tod lächeln ließ. Und weil sie plötzlich sicher war, dass das ganze Arrangement nicht zum Anfang des Abends passte, zog sie sich lautlos an und verschwand.

Noch Tage später hatte sie damit gerechnet, wieder von Alfred zu hören. Doch es kamen weder Anrufe noch E-Mails von ihm. Und nachdem sie Leander getroffen hatte und aus ihrem Blind Date gegen ihren Willen rasch mehr zu werden begann, hatte sie nicht mehr an Alfred gedacht. Bis zu dem Zeitpunkt, als ihre Freundin Maggie sie anrief und Julia ihr anbot, ihr die Nummer von Lovepoint zu geben, weil Maggie sich über die anhaltende sexuelle Lustlosigkeit ihres Freundes Martin beklagte.

Julia zog vorsichtig ihren linken Arm unter Leanders rechter Schulter hervor, streifte sich ihren Bademantel über, nahm die Zigaretten und das Feuerzeug und ging hinaus auf den Balkon, wo sie sich in einen der Rattansessel setzte und zu rauchen begann.

Aus der Wohnung unter ihr erklang gedämpft klassische Musik, ein schwermütiges Stück für Cello und Klavier. Julia blies den Rauch ihrer Zigarette in Wölkchen in die Luft, legte den Kopf in den Nacken und schloss die Augen. Sie musste plötzlich an Georg denken, den sie ebenfalls über Lovepoint kennengelernt hatte.

Georg hatte bei ihrem ersten Treffen das Pseudonym Mr. Bump gewählt, und als Julia später den Namen googelte, sah sie amüsiert, dass sich dahinter ein fröhliches rosafarbenes Monster verbarg, das immerzu an einem Eis schleckte. Genau betrachtet, hatte sein Deckname zu ihm gepasst, denn Georg, dessen Bewegungen manchmal ähnlich behäbig wirken konnten, hatte sie auf Anhieb mit seinem Optimismus angesteckt.

Julia hatte sich anschließend noch ein paar Mal mit ihm getroffen, und jedes Mal waren sie am Ende wieder im Bett gelandet. Sie mochte es, den Rauch der Zigarette in seinem Mund zu schmecken und dass er immer leise winselte, wenn er in ihr kam. Doch die Verliebtheit, die sie in seinen Augen sah, machte ihr Angst und hielt sie davon ab, ihn anzurufen, wenn sie Lust hatte, ihn wiederzusehen. Außerdem hatte Georg Probleme, und Julia hatte keine Lust auf Probleme. Sie wollte Sex und Spaß und vorher vielleicht ein schönes Essen in angenehmer Atmosphäre. Wenn sie Probleme wollte, brauchte sie bloß ihre Mutter anzurufen. Denn die hatte ihr bis heute nicht verziehen, dass sie, statt wie geplant Pharmazie zu studieren, es sich damals anders überlegt und kurz entschlossen einen Blumenladen eröffnet hatte. Und die Tatsache, dass der Laden bestens lief und Julia einen Lebensstandard ermöglichte, den man durchaus als gehoben bezeichnen durfte, ignorierte sie seit Jahren beharrlich. Der eigentliche Vorwurf an Julia aber war der, dass ihre Mutter auf das Enkelkind, das sie sich so sehnlichst erhofft hatte, seit Jahren vergebens wartete.

Julia aber konnte beim besten Willen nicht erkennen, weshalb sie ein Leben wählen sollte, das ihre Wünsche nicht erfüllte. Sie wollte ihre Phantasien ausleben und war diesbezüglich äußerst flexibel. Eines aber gestattete sie den wechselnden, ihr von Lovepoint zugespielten Bettgefährten nicht: dass sie sich in sie verliebten. Sobald sie den Verdacht hegte, begab sie sich auf den Rückzug.

Julia öffnete die Augen und drückte die Zigarette in dem Aschenbecher, der auf dem Glastisch stand, aus, denn sie glaubte gehört zu haben, dass Leander wach geworden war. Dann stand er auch schon neben ihr, und sie konnte den Schlaf riechen, der aus jeder Pore seines nackten Körpers drang.

»Na, ausgeschlafen?«, fragte sie und zog den Gürtel ihres Bademantels, der sich über ihren nackten Knien geöffnet hatte, enger um sich.

»Geht so«, sagte Leander und legte ihr seine Hand auf die Schulter. Julia spürte ihre Wärme durch den Stoff. Dann nahm er auf dem Sessel ihr gegenüber Platz.

»Ich weiß Bescheid«, sagte er plötzlich. »Du hast mehrmals seinen Namen gerufen. Und du hättest mal hören sollen, wie das klang. O Mann!«

Julia saß ganz ruhig da und holte Luft, um etwas zu sagen, ließ es aber bleiben. Sie sah sich selbst in Leanders braunen Augen und hatte das Gefühl, ganz langsam in sie hineinzufallen wie in einen stillen nächtlichen See. Dabei hörte sie sich lautlos sagen: »Ich bin jetzt achtundvierzig, und wer hätte gedacht, dass alles einmal so kompliziert werden würde?«

ACHT

Auf den ersten Blick schien es, als sei der Mann auf einen Stuhl gestiegen, um eine defekte Glühbirne auszuwechseln. Doch dann sah Koch die Schlinge, die etwa zwanzig Zentimeter unterhalb der Decke an der Zuleitung der Lampe befestigt war. Und als der Andere sie sich um den Hals legte und, um zu prüfen, ob sie hielt, ein, zwei Mal kräftig daran zog, gab es für Koch keinen Zweifel: Der Mann war kurz davor, sich aufzuhängen! Am helllichten Tag!

Aufgeregt drehte Koch, der bereits eine ganze Weile an seinem Platz stand und die Fenster der umliegenden Wohnungen beobachtete, an der Justierung des Feldstechers und starrte weiter gebannt hinüber. Das entschlossene, sachliche Vorgehen des Mannes schockierte Koch, imponierte ihm aber auch irgendwie.

Jetzt dauert es wohl nur noch Sekunden, bis es geschieht, bis der Typ da drüben seinem Dasein ein Ende macht, sagte sich Koch. Mit dem Kopf in der Schlinge verharrte der Fremde reglos.

Wahrscheinlich betet er, dachte Koch, ja, ganz sicher tut er das. Doch auf einmal zog der Mann den

Kopf aus der Schlinge, stieg zu Kochs Verblüffung, ja Enttäuschung vom Stuhl, wandte sich einer im Hintergrund erkennbaren Stereoanlage zu und hantierte daran herum.

Na, der hat vielleicht Nerven!, dachte Koch, während sein Blick abwechselnd zwischen der Schlinge und dem Unbekannten hin und her sprang. Er dachte: Der hängt sich auf und legt vorher noch seine Lieblingsplatte auf. Unglaublich!

Im Grunde müsste er auf der Stelle die Polizei rufen, damit die dem Treiben des Verrückten da drüben ein Ende machte. Doch statt in die Diele zu eilen und zum Telefonhörer zu greifen, verharrte Koch an seinem Platz und starrte weiter hinüber in das in der Dämmerung hell leuchtende Quadrat. So wie jemand, der fasziniert beobachtet, wie eine Fliege in ein Spinnennetz gerät und durch heftiges Ziehen und Zerren erfolglos versucht, daraus freizukommen.

Plötzlich hatte Koch das irritierende Gefühl, Teil einer geheimnisvollen Inszenierung zu sein, zu der das Treiben des Fremden ebenso gehörte wie die Tatsache, dass er ihm tatenlos dabei zusah. Denn sicher hätte bereits ein Läuten an der Tür des Mannes genügt, um sein Vorhaben zu vereiteln. Doch Koch verscheuchte den Gedanken, denn er wollte den entscheidenden Moment nicht verpassen, wollte sehen, ob der Andere wirklich den Mut hatte, das Begonnene zu Ende zu bringen.

In der Wohnung darunter war die alte Frau dabei, in aller Seelenruhe ihre auf der Fensterbank aufgereihten Topfpflanzen zu gießen. Sie pflückte da und dort ein welkes Blatt ab, zerdrückte es und behielt es in der Faust.

In der Wohnung rechts daneben saß der ältere Mann bei eingeschalteter Stehlampe im Sessel und las Zeitung. Ganz rechts außen stand das Mädchen, ein ziemlich hübsches, am geöffneten Fenster und rauchte eine Zigarette. Gedankenverloren blies sie den Rauch hinaus.

Koch richtete seinen Blick wieder auf den Selbstmordkandidaten. Wie es aussah, war der tatsächlich fest entschlossen. Denn ohne zögern stieg er jetzt wieder auf den Stuhl, angelte nach der Schlinge und streckte seinen Kopf hindurch. Welche Musik er wohl hörte?

Jetzt ist es jeden Moment so weit, dachte Koch. Er registrierte ein Kribbeln auf der Kopfhaut. Daraufhin ließ er nun doch den Feldstecher sinken, eilte in die Diele, riss den Telefonhörer von der Station und lief zurück ans Fenster. Hastig tippte er die Notrufnummer ein, zögerte jedoch, die Ruftaste zu drücken, und hob mit der anderen Hand das Glas vor die Augen.

Der Andere stand nun aufrecht da, zog die Schlinge sorgfältig mit beiden Armen zu und atmete schwer. Koch konnte sehen, wie sich dessen Brustkorb immer schneller hob und senkte.

Koch spürte, wie ausgetrocknet sein Mund war. Als er seine Zunge zu lösen versuchte, ertönte ein kurzes trockenes Schnalzen. Aus dem vor ihm auf dem Fensterbrett liegenden Telefonhörer erklang das Besetztzeichen.

»O mein Gott!«, entfuhr es ihm, als er mitansah, wie der Andere mit einer schnellen, kräftigen Bewegung seines rechten Beins gegen die Sitzfläche des Stuhls trat, der Stuhl seitlich umfiel und im selben Moment ein mächtiger Ruck durch den Leib des Mannes ging. Ein Ruck, der sich wie von Geisterhand auf Kochs eigenen Körper übertrug, seine Arme und Beine zucken ließ. Wie ein an Land geworfener Fisch zappelte der Andere ein paar Mal hin und her. Dann wich alle Spannung aus seinem Körper, und er pendelte aus.

»O Gott, Frida, komm schnell! Schnell, das musst du dir ansehen!«, rief er und fuchtelte mit dem freien Arm, während er mit dem rechten weiter den Feldstecher hielt und hindurchschaute.

»Ach, du und deine ewige Aus-dem-Fenster-Guckerei!«, antwortete seine Frau und verschwand in der Küche.

»Unsinn, Frida!«, rief Koch. »Komm schnell!« Im selben Moment schob sich von rechts eine Arbeitsbühne vor sein Fenster. In dem Liftkorb stand, mit dem Rücken zu ihm, ein mit einem dunklen Overall bekleideter Mann.

»He, verdammt! Weg da!«, rief Koch und drückte den Feldstecher so fest gegen die Stirn, dass es wehtat.

Jetzt kam seine Frau ins Zimmer und trat neben ihn ans Fenster. »Deswegen rufst du mich?«, sagte sie. »Wegen eines Fensterputzers? Sag mal, spinnst du?«

»Unsinn!«, sagte Koch und stierte fassungslos auf den Aufdruck auf dem Rücken des Mannes: Window 24.

»Da gegenüber hat sich gerade einer aufgehängt!«, sagte Koch.

»Bitte, Ulf!«, sagte Kochs Frau ernst. »Was hat das alles zu bedeuten?«

»Ich sag's dir doch!«, wiederholte Koch, ohne seinen Blick vom Rücken des Mannes lösen zu können. »Da drüben hat sich einer aufgehängt, und jetzt ist da dieser blöde Fensterputzer, und ich krieg nicht mehr mit, was da jetzt los ist!«

»Ulf!«, sagte seine Frau mit flackernder Stimme. »Du machst mir Angst, hörst du.«

»Jetzt verschwinde endlich!«, rief Koch mit Blick auf den Fensterputzer, der an seiner Stelle weiter reglos hinüber in die Wohnung sah und offenbar in sein ans Ohr gedrücktes Handy sprach.

»Ulf«, sagte Frida Koch energisch, »hör jetzt auf damit!« Dabei zerrte sie an der Schulter ihres Mannes.

»Nicht, Frida, lass das!« Koch setzte sich sanft, aber bestimmt zur Wehr.

»Ulf, verdammt noch mal!«, wiederholte seine Frau und verkrallte ihre Finger nun fester in den Pullover, der seine kantige Schulter umspannte.

»Frida! Was soll denn das?« Koch versuchte nun energischer sich aus ihrem Griff zu befreien.

»Aufhören!«, ließ seine Frau nicht locker und zerrte so fest an seinem Pullover, dass plötzlich die Schulternaht mit einem Ratschen aufriß und Kochs nackte Haut zu sehen war.

»Sag mal, spinnst du jetzt total oder was!«, schrie Koch, begutachtete die Bescherung und wandte sich seiner Frau ruckartig zu. Daraufhin griff sie nach dem Feldstecher, um ihm das Gerät zu entreißen.

Koch drängte sie nun so heftig zur Seite, dass sie mit der Hüfte gegen die Rückenlehne des Sofas stieß. Doch sie umklammerte weiter mit verzerrtem Gesicht den Feldstecher.

Hinter ihrem Rücken begann sich unterdessen die Hebemaschine in Gang zu setzen. Langsam tauchte der Liftkorb mit dem Mann darin nach unten, bis er schließlich ganz aus ihrem Sichtbereich verschwunden war.

Im selben Moment gelang es Koch, die Finger seiner Frau gewaltsam zu öffnen. Entschlossen griff sie nach der rechten Hand ihres Mannes und zog daran, so fest sie konnte. Sie schüttelte und zerrte und riss. Bis der Feldstecher mit einem Knall zu Boden fiel.

Augenblicklich erstarrten beide und blickten zu Boden auf die grünlich schimmernden Scherben. Dann hob Koch den Kopf und spähte mit zitternder Oberlippe zur gegenüberliegenden Wohnung. Doch es gab nichts mehr zu sehen.

NEUN

Hoffmann verachtete die beiden Söhne seines dreisten Nachbarn. Zwei äußerst durchtriebene Kerle, die nichts anderes im Sinn zu haben schienen, als Unheil anzurichten. Und auch der alte Olson ließ keine Gelegenheit aus, Hoffmanns Nerven zu strapazieren.

Angefangen hatte es damit, dass er kaltblütig die Äste seiner Blutbuche mit der Begründung gestutzt hatte, ihr Wuchs verletze seine Grundstücksgrenze. Danach geschah die Sache mit der Riesenladung Sand, die in Hoffmanns Vorgarten gekippt wurde, angeblich, weil Olson dem Auslieferer versehentlich die falsche Hausnummer genannt hatte. Seit Jahren folgte eine Schandtat der nächsten. Und vor drei Tagen schließlich hatte er sich das Recht herausgenommen, Hoffmanns lindgrünen Jägerzaun mit einem übelriechenden, noch dazu fuchsrot leuchtenden Holzschutzmittel zu verschandeln. Wie er später beteuerte, um ihm einen Gefallen zu tun.

Doch nun saß Hoffmann auf dem Dach seines Hauses fest, und im Augenblick waren ausgerechnet die beiden Mistkerle fünf Meter unter ihm weit und breit die Einzigen, die ihn da oben runterholen konnten. Sie brauchten bloß die in die Vorgartenhecke gestürzte Leiter wieder an die Hauswand zu stellen, und die Sache hätte sich erledigt.

»Ihr müsst die Leiter an die Dachrinne lehnen!«, rief er hinunter. Hoffmann hatte beide Hände an den Mund gelegt, um einen Schalltrichter zu bilden. Die Gesichtszüge der beiden waren von seinem Platz aus nur zu erahnen. Doch wenn er sich nicht täuschte, grinsten sie.

»Verdammte Idioten!«, zischte er verärgert.

Hoffmann war auf das Dach gestiegen, um gelockerte Ziegel zu erneuern. Doch dann hatte plötzlich sekundenlang die Erde gebebt, und die Leiter hatte sich lautlos von der Wand gelöst und war umgefallen.

Was war denn das?, hatte er gedacht. Bis er von unten Stimmen hörte, die riefen: »Die Erde bebt! Die Erde hat gebebt!«

Die Sonne brannte nahezu ungehindert auf ihn herab, und Hoffmann zog grimmig seine LIONS-Kappe tiefer in die Stirn. Er sah auf die Uhr. In gut einer halben Stunde würde sie ihren höchsten Punkt erreicht haben und ihm tüchtig einheizen, hier oben.

»Auf was wartet ihr Jungs da unten denn noch?«, rief er, um Beherrschung bemüht. Vorsichtig richtete er sich auf, um über die Dachrinne hinweg in die Tiefe sehen zu können. »Na los, macht schon!« Erwartungsvoll spähte er hinunter.

Doch er glaubte seinen Augen nicht zu trauen, denn statt sie wie befohlen an die Hauswand zu stellen, hatten die beiden die Leiter kurzerhand gepackt und waren im Begriff, damit abzuhauen.

»He, halt! Hiergeblieben!«, rief Hoffmann. »He, ihr, hallo! Das könnt ihr doch nicht machen!«, rief er und ließ sich aus Angst, das Gleichgewicht zu verlieren, zurück gegen die Ziegel sinken. Alles Rufen war ohnehin zwecklos. Hoffmann nahm die Kappe ab und wischte sich mit dem Arm den Schweiß von der Stirn. »Dreckskerle!«, fluchte er.

Wie es aussah, saß er fürs Erste auf dem Dach fest. Dem Dach seines eigenen Hauses. Über seine Netzhäute huschten kleine Schatten.

Hoffmann hatte das Haus bis vor kurzem allein bewohnt. Seine Frau war vor etwas mehr als acht Jahren gestorben, und Kinder hatten sie keine gehabt. Eigentlich war das Haus viel zu groß für eine Person. Und weil man von der Straße aus sehen konnte, dass der erste Stock unbewohnt war, waren immer wieder Anfragen gekommen. Doch Hoffmann hatte sich stets geweigert zu vermieten. Bis eines Tages diese junge dunkelhaarige Frau vor der Tür stand und Hoffmann sich auf ihre Frage, ob der erste Stock zu vermieten sei, zu seiner eigenen Verwunderung sagen hörte: »Ja, das ist er.« Sie war ziemlich hübsch, wenigstens in Hoffmanns Augen. Hübsch auf eine unaufdringliche Weise. Und obwohl sie klein und kräftig gebaut war, erschienen ihm ihre Gliedmaßen zart, war ihr Gesicht nicht breit, sondern beinahe zierlich.

Kurz darauf war ein Möbelwagen vorgefahren, und zwei Männer in blauen Overalls hatten Tisch und Stühle, ein Bett und eine Couch, Umzugskisten, eine

Stehlampe und ein Cello hinauf in die Wohnung getragen. Wenn er an warmen Abenden im Garten saß und zusah, wie es dämmerte, hörte er sie spielen, Lieder voller Melancholie und Wärme. Lieder, die sie für ihn zu spielen schien.

Erste Schweißflecke begannen sich um die aufgenähten Brusttaschen seines rot-schwarz karierten Holzfällerhemdes zu bilden. Hoffmann spähte über die Dachrinne nach unten, wo er das hellgrüne Rasenstück ausmachen konnte, dahinter, rechts und links der Buchsbaumhecke, die beiden Blautannensprösslinge, die er sich vor einigen Wochen in dem neu eröffneten Gartencenter besorgt hatte. Noch weiter rechts, ganz außen, befand sich die Blutbuche, deren Äste wieder über Olsons schwarzblau geteerte Garagenauffahrt ragten.

Hoffmann hatte nicht den leisesten Schimmer, was er tun sollte. Mittlerweile rann ihm der Schweiß den Rücken hinab. Die Sonne begann die ockerfarbenen, stellenweise mit Moos bewachsenen Ziegel langsam aber stetig aufzuheizen. In Kürze würden die Dinger glühen.

Den rechten Fuß gegen die verzinkte, im Sonnenlicht blinkende Auffangvorrichtung gestemmt, die verhindern sollte, dass bei Sturm oder anderem Unwetter lösende Ziegel in den Vorgarten fielen, blinzelte Hoffmann hinunter auf die Straße. Das andere Bein hielt er angewinkelt, um sich zusätzlich gegen ein mögliches Abrutschen zu schützen.

»Hallo! Hier oben!«, rief Hoffmann. Zunächst halblaut und wie zur Probe, schließlich aber immer lauter.

Dabei winkte er ein paar Mal mit dem rechten Arm, obwohl ihm das vollkommen sinnlos erschien.

Tatsächlich nahm bis auf ein kleines Mädchen niemand von ihm Notiz. Das Kind hatte ihn dort oben entdeckt und sein Winken erwidert, indem es heftig mit den Armen ruderte, während es davonlief.

Hoffmann stellte sich vor, wie er seine alte geladene Militärpistole aus dem Keller holte, sie nacheinander auf die beiden Olson-Mistkerle richtete und abdrückte, wenn das hier alles vorbei sein würde. Plötzlich hörte er eine Stimme, eine Art verspätetes, lang gezogenes Echo seiner Rufe.

»*Hallo*?!«, rief die Stimme.

»Ja, hallo, hier oben!«, rief Hoffmann eifrig und richtete sich vorsichtig auf. Dabei hielt er mit der rechten Hand beharrlich einen der losen Ziegel umklammert. »Auf dem Dach! Ich bin hier oben!«

»Hallo?«, wiederholte die Stimme. Und auf einmal begriff Hoffmann, dass es Miriam Bernheims Stimme war. Die Stimme seiner Mieterin.

»Miriam, sind Sie das?«, rief Hoffmann. »Gott sei Dank!«

»Ja! Ist alles in Ordnung bei Ihnen?«

»Ich denke schon«, rief Hoffmann, ließ den Ziegel los, der daraufhin polternd die Schräge hinabglitt, gegen das Fanggitter schlug und zersprang.

Hoffmann starrte hinunter und wischte sich wieder den Schweiß von der Stirn. »Sie müssen mir helfen«, rief er.

»Sagen Sie mir, was ich tun soll.« Ihre Stimme klang nah und wirkte beruhigend.

Miriam Bernheim stand am geöffneten Schlafzimmerfenster. Und wenn Hoffmann fähig gewesen wäre, sich auf dem Bauch liegend kopfüber ein Stück über die Dachtraufe hinauszuschieben, hätten sie einander in die Augen sehen können.

»Holen Sie eine Leiter, und bitte beeilen Sie sich!«, bat Hoffmann.

»Wo, um Himmels willen, soll ich eine so hohe Leiter auftreiben?«

»Was weiß ich!«, entfuhr es Hoffmann. »Rufen Sie eben die Polizei, oder nein, besser die Feuerwehr!«

Hoffmann stellte sich vor, wie unten vor seiner Tür ein Feuerwehrauto mit eingeschaltetem Blaulicht vorfuhr, Männer, die feuerfeste Anzüge und Schutzhelme trugen, heraussprangen und mit der Rettungsaktion begannen. Als er obendrein an die Schaulustigen dachte, die unweigerlich herbeilaufen würden, bekam er es mit der Angst zu tun und rief: »Nein, warten Sie! Keine Feuerwehr!«

»Wie Sie wollen«, antwortete Miriam Bernheim.

Hoffmann wollte unter allen Umständen verhindern, dass sein Missgeschick in der Nachbarschaft die Runde machte. Er galt ohnehin als Kauz und war nicht bereit, den Olsons diesen Triumph zu gönnen. Er überlegte fieberhaft, was zu tun war.

Er drehte sich umständlich auf den Bauch und ließ sich vorsichtig die Schräge hinab. »Können Sie mich sehen?«

»Nein«, sagte Miriam Bernheim.

»Und wie ist es jetzt?« Er streckte mutig seinen rechten Arm über die Dachrinne hinweg in die Tiefe, während er sich mit der linken Hand an der Fangvorrichtung festhielt.

»Ja, jetzt kann ich Ihren Arm sehen!«

Hoffmann hasste es, auf andere angewiesen zu sein. Genau das aber war er im Augenblick. Doch dass Miriam Bernheim ihm auf solch diskrete Art beistand, milderte seine Scham ein wenig.

»Warten Sie!«, sagte Miriam Bernheim.

»Was machen Sie?«, fragte Hoffmann schwach. Mit vorgestrecktem Arm lag er unverändert auf dem Bauch und spürte, wie ihm das Blut in den Kopf lief und mächtig in den Ohren zu dröhnen begann.

»Einen Moment noch!«, sagte Miriam Bernheim.

»Wo gehen Sie hin? Nicht weggehen, bitte!«

Früher hatte Vera ihm beigestanden. Später, nach ihrem plötzlichen Tod, hatte Hoffmann, der sich stets großspurig als Atheist bezeichnet hatte, begonnen, hin und wieder vor dem Schlafen zu beten, oft aber mitten im Gebet aufgehört, weil er das Gefühl hatte, mit einem Gegenüber zu sprechen, das es nicht gab. Er war sich lächerlich dabei vorgekommen.

Auf der Straße fuhren Autos vorbei, gefolgt vom trockenen Knattern eines Mopeds. Hoffmann blickte ängstlich auf die gegenüberliegenden Dächer, als plötzlich etwas Zartes seine Fingerspitzen berührte.

»Oh«, rief er überrascht und zog die Hand ruckartig zurück.

»Hallo! Das bin ich«, rief Miriam Bernheim.

»Sie? Aber wie können Sie denn, ich meine …?«

»Ganz einfach!«, antwortete Miriam Bernheim aufgeräumt. »Ich stehe auf einem Stuhl.«

Hoffmann streckte seinen Arm diesmal so weit aus, dass er Miriam Bernheims Hand zu fassen bekam und fest umschloss.

»Danke«, sagte er nach einer Weile. Er spürte einen stechenden Schmerz in der rechten Schulter.

»Wofür denn?«, antwortete Miriam Bernheim.

Als Antwort drückte er ihre Hand. Hoffmann konnte sich nicht erinnern, wann er zuletzt eine Frauenhand gehalten hatte. Der Schmerz in seiner Schulter schnitt ihm die Luft ab. In seinem Arm prickelte es, und Schweiß rann ihm in die Augen.

»Können Sie sich vorstellen, mit mir auszugehen, wenn das alles vorbei ist?«, fragte Hoffmann tonlos. »Ich meine, als kleines Dankeschön für Ihren Beistand?«

Es kam keine Antwort.

Ich Idiot, dachte Hoffmann, als er spürte, wie Miriam Bernheim ihre Hand aus seiner löste.

»Es tut mir leid!«, rief er eilig.

»Was tut Ihnen leid?«, antwortete Miriam Bernheim.

»Ich meine, na ja, Gott sei Dank. Ich dachte schon, Sie wären irgendwie böse!«, sagte Hoffmann, der plötzlich spürte, dass die Sache hier kein gutes Ende nahm, wenn nicht bald jemand mit einer Leiter auftauchte und ihn von dem verdammten Dach herunterholte. »Ich meine, weil Sie ihre Hand weggenommen haben.«

»Mir ist bloß der Arm eingeschlafen«, sagte Miriam Bernheim.

»Ach so.« Hoffmann lachte auf. Er hob sein Becken an, angelte nach einem der hinteren Ziegel, zog sich vorsichtig daran hoch, drehte sich auf den Rücken und setzte sich auf.

»O Gott«, rief er und schüttelte ein paar Mal schwerfällig seinen rechten Arm, damit das Kribbeln darin nachließ.

»Und was nun?«, fragte Miriam Bernheim.

»Keine Ahnung!«, antwortete Hoffmann und registrierte ein leichtes Schwindelgefühl.

Ob sie nicht doch besser die Feuerwehr rufen solle, fragte Miriam Bernheim. Doch statt ihr zu antworten, stemmte Hoffmann teilnahmslos beide Beine gegen die Fangvorrichtung und legte sich zurück. Erschöpft blickte er unter dem Schild seiner tief ins Gesicht gezogenen Kappe hinauf zum Himmel. Nicht eine einzige Wolke, die sich der Sonne in den Weg stellen konnte, war dort oben zu sehen.

Die scharfe Kante eines Dachziegels bohrte sich in seinen Nacken.

Hoffmann malte sich aus, wie sie demnächst gemeinsam ausgingen. Wie sie Seite an Seite in seinem Wagen säßen und mit offenem Verdeck an leeren Gehsteigen vorüber durch den lauwarmen, von tausend Gerüchen erfüllten Abend führen. Dabei fühlte er sich müder und müder.

Bald waren seine Arme und Beine, seine Lider und schließlich sein Kopf unendlich schwer.

Hoffmann ruckte mit letzter Kraft am Schild seiner Kappe, ignorierte die Rufe, die nun wie aus großer Ferne zu ihm heraufdrangen, schloss kraftlos die Augen und stellte sich vor, was er Miriam Bernheim sagen würde, wenn das hier alles vorbei wäre.

»Sie haben mir das Leben gerettet, wissen Sie das?«, würde er sagen. »Was hätte ich bloß ohne Sie gemacht.« Oder: »Wie soll ich Ihnen jemals dafür danken?« Und Hoffmann lächelte.

Als der Feuerwehrmann ihn schließlich unsanft am Fuß packte und Hoffmann hochschreckte, dröhnte es in seinem Kopf wie in einer Blechtonne, in die haufenweise Sandsteine fielen.

Im ersten Moment starrte er seinen Retter teilnahmslos und auch ein wenig überrascht an. Doch als er begriff, dass der Andere nicht damit aufhören würde, an ihm zu zerren und zu ziehen, stützte er sich schwerfällig auf seine Ellbogen, richtete sich unsicher auf und streckte seinem Retter einen Arm hin wie ein pflichtbewusstes Kind.

Hoffmann stieg langsam die Leiter hinunter, Sprosse für Sprosse, ohne sich auch nur ein einziges Mal nach rechts oder links umzusehen. Als er unversehrt unten ankam, vor seiner Haustür stand und die Kappe abnahm, hatte er das Gefühl, sehr lange fort gewesen zu sein.

Neben dem Feuerwehrmann stand diese junge Frau und lächelte ihn aufmunternd an. Doch Hoffmann nahm kaum Notiz von ihr. Er konnte nichts anderes tun, als dazustehen, ein- und auszuatmen und den Lufthauch zu genießen, der ihm durch die nassen Haare strich.

ZEHN

Schulz umschloss den Metallknauf mit der rechten Hand, atmete einmal ein und wieder aus, suchte den Blick seiner Frau, die aufmunternd nickte und eine Art Lächeln andeutete, und öffnete schließlich die Tür.

Der Teppichboden dämpfte das Geräusch seiner Schritte, und irgendjemand hatte die Jalousien heruntergelassen. Es dauerte eine Weile, bis sich seine Augen an das Halbdunkel gewöhnten. Doch dann sah er sie. Wie schlafend lag sie auf dem Bett, mit geschlossenen Lidern. Man hatte ihr die Hände vor der Brust gefaltet. Eine Moment lang spielte Schulz mit dem Gedanken, das Licht einzuschalten. Doch aus Rücksicht auf die Tote verwarf er diese Idee und zog stattdessen einen Stuhl heran, nahm darauf Platz und erhob mit Blick auf den Leichnam seine Stimme.

»Ich habe es getan, Mutter«, sagte er zunächst halblaut, als wolle er prüfen, wie der Satz ausgesprochen klang. Dann wiederholte er ihn lauter. Er sprach in die Stille des Zimmers hinein wie in einen großen Schalltrichter, der seine Worte bündelte und ihnen Bedeutung und eine bestimmte Richtung gab.

Das grüngelb gefilterte Licht, das zwischen den Lamellen der Jalousien hereindrang, umgab die Tote, und Schulz dachte ungerührt: Sie sieht aus wie auf einem Foto. Dann sog er langsam Luft durch die Nase ein und wiederholte, nun wie ermutigt durch das widerspruchslose Schweigen: »Ich habe es getan, Mutter! Heute Morgen.« Das sachte Brummen eines vorbeifahrenden Autos war zu hören.

Wie oft habe ich wohl in diesem Zimmer gesessen?, fragte er sich, während sein Blick die Möbel abtastete. Fünfzig Mal? Hundert Mal? In einer Glasschale auf dem Büfett konnte er eine Handvoll Äpfel ausmachen, die ebenso aus Stein sein konnten. Hart und spröde wie der Leib der Toten. Und plötzlich dachte er, so, als habe seine Fähigkeit, riechen zu können, eben erst wieder eingesetzt: Woher kommt bloß dieser eklige Geruch?

Er schnupperte einmal, zweimal irritiert, dann fiel sein Blick auf den Duftspender, der auf dem Fensterbrett stand. Eine weiße Sprühflasche, die offenbar von einer der Betreuerinnen kurz zuvor betätigt und anschließend gedankenlos dort hingestellt worden war. Bestimmt, um den Geruch des Todes zu vertreiben, dachte Schulz. Dabei hatte er nicht die leiseste Ahnung, ob frisch Verstorbene bereits nach Verwesung rochen.

Er musste ein paar Mal leer schlucken, um den Würgereiz, den der Geruch bei ihm erzeugte, zu unterdrücken. Dann wandte er seinen Blick wieder dem vor ihm aufgebahrten Leichnam seiner Mutter zu, weil er das Gefühl hatte, ihr zumindest in diesen Minuten Andacht zu schulden. Sie hatten sich nie besonders gut verstanden, Schulz und seine Mutter.

Selbst noch, als er das erste Mal geheiratet hatte, litt er darunter, wie unverhohlen sie ihre gesamte Liebe auf seinen jüngeren Bruder richtete. Und auch als sie krank wurde und Schulz, wann immer es seine Zeit als Handelsvertreter zuließ, an ihr Krankenlager geeilt war, hatte sie ihm Loblieder auf seinen Bruder gesungen. Und nun war sie tot und ihre Liebe für seinen Bruder zu Ende.

Schulz betrachtete sie von seinem Platz aus wie ein fremdartiges Insekt, interessiert, aber auch irgendwie abgestoßen. Der Tod hatte alles Persönliche getilgt.

Wenn ich sie so anblicke, dachte er, erkenne ich sie kaum noch. Man sieht überhaupt nicht mehr, was für ein ungerechter Mensch sie einmal war. Und zum ersten Mal in seinem Leben konnte er sie endlich ohne Schuldgefühle so sehen, wie er sie zuletzt nur noch wahrgenommen hatte: als jemanden, der ihn nichts mehr anging. Und um seinen Triumph zu feiern, zog er seine Zigaretten aus der Tasche und steckte sich eine an. Dann sagte er mit einem Gefühl leiser Freude: »Ich habe Vaters Laden verkauft!«

Schulz genoss den kleinen Schwindel, den das Nikotin in seinem Gehirn erzeugte. Er blickte sich wieder im Zimmer um, und dass er am Totenbett seiner Mutter ohne die geringsten Schuldgefühle rauchte, steigerte noch seine Beschwingtheit, sodass er mit seinem Mund kleine Ringe und Kreise aus dem Rauch formte. Die Asche, die er in grauen Röllchen in seine zur Kuhle geformte Hand fallen ließ, beförderte er in den emaillierten Übertopf der Yuccapalme, die neben dem Fernseher stand. Zuletzt auch den Stummel seiner Zigarette. Und dann tat er, vielleicht aus Übermut, vielleicht, weil er glaubte, der Situation mehr als gewachsen zu sein, Folgendes: Er fuhr seinen rechten Arm aus und legte seine Hand auf die Stirn seiner Mutter, ließ sie einige Sekunden dort liegen und zog sie ruckartig wieder weg. Denn ihm war, als hätte die Kälte des Todes augenblicklich von seiner Hand Besitz ergriffen. Ohne sich noch einmal umzudrehen, lief er aus dem Zimmer, hinaus auf den Flur, wo seine Frau die ganze Zeit über auf ihn gewartet hatte.

»Was war denn?«, fragte sie und sah ihn prüfend an.

»Es war …«, sagte Schulz und hielt seine zitternde Hand von sich gestreckt, »… ihre Stirn«, sagte er, »ihre Stirn war eiskalt.«

»Du hast sie doch nicht etwa berührt?«, sagte seine Frau.

»Doch, hab ich«, antwortete Schulz. »Ich dachte, ich …« Dabei starrte er entgeistert auf seine Hand.

Doch statt ihn zu trösten, sagte seine Frau: »Das hättest du nicht tun sollen.«

Noch immer konnte er nicht sagen, was er damit bezweckt hatte. Da war dieser plötzliche Impuls gewesen, der sich aus seinem Innern in seinen Arm fortgepflanzt hatte. Bis er in seinen Fingerspitzen angekommen war und es kein Zurück mehr gab.

»Ich weiß«, sagte Schulz, nachdem er sich ein wenig beruhigt hatte. Und er hätte noch viel mehr sagen wollen. Denn da war noch etwas anderes gewesen, etwas, das über die kalte Stirn seiner Mutter hinausging. Und das ihm plötzlich große Angst gemacht hatte. Doch davon konnte er nicht sprechen. Stattdessen fragte er: »Meinst du, er ist giftig?«

Seine Frau sah ihn irritiert an. »Wen meinst du?«

»Den Tod«, sagte Schulz und spürte im selben Moment, wie dumm seine Worte klangen.

»Unsinn«, sagte seine Frau. »Wie kommst du denn auf so was?«

»Ich muss mir die Hände waschen«, sagte Schulz und lief am Pförtner vorbei zur Gästetoilette, deren Tür er mit dem Ellbogen aufstieß.

Er schob seine Hand unter den über dem Waschbecken angebrachten Seifenspender und beförderte per Knopfdruck einen rosafarbenen Klecks süßlich riechender Lotion auf seine leicht zitternde Handfläche. Anschließend rieb er seine Hände minutenlang unter laufendem Wasser gegeneinander und nahm erneut von der Waschlotion. Wieder und wieder.

»Andreas!«, hörte er irgendwann von draußen die Stimme seiner Frau.

»Ich komme«, antwortete er erschöpft und riss mehrere der spröden grünen Papiertücher aus dem Behälter an der Wand, mit denen er sich flüchtig abtrocknete.

Schulz war im Begriff, die Tür zu öffnen, als er sich die gerötete rechte Hand unter die Nase hielt und daran roch. Und plötzlich verließ ihn alle Kraft. Auf einmal war er sich der Stille um sich bewusst. Er horchte auf ein Zeichen seiner Frau, hoffte, sie würde wieder seinen Namen rufen und ihn zurückholen zu sich.

ELF

Hätte Elke nicht darauf bestanden, noch eine Zigarette im Flur zu rauchen, wären sie mit Dr. Bauer, der es vorgezogen hatte, die Treppen zu nehmen, gegangen und längst zu Hause. Stattdessen saßen sie nun in diesem Aufzug fest. Mit einem Ruck war das Ding zwischen dem zweiten und ersten Stock stehengeblieben. Selbst die Notbeleuchtung war ausgefallen.

»So mach doch was!«, herrschte Elke ihn an. Daraufhin tastete er, auf der Suche nach der Schalttafel, die Wand links neben der Tür ab. Dabei berührte er aus Versehen ihre Hand, worauf sie ihn anfuhr: »Rühr mich nicht an!« Er wich zurück und schnaubte: »Ist ja gut!«, und dachte: Blöde Kuh!

Dr. Bauer hatte ihn erstaunt angesehen, als er mitten im Gespräch vom Tisch aufgesprungen war und sie unverblümt angeschrien hatte: »Mit dir ist ja nicht zu reden!«

Anschließend war es Dr. Bauer nur unter Aufbietung all seiner Autorität als Scheidungsanwalt gelungen, ihn an den Verhandlungstisch zurückzubringen. Denn was aus Bellmanns Sicht bereits feststand, noch ehe sie die Verhandlungen überhaupt aufgenommen hatten, musste auch Dr. Bauer in diesem Moment klargeworden sein: dass es zwischen Elke und ihm nicht mehr das Geringste zu verhandeln gab. Die Sache war entschieden! Trotzdem hatte Dr. Bauer immer neu an ihre Vernunft appelliert, sich wie erwachsene Menschen zu benehmen, in deren Interesse es liegen müsste, aus der offensichtlich schwierigen Situation für beide Seiten das Beste zu machen.

»Wieso für beide Seiten?«, hatte Elke empört gerufen.

Und Bellmann hatte ihr ungewollt beigepflichtet und gesagt: »Ja, weshalb eigentlich für beide?«

Elke hatte ihn während des Gesprächs ein paar Mal auf die gleiche Weise angesehen, wie sie ihn all die Zeit angesehen hatte, wenn sie sich mal wieder von ihm übergangen fühlte oder er sie mit seinem unbedachten Verhalten an einer empfindlichen Stelle getroffen hatte.

Wie sehr ich dieses Gesicht satt habe!, hatte Bellmann im Stillen gedacht. Erneut machte er sich daran, die Schalttafel zu suchen. Und dieses Mal hatte er Glück. Seine Finger bekamen die Druckknöpfe zu fassen, und er drückte der Reihe nach jeden einzelnen in der Hoffnung, einer davon möge der Alarmknopf sein.

»Und?«, erklang Elkes Stimme erwartungsvoll in der Dunkelheit.

»Nichts«, seufzte Bellmann.

»Und nun?« In ihrer Frage schwang ein vorwurfsvoller Unterton mit.

»Weiß ich doch nicht!«, erwiderte Bellmann und ließ sich geräuschvoll nach hinten gegen die Kabinenwand fallen.

»Na toll!«, gab sie zurück, wobei sie ein zischendes Geräusch machte.

»Was machst du?« Bellmann starrte in die Schwärze, konnte aber nicht das Geringste erkennen.

»Was soll ich schon machen? Ich suche nach den Zigaretten!«

»Du willst hier drin rauchen?«, sagte Bellmann, und versuchte seine Empörung über das Vorhaben seiner Noch-Ehefrau erst gar nicht zu verbergen. Er sagte: »Wer weiß, wie lange der Sauerstoff noch reicht, und du willst hier rauchen?«

»Was willst du damit sagen?«

»Dass es eng werden kann, wenn sie uns nicht bald hier rausholen!« Bellmann atmete geräuschvoll ein und aus wie jemand, der glaubt, etwas Bedeutendes von sich gegeben zu haben.

»Das ist ja lachhaft!«, prustete sie. »Ich hab noch nie gehört, dass jemand in einem Aufzug erstickt wäre.« Wieder machte sie dieses zischende Geräusch.

»Ich schon!«, sagte er mit Nachdruck.

»Sicher wieder eine deiner Phantasiegeschichten, die du dir ausdenkst, um dich wichtig zu machen. Nein, danke. Verschon mich mit den Einzelheiten.« Während sie sprach, versuchte sie, die Stellung ihrer Beine zu ändern, und berührte ihn dabei aus Versehen am Knie.

»He, keine Annäherungsversuche!«, witzelte Bellmann.

»Kann mich gerade noch beherrschen«, antwortete sie trocken und stupste ihn, wie um ihren Worten Nachdruck zu verleihen, noch einmal fester.

»Schade«, wisperte Bellmann und kicherte.

»Sehr witzig. Sag lieber, was wir jetzt machen?«

»Vor allem Ruhe bewahren und Energie sparen«, antwortete Bellmann und ließ sich auf den Kabinenboden sinken.

»Na, prima! Sonst noch was?«

»Ja«, sagte Bellmann. »Wir könnten zum Beispiel versuchen, aus der Situation das Beste zu machen.«

Auch er hatte nie gehört, dass jemand in einem steckengebliebenen Aufzug erstickt wäre. Doch er hatte Lust gehabt, sie ein bisschen zu ängstigen.

»Und das wäre?«, fragte Elke, die inzwischen ebenfalls, mit dem Rücken an die Kabinenwand gelehnt, auf dem Boden saß.

Bellmann schwieg und lauschte auf die Stille. Nicht das leiseste Geräusch drang von außen herein.

Inzwischen saßen sie sicher schon länger als eine Stunde fest, und er hatte nicht die geringste Ahnung, wie er es hier drinnen eine weitere Stunde aushalten sollte. Wenn es ihm gelang, sich mit der Situation abzufinden, so war sie auszuhalten. Ließ er aber den Gedanken zu, sofort hier rauszuwollen, spürte er sogleich einen Anflug von Panik. Spätestens am Montagmorgen würde man sie aus ihrer Lage befreien.

»Oh, verdammt!«, knurrte sie. Sie sprach ihm damit aus dem Herzen.

»Ja, verdammt!«, wiederholte er. Und dann sagte er

zu seiner Überraschung: »Weißt du, dass du eine sehr schöne Stimme hast.«

»Ach, komm, lass das.«

»Nein, wirklich. Ich hatte ganz vergessen, wie schön sie ist.«

»Alter Schmeichler.«

Ihm gefiel, wie sie das gesagt hatte. Das Rauchige daran gefiel ihm, hatte ihm immer gefallen. Er fragte sich, wie lange es wohl her war, seit sie so miteinander gesprochen hatten.

»Das ist doch verrückt«, sagte Bellmann.

»Was?«

»Na, das hier! Da reden wir seit Monaten kein Wort mehr miteinander, und nun so was.«

»Wer hat denn mit dem Anwalt angefangen, du oder ich?«

»Du! Nein …« Bellmann korrigierte sich. »Stimmt, ich war's. Ich hab Bauer angerufen.«

»Na also.«

»Trotzdem«, insistierte er. »So nah waren wir uns schon lange nicht mehr, ich meine räumlich. Wirklich nicht.«

Bellmann ertappte sich dabei, dass er an früher dachte, daran, wie alles angefangen hatte zwischen ihnen. Auf einer Wiese im Schwarzwald. »Ach, Gott«, sagte er.

»Was hast du?«

»Nichts, ich hab bloß daran gedacht …«

»Was?«

»Ich frage mich nur, wie es so weit kommen konnte mit uns.«

»Das kann ich dir sagen«, sagte sie. »Wir waren uns einfach zu sicher.«

»Ich nicht!«, sagte er.

»Doch, du auch.«

»Und nun?«, fragte Bellmann und hätte am liebsten seine Hand nach ihr ausgestreckt.

»Ich habe Durst«, sagte sie.

»Ich auch.«

»Und Hunger.«

Bellmann gefiel, wie sie redeten, und ihm gefiel, dass sie ihm zuhörte, statt nur zu schreien und recht haben zu wollen. Beide hatten sie bloß noch ihre Sätze loswerden wollen, Anklagesätze, Vernichtungssätze. Sie hatten ihre Liebe in kleine Stücke zerhackt.

»Es ist schön, mit dir hier drinnen zu sein«, sagte er.

»Was?«, sagte sie.

»Schön, dass ich mit dir hier festsitze und nicht mit irgendeiner wildfremden Person.«

»So, findest du?«

»Ja, denn schließlich waren wir uns ja mal nah.«

»Ja, das waren wir«, sagte sie, gefolgt von einem Seufzer.

»Sehr sogar«, sagte er. »Verdammt, wie ich das vermisse.«

»Ich auch«, sagte sie nach einer Pause. Im nächsten Moment fühlte er ihre Hand an seinem Bauch. »Elke!«

»Was ist denn?«, sagte sie ganz ruhig, ohne ihre Hand wegzunehmen.

»Glaubst du, sie befreien uns bald?«, fragte Bellmann, nur um irgendetwas zu sagen.

»Das liegt an uns«, sagte sie und schmiegte nun ihren Kopf an seine Brust. Bellmann sog den würzigen Duft ihrer Haare tief ein.

»Wie meinst du das?«

»So, wie ich es gesagt habe«, brummte sie gegen seine Brust, und er konnte spüren, wie die Schwingungen ihrer Stimme kleine Vibrationen darin erzeugten. »Es liegt allein an uns, was wird.«

Er schloss seine Arme um sie, erst den einen, dann den anderen.

»Ja, halt mich«, flüsterte sie.

Bereits eine ganze Weile hielt Bellmann die Augen geschlossen, als er sie fragte: »Sind deine Augen offen?«

Sie schwieg, schmiegte ihren Kopf an seine Brust, atmete gleichmäßig, und Bellmann spürte, wenn sie ausatmete, kleine Wärmeschübe.

»Schläfst du?«, fragte er.

»Ich träume«, sagte sie.

»Wovon?«

»Von einem Leben mit dir.«

Er hatte Angst, dass sie sie fänden und es hell würde und Elke aufhörte zu träumen.

»Gut, dass wir die Letzten waren«, sagte Elke.

»Ja, sehr gut«, sagte er. »Die Letzten werden …«

»Ja«, sagte sie sanft, »die Allerersten!«

Lange verharrten sie reglos in dieser Position, ohne dass Bellmann die Stellung seiner Beine veränderte oder sie ein Wort sprachen. Irgendwann musste er seine Umarmung lockern und sagte: »Entschuldige, ich glaube, mein linker Arm ist eingeschlafen.«

Plötzlich drangen von außen Geräusche herein. Das Licht in der Kabine sprang an, und sie lösten sich voneinander.

»Tja, sie kommen«, sagte Elke und ordnete ihre Haare.

»Ja, leider«, sagte Bellmann und blickte sie an. Da griff sie über seine Schulter hinweg, ein kurzes Klicken ertönte, und das Licht in der Kabine erlosch wieder.

»Was hast du gemacht?«, fragte er.

»Den Notschalter umgelegt«, sagte sie.

ZWÖLF

An jenem Abend war ein heftiges Gewitter im Anzug gewesen. Die ersten dicken Tropfen schlugen bereits gegen die Fensterscheiben, und Georg war im Begriff, in den Garten zu eilen, um das Tor zu verriegeln, als das Telefon klingelte. Also machte er kehrt, nahm den Hörer ab, und jemand sagte: »Ich habe einen Mann umgebracht«

Es war die Stimme seines Vaters. Er sprach leise, beinahe tonlos. Und wohl deswegen erkannte Georg ihn nicht sofort. Doch dann sagte die Stimme etwas lauter: »Er fiel um wie ein Sack Kartoffeln, und jetzt ist der Boden im Wohnzimmer voller Blut.«

Draußen schlug der Wind das kleine Holztor wieder und wieder gegen den etwas erhöhten Steinvorsprung, der die Rasenfläche zu den Beeten hin abgrenzte.

»Was ist passiert?«, fragte Georg und spielte mit dem Gedanken, trotz des inzwischen stürmischen Regens rauszulaufen und das Tor zu sichern.

»Er rannte weg wie 'ne gesengte Sau. Und da habe ich eben zugeschlagen, mit der Vase, verstehst du?«

Ein Einbrecher, dachte Georg und sagte: »Und er ist tot?«

»Sieht ganz so aus«, antwortete sein Vater.

»Du musst die Polizei verständigen«, sagte Georg, weil ihm das in einer solchen Situation vollkommen logisch erschien.

»Es ist mein Nachbar«, sagte sein Vater. »Er kam aus meinem Schlafzimmer und ist mir direkt in die Arme gelaufen.«

»Dein Nachbar?« Georg versuchte sich vorzustellen, was da drüben bei seinem Vater los war. Ihre Wohnungen lagen keine zehn Minuten voneinander entfernt. Es wäre also keine große Sache für ihn, auf der Stelle rüberzufahren und sich das Ganze genauer anzusehen. Doch er starrte immerzu in den Garten, wo der Sturm die Ginsterbüsche hin und her peitschte und der Regen die Salatschösslinge und die Erdbeerpflanzen zerwühlte.

Sein Vater war Vertreter und häufig tagelang am Stück auf Reisen. Seit seine Frau ihn wegen eines Sportlehrers verlassen hatte, lebte er allein in dem für ihn viel zu großen Haus. Immer wieder hatte Georg ihn beschworen, nicht jedes Mal die Rollläden herunterzulassen, wenn er auf Reisen ging, und gesagt: »Andernfalls kannst du gleich einen Zettel an deine Tür kleben, auf dem steht: Liebe Einbrecher! Bin bis dann und dann verreist. Die Geldkassette liegt im Eisfach hinter dem Blattspinat. Aber verschont bitte die neue Couchgarnitur! Das ist doch wie eine Einladung!« Doch sein Vater hatte nicht auf ihn gehört.

»Aber wieso, zum Teufel, hast du ihn niedergeschlagen, wenn es dein Nachbar ist?«, sagte Georg.

»Das habe ich doch nicht gewusst, als ich zuschlug«, sagte sein Vater aufgebracht. »Wegen der runtergelassenen Rollläden war es stockdunkel in der Wohnung. Und ich dachte, es sei ein gottverdammter Einbrecher, verstehst du?«

»Und was nun?«

»Du musst mir helfen. Wir müssen ihn wegschaffen!«

»Wir? Um Gottes willen, wieso das denn?«, antwortete Georg. »Der Regen hat bereits die Salatschösslinge zerstört.«

»Du setzt dich jetzt in dein Auto und kommst rüber, verstanden!«, sagte sein Vater und legte auf.

Was sollte er machen? Georg griff sich die Regenjacke und den Autoschlüssel. Es regnete so stark, dass die Scheibenwischer selbst auf der höchsten Stufe Mühe hatten, die Wassermassen von der Windschutzscheibe zu schaffen.

»Ich bin etwas früher als geplant zurückgekommen, und da habe ich ihn wohl überrascht«, sagte sein Vater und strich sich dabei ein paar Mal verlegen übers Haar.

Georg starrte auf die reglos am Boden liegende Gestalt. Wie ein Schwimmer, der abrupt innehält, lag der Typ da. Einen Arm nach hinten gebogen, den anderen rechts vom Kopf nach vorn gelegt. Das linke Bein war ebenfalls ausgestreckt, das rechte angewinkelt.

»Fehlt etwas?«, fragte Georg, um irgendetwas zu sagen, und sah sich prüfend im Raum um. Sein Vater hatte die kleine Wandleuchte über dem Fernseher eingeschaltet, sodass sämtliche Gegenstände gut zu erkennen waren: die Essecke links, die er dort eingerichtet hatte, nachdem er die Trennwand hatte herausnehmen lassen, der Servierwagen mit all den Flaschen und natürlich die neue haselnussbraune Couchgarnitur.

»Nicht, dass ich wüsste«, antwortete er trocken. Und dann sagte er: »Scheiße, was?«

»Kann man wohl sagen«, erwiderte Georg und fragte: »Hast du ein Bier?«

»Im Kühlschrank«, sagte der Vater. »Er hat in meinem Bett geschlafen, und, wie es aussieht, war er nicht allein.«

»Das glaub ich nicht!«, rief Georg aus der Küche und nahm zwei Flaschen aus dem Eisschrank. »Hier«, sagte er und hielt seinem Vater eine Flasche hin.

Nach einem kräftigen Schluck sagte der: »Die haben's in meinem Bett miteinander getrieben. Mein Nachbar, kannst du dir das vorstellen?«

Georg trank ebenfalls einen Schluck. »War wohl ein bisschen verrückt, der Typ.«

Der unablässig gegen die Rollläden prasselnde Regen klang, als würde trockenes Holz Feuer fangen.

»Komm mal, und sieh dir das an«, sagte sein Vater und manövrierte ihn an dem am Boden liegenden Toten vorbei.

Als Georg in dem Schlafzimmer seiner Eltern stand, fiel sein Blick unweigerlich auf das Foto über dem ehemaligen Nachtschränkchen seiner Mutter.

Zum Zeitpunkt der Aufnahme musste Georg vierzehn oder fünfzehn Jahre alt gewesen sein und hatte sein Leben, seine Eltern, einfach alles gehasst.

Die Nachttischlampe auf der Seite seines Vaters war mit einem hauchdünnen rosafarbenen Seidentuch verhangen. Offenbar, um für Stimmung zu sorgen. Neben dem Bett lagen mehrere leere Sektflaschen. Auf den Nachttischchen standen Gläser und ein Aschenbecher, in dem ausgedrückte Kippen lagen. Daneben die bunten Schnipsel aufgerissener Kondompackungen.

»Ein Saustall, was?«, sagte sein Vater und riss das Fenster auf, worauf trotz der heruntergelassenen Rollläden die kühle, feuchte Nachtluft hereindrang. Das Bett war zerwühlt, und die Laken waren voll weißlicher Flecken.

»Dieses Schwein!«, schnaubte sein Vater und lief aus dem Zimmer, wobei er nach einem der auf dem Boden liegenden Korken trat.

»Wir müssen ihn wegschaffen!«, sagte er, als er wieder im Wohnzimmer stand und auf die am Boden liegende Gestalt starrte. »Und zwar schnell!«

»Unmöglich«, sagte Georg. »Wie stellst du dir das vor? Wenn uns jemand sieht!«

»Dann wickeln wir ihn eben in den Teppich ein«, sagte sein Vater und lief zu dem riesigen Perser, auf dem der Servierwagen vor dem Panoramafenster stand.

»Der Typ war Zahnarzt, stimmt's?«, sagte Georg und setzte die Flasche an.

»Ein echter Brutalo«, schnaubte sein Vater, der inzwischen neben dem Toten auf dem Boden kniete.

Zuvor hatte er den Servierwagen in die Essecke geschoben. »Der konnte einen stundenlang quälen, ohne mit der Wimper zu zucken.«

Georg war ihm ein paar Mal vor dem Haus begegnet, wenn er den Rasenmäher zurück in die Garage schob, nachdem er das kleine Rechteck im Vorgarten gemäht oder den Briefkasten geleert hatte, worum sein Vater ihn gelegentlich bat.

»Du willst den Typ doch nicht wirklich in den Perser einwickeln, oder?«, sagte er und ließ sich in den schräg vor dem Fernseher stehenden Ohrensessel fallen.

»Hast du vielleicht 'ne bessere Idee?«, antwortete sein Vater und drehte den Toten mit einem kräftigen Stoß vom Bauch auf den Rücken, sodass dessen erstarrtes Gesicht zu sehen war.

»Verdammt teure Schuhe, was?«, sagte Georg und ließ seinen Blick anerkennend auf den cremefarbenen Slippern ruhen. »Feinstes Kalbsleder.«

»Der Typ hatte ziemlich viel Geld«, sagte sein Vater. »Jedes Jahr hat er sich einen neuen Wagen zugelegt.«

Unterdessen hatte sein Vater damit begonnen, die Taschen des Toten zu leeren. Er legte dessen Brieftasche, ein Schlüsselbund mit Armani-Anhänger sowie einen schwarzen Metallkamm fein säuberlich auf den Boden. »Wir müssen ihm die Arme und Beine an den Körper legen, bevor die Leichenstarre einsetzt«, sagte er und drückte die Arme gegen den massiven Körper. »Los, pack mal mit an!«

Gemeinsam trugen sie den Toten auf den Perserteppich. Nachdem sie ihn darin eingewickelt und an beiden Enden mit einer kräftigen Kordel verschnürt hatten, war Georg schweißgebadet.

»Hier!«, sagte er und hielt seinem Vater die Bierflasche hin. Draußen prasselte der Regen unvermindert gegen die Rollläden.

Als Georg irgendwann auf die Uhr sah, wurde ihm klar, dass sie bereits seit gut einer Stunde damit beschäftigt waren, neben der verschnürten Leiche zu sitzen, Bier zu trinken und die alten Fotoalben anzusehen, die seinem Vater bei der Suche nach einem anständigen Strick in die Hände gefallen waren.

»Hier. Das bin ich als Junge«, sagte sein Vater und deutete auf einen etwa Zwölfjährigen, der auf einer an den Rändern gezackten, gelbstichigen Schwarzweißfotografie zu sehen war. Er stand neben einem viel zu großen Herrenfahrrad und lachte in die Kamera. Es folgten Aufnahmen aus seiner Zeit bei der Armee. Wieder andere zeigten ihn als jungen Mann auf einem Motorroller, und Georg konnte sich nur wundern, wie viele Bilder sein Vater von sich besaß. »Das war zu der Zeit, als ich deine Mutter kennenlernte«, sagte er, und es klang, als bedauere er, nicht mehr der junge Mann auf den Fotos zu sein.

Georg holte noch ein paar Mal Bier aus dem Kühlschrank, und von Zeit zu Zeit fiel sein Blick auf den im Teppich verschnürten Toten. Doch sobald sein Vater ein neues Album aufschlug und seine Aufmerksamkeit forderte, vergaß er ihn.

Der Regen trommelte, und der Wind ließ die Dachkandel klappern. Es ist, als stünde die Zeit still, dachte

Georg, und wenn es nach ihm gegangen wäre, hätte es immer so weitergehen können, mit noch mehr Fotos und immer neuen Bierflaschen. Doch dann klappte sein Vater das letzte Album zu, sah ihn an und sagte: »Jetzt wird's aber Zeit.«

Inzwischen war es weit nach drei Uhr und das Blut des Toten auf den hellen Marmorfliesen zu einer dunklen Schicht geronnen. Georg war müde und hatte inzwischen Mühe, vollständige Sätze zu bilden. Hinter seiner Stirn spürte er den Alkohol, dazu ein Taubheitsgefühl in den Händen, die schwer auf seinen Oberschenkeln lagen.

»Wo steht dein Wagen? Wir schaffen ihn in den Kofferraum!«, sagte sein Vater, der sich so klar und deutlich artikulieren konnte, als hätte er in den letzten Stunden keinen Schluck getrunken.

»Mach du das«, sagte Georg und hätte sich am liebsten mit geschlossenen Augen auf dem beheizten Marmor ausgestreckt. »Er steht draußen.« Schwerfällig fischte er den Schlüssel aus seiner Tasche und wirbelte ihn mit einem Schlenker seines Handgelenks über den Fußboden. »Vielleicht sollten wir doch lieber die Polizei rufen«, sagte er, denn die Vorstellung, den Toten in den Kofferraum seines Wagens zu schaffen, behagte ihm plötzlich überhaupt nicht. Noch dazu bei dem Regen. Außerdem konnte man leicht in eine der nachts üblichen Verkehrskontrollen geraten.

»Na los, komm schon!«, zischte sein Vater, und anstelle der erschöpften Gleichgültigkeit, die Georg gewöhnlich in seinen Augen sah, glomm in ihnen nun ein entschlossenes Leuchten. Unwillig erhob er sich.

Die paar Rühreier, die er zum Abendessen verspeist hatte, stießen ihm auf, und er spürte, wie ihn das verlockende Gefühl überkam, sich einfach nur noch treiben zu lassen. Darum sagte er: »Lass uns noch warten.«

»Worauf denn, bitte schön?«, entgegnete sein Vater. »Meinst du vielleicht, der wird wieder lebendig? Nix da, wir schaffen den Kerl jetzt da raus.«

»Und was dann?«, fragte Georg. »In meinem Wagen kann er ja wohl nicht bleiben.«

»Abwarten«, antwortete sein Vater, der die ganze Sache hier inzwischen offenbar wie einen seiner Nebenjobs anging, die er an den Feierabenden oder an den Wochenenden ausübte, um sich seine Extratouren finanzieren zu können, allen voran seine Besuche im Spielcasino.

Nachdem er den Kofferraum des Wagens aufgeschlossen hatte, wuchteten sie den Toten gemeinsam hinein. Anschließend steuerte sein Vater den Wagen Richtung Schnellstraße. Die Fahrbahnbegrenzung war nur noch schemenhaft auszumachen. Und Georg, der auf dem Beifahrersitz saß, dachte, dass bei dem Wetter mit Kontrollen wohl nicht zu rechnen sei.

Ein paar Mal schien der Wagen auszubrechen und schlingerte gefährlich. Nur selten kamen ihnen Lichter entgegen. Dann bog sein Vater von der Schnellstraße ab, und sie fuhren noch eine Zeitlang scheinbar ziellos durch die Nacht. Bis sie durch eine Art Industriepark rollten.

Nach einer Weile sagte der Vater: »Wir sind da!«

Georg wischte ein Guckloch auf der Seitenscheibe

frei und starrte nach draußen. Er hatte nicht die geringste Ahnung, wo sie waren.

»Los, komm!«, sagte sein Vater und sprang aus dem Wagen. Also gab Georg sich einen Ruck und stieg aus. Wie es aussah, standen sie vor einer Müllkippe, denn trotz der frischen Regenluft stank es fürchterlich.

Georg hatte das Gefühl, sich jeden Augenblick übergeben zu müssen. Über dem schwach beleuchteten Gelände hatten sich die Ausdünstungen der Abfälle zu einem dichten gelblichen Smog zusammengezogen.

Sie setzten alles daran, den Toten so schnell wie möglich loszuwerden. Ihre Handgriffe waren so sicher und routiniert, als hätten sie so etwas schon hundert Mal gemacht. Sie wuchteten den verschnürten Leichnam aus dem Wagen und warfen ihn wie einen toten Seemann, den seine Kameraden für alle Zeit dem Meer übergaben, auf den steil ansteigenden Müllberg.

»So, das wär's«, stöhnte sein Vater, legte den ersten Gang ein und gab Gas.

»Sieht ganz so aus«, antwortete Georg und strich sich die klatschnassen Haare aus der Stirn.

Als sein Vater vor seinem Haus anhielt, sah er Georg an und sagte: »Schlaf gut, Junge.«

»Du auch«, antwortete Georg und rutschte hinters Steuer. Er legte den Rückwärtsgang ein und lenkte den Wagen aus der Sackgasse zurück auf die Straße.

Als er wieder zu Hause war und nach einem heißen Bad am Fenster stand, spürte er, dass sein Leben sich verändern würde, ohne dass er jetzt noch etwas dagegen unternehmen konnte.

Wie er war, barfuß und nur mit seinem Bademantel bekleidet, lief er hinaus in den Garten und sicherte das Törchen, damit der Wind es nicht länger gegen den Steinvorsprung schlug.

II

DREIZEHN

Seine Hand lag auf Melissas linker Brust, und als Dresen das Geräusch hörte, hob er seinen Kopf und sagte: »Was war das? Hast du das gehört?« Doch sie stöhnte bloß und sagte: »Keine Ahnung, mach schon weiter!«

Sie hatten wie immer gewartet, bis es dunkel war und fuhren dann mit seinem Wagen aus der Stadt raus. Etwa vier Kilometer entfernt lag das Waldstück, und sie bogen rechts ab, folgten dem Schotterweg eine Zeitlang und stellten den Wagen genau wie bei den letzten Malen auf der kleinen Lichtung ab.

Melissa trug wieder dieses feuerrote, an den Seiten hochgeschlitzte Kleid, das ihn so verdammt scharf machte. Dazu ihre malvenfarbenen Strumpfhalter, an denen ihre teuren Seidenstrümpfe festgemacht waren. Dresen stand unheimlich auf solches Zeug, Strümpfe, Hüftgürtel, Seidenhöschen.

»Aber sei bloß vorsichtig, ja?!«, zischte sie, als er mit der Hand unter ihr Kleid fuhr. Einmal hatte er aus lauter Gier den rechten Strumpf zerrissen, sodass sie ihn angefahren hatte: »Kannst du denn nicht aufpassen, du verdammter Idiot?!«

Im Radio liefen die Beach Boys, und ihre Beckenknochen stießen gegeneinander.

Melissa war nicht gerade helle. Doch sie hatte einen verdammt schönen Körper, der so ziemlich jeden verrückt machte. Die Sache zwischen ihnen lief seit gut einem Jahr, und wenn es nach Dresen gegangen wäre, hätten sie ewig so weitermachen können.

Melissa war kurz davor zu kommen, als Dresen wieder dieses Geräusch vernahm. Einen Laut, als ob jemand einen Gegenstand kurz und trocken gegen Metall schlug. Oder eine Autotür zuschmiss. Doch wer zum Teufel, dachte er, hätte so etwas tun sollen, wo sie beide doch weit und breit die Einzigen waren, die sich um die Uhrzeit im Wald herumtrieben?

»Ja, ja, ja!«, kreischte Melissa und bohrte fordernd ihre Nägel in sein Kreuz. »Ja, ja, ja, mach weiter, na komm schon, los!«

Dresen hatte nicht daran gedacht, den verdammten Kindersitz auszubauen, und schlug deshalb jedes Mal, wenn er auf ihr ruckartig nach vorn glitt, mit der Stirn gegen dessen scharfkantige Plastikverschalung.

Im Radio spielten sie jetzt was von Elvis, »Suspicious minds«, als ihm plötzlich der Strahl einer Taschenlampe direkt ins Gesicht leuchtete. Die Autotür wurde aufgerissen, und eine Männerstimme sagte: »Los, aussteigen!«

Dresen kniff die Augen zu und versuchte, dem Lichtstrahl auszuweichen, indem er das Gesicht zur Seite drehte. Doch der Typ mit der Lampe hatte offenbar keine Geduld. Denn als Dresen sich endlich von Melissas verschwitztem, wunderbar riechendem

Körper schob, stieß er ihm einen spitzen Gegenstand in den Rücken und rief: »Aussteigen, hab ich gesagt, na wird's bald!«

»Sind Sie'n Spanner oder so was?«, sagte Melissa und legte dabei schützend die eine Hand quer über ihre nackten Brüste, während sie mit der anderen ihre Augen gegen das Licht der Taschenlampe abschirmte.

»Maul halten, Schlampe!«, rief der Fremde. Und nun sah Dresen, dass der Typ ein Gewehr hatte, eine Flinte, die er auf Melissa gerichtet hielt. Sein Kopf wurde vom Wagendach verdeckt.

»Aussteigen, alle beide!«, rief er wieder, das Gewehr nun abwechselnd auf Melissa und auf Dresen richtend.

»Nur keine Panik, ja!?«, sagte Dresen und zog hastig seine Boxershorts hoch.

»Was wollen Sie von uns?«, fragte Melissa, die sich bereits ihr Kleid übergestreift hatte. Ihre Strümpfe hielt sie zu einem Knäuel zerdrückt in der Hand, die Strumpfhalter lagen im Fußraum vor der Rückbank auf dem Boden. Melissas Lippenstift war total verschmiert, sie sah hinreißend aus in dem Moment, dachte Dresen.

»Los, du Schlampe, komm endlich da raus!«, sagte der Fremde ungeduldig, ging um den Wagen herum und hielt ihr das Gewehr nun direkt unter die Nase.

»Wollen Sie Geld?«, fragte Dresen, um die Aufmerksamkeit auf sich zu lenken. Dabei streckte er seine Brieftasche, die er hastig aus der Gesäßtasche seiner Hose hervorgeholt hatte, in die Höhe und wedelte damit im Takt der Musik ein paar Mal hin und her.

»Halt's Maul, Arschloch!«, rief der Fremde und trat Melissa im selben Moment mit voller Wucht gegen das Schienbein, sodass sie aufheulte wie eine Katze in der Nacht.

»Scheißkerl!«, schrie sie. »Du verdammter Scheißkerl!«

Der Typ, dessen Gesicht Dresen von seiner Position aus immer noch nicht sehen konnte, trug, so viel war im Streulicht seiner Taschenlampe zu erkennen, Cowboystiefel, ein graues T-Shirt und abgewetzte Jeans.

Als Dresen auf seiner Seite aus dem Wagen stieg, sah er die Mütze, die der Typ sich übers Gesicht gezogen hatte. Eine dunkle Mütze, wie sie Bankräuber benutzten, mit Löchern für die Augen.

Ein paar Mal leuchtete er Dresen mit der Taschenlampe über das Wagendach hinweg ins Gesicht. Dann kam er auf die andere Seite, schnaubte: »Hier, Arschloch, na los!«, und warf Dresen einen Spaten vor die Füße. Anschließend deutete er mit der Flinte den Schotterweg hinunter, wo sich in etwa einem Kilometer Entfernung der Fluss befand, und sagte: »Da lang! Alle beide!«

Unbeholfen zog Melissa sich den zweiten Pumps an. »Was soll'n das werden? Vielleicht 'ne Art Entführung oder so was?« Doch bevor sie losliefen, wandte der Typ sich noch mal dem Wagen zu und feuerte zwei, drei Salven auf das Armaturenbrett ab, worauf die letzten Takte eines Coldplay Songs jäh erstarben.

Dresen spürte jeden einzelnen Schuss als Erschütterung in seinem Inneren, spürte, wie jeder einzelne Knall sein Rückgrat hinaufkroch bis in seinen Schädel.

Auch Melissa schien beeindruckt von der Entschlossenheit des Maskierten. Plötzlich war sie bemüht wie eine eifrige Schülerin.

»Was sollte denn das?«, rief Dresen. Doch der Fremde ruckte nur kurz mir seinem Gewehr und erwiderte trocken: »Maul halten, Arschloch!«

Während sie den Schotterweg entlangliefen, überlegte Dresen krampfhaft, wie sie den Typen loswerden konnten. Vielleicht konnte er ihm in einem günstigen Moment einen Schlag mit dem Spaten versetzen. Doch in seinem Hirn herrschte totales Chaos, er konnte einfach keinen klaren Gedanken fassen. Außerdem spürte er immerzu den Lauf der Flinte im Rücken.

Wortlos stolperten sie durch den Wald. Bis der Typ irgendwann sagte: »Da vorne rechts rein!« Dabei leuchtete er mit der Taschenlampe auf eine Schonung, die sich in dem Lichtstrahl erahnen ließ. Dunkle, in Reih und Glied stehende, gerade einmal mannshohe Edeltannen erschienen im Lichtkegel. Dazwischen zwei, drei haushohe Fichten oder so was.

»Das ist doch alles Scheiße hier, verdammt noch mal!«, fluchte Melissa, die offenbar den Absatz ihres rechten Pumps verloren hatte und den Schuh vor Wut seitlich ins Gebüsch kickte.

»Halt's Maul, Schlampe!«, schnaubte der Typ.

Als sie die Schonung erreicht hatten und ein paar Schritte ins Unterholz vorgedrungen waren, stieß der Typ Dresen mit der Flinte plötzlich zu Boden, trat ihm den Stiel des Spatens gegen die Brust und sagte: »Graben, na los!«

»Was?«, erwiderte Dresen und angelte zögerlich

nach dem neben ihm auf dem Boden liegenden Spaten.

»Wird's bald? Oder soll ich nachhelfen?«, zischte der Typ und drückte Dresen die Flinte gegen die Wange. Da griff Dresen den Spaten, rappelte sich auf und stieß das Ding zunächst ein paar Mal kraftlos in die trockene Erde. Doch als der Typ ihm den Lauf der Flinte unsanft an den Hinterkopf drückte, legte er sich schließlich ins Zeug. Und bereits nach ein paar Minuten brach ihm der Schweiß aus und lief ihm aus den Brauen direkt in die Augen, was höllisch brannte.

Plötzlich kam Wind auf, eine Böe fuhr als kurzes heftiges Ziehen durch die Baumkronen. Und dann war es, als gerate alles ins Wanken, denn ein, zwei heftige Stöße im Erdinnern ließen sekundenlang die Dinge aus ihren Konturen springen, und Melissas jäher Schrei zerriss das Schweigen der Nacht. Die Stöße gingen durch seine Füße in den Magen und stiegen in seine Kehle. Dann war wieder alles ruhig, und Dresen rief: »Was war das?«

»Na, was wohl, Schlaumeier?«, erwiderte der andere mit irritierender Gelassenheit. »Die Erde hat gebebt. Und wenn schon!«

»Oh, mein Gott!«, rief Melissa. »Ein Erdbeben!«

Der Typ, der im Gegensatz zu Dresen offenbar einen Plan hatte, lehnte weiter lässig und so, als hätte es das Beben überhaupt nicht gegeben, gegen einen Baumstamm und leuchtete Melissa mit der Taschenlampe immer wieder ungeniert ins Gesicht und auf ihre Brüste, die ohne BH deutlich durch den dünnen Stoff ihres Kleides zu sehen waren.

Dresen dachte daran, dem Kerl den Spaten an den Kopf zu knallen. Doch das Graben erschöpfte ihn so, dass er davon abließ.

Nach einer Weile zog der Typ die Mütze bis zur Nase hoch, steckte sich eine Zigarette an und blies den Rauch genüsslich in die lauwarme Nachtluft.

»Was soll'n das hier werden?«, rief Melissa wieder. Inzwischen hatte sie sich auf dem Waldboden niedergelassen und sah Dresen im Schein der Lampe dabei zu, wie er sich abmühte.

»Wirst du gleich sehen«, erwiderte der Typ mit der Flinte und schnippte die x-te Kippe in hohem Bogen neben Dresen in das tiefer werdende Loch. Die Zufriedenheit, mit der er das tat, war bis hinunter zu Dresen zu spüren.

Neben dem Loch türmten sich Steine und Erde, und immer wieder flogen mit der Erde kleine Wurzelstücke heraus. Fluchend und schweißüberströmt grub Dresen, stieß den Spaten aber bald mit immer weniger Schwung in die würzig riechende Erde. Bis er nach etwas mehr als drei Stunden erschöpft aufgab und rief: »Ich kann nicht mehr!«

Der Typ ließ sich den Spaten geben und schubste Melissa schroff zu Dresen hinunter. Sie hatte ihn angefleht, sie gehen zu lassen, sie hatte ihm Geld und ihren Schmuck angeboten. Doch der Typ hatte nur gelacht.

Sie schrie auf, als sie in Dresens Arme sank. Und bereits im nächsten Moment begannen die ersten Erdbrocken auf sie niederzuregnen.

»Mit einem schönen Gruß von deiner Frau, Arschloch!«, rief der Typ und schleuderte immer neue Ladungen Erde auf sie herab.

»Nein, aufhören, hören Sie auf!«, schrie Melissa. »Bitte!« Dabei hätte sie sich doch längst an fünf Fingern abzählen können, was der Typ mit ihnen vorhatte.

Mit geradezu irrwitzigem Gleichmaß ließ der die Erde auf sie prasseln. Natürlich hatte Dresen, was diese ganze Sache anging, ziemlich versagt. Denn kein einziges Mal hatte er, solange dazu noch die Möglichkeit bestanden hatte, ernsthaft versucht, den Typen zu überwältigen.

Unterdessen konnte er sich kaum mehr regen. Trotzdem gab er sich der Vorstellung hin, später, wenn das hier alles vorbei wäre, in einer anderen Stadt ein neues Leben anzufangen. Bis Melissas sich auflösender Körper plötzlich jene Rätselhaftigkeit annahm, aus der Begehren erwächst.

Sein Verlangen nach ihr verwirrte und entzückte Dresen zugleich. Denn hier, unmittelbar neben ihm, war alles, was er zuletzt wie nichts anderes begehrte.

Nun würden Melissa und er also für immer zusammen sein, auch wenn das sicher das Allerletzte war, was seine Frau gewollt hatte.

VIERZEHN

Hagedorn eilte die Treppe des Schauspielhauses hinab, blieb am Bordsteinrand stehen, blickte sich kurz um, überquerte zügig die Schumannallee und strebte dem Taxistand zu. Entschlossen stieg er in einen der bereitstehenden Wagen, ließ sich ins Polster des Rücksitzes sinken, schloss die Augen und sagte: »Fahren Sie los!«

Die Person hinterm Steuer, der Hagedorn in seinem Zustand keinerlei Aufmerksamkeit schenkte, startete daraufhin den Motor und fragte: »Wo soll's denn hingehen?«

Hagedorn schlug die Augen auf, und mit Blick auf die hinter der Scheibe vorbeifliegenden Schaufenster sagte er: »Keine Ahnung. Fahren Sie einfach nur ein bisschen herum!«

Sie fuhren über die dreispurige Stadtautobahn. Die Fassaden der Bürogebäude glitten vorüber, glitzerten kurz und waren weg. Hagedorn zog seine Brieftasche hervor, nahm einen Fünfziger heraus und streckte ihn mit großer Geste zwischen den Vordersitzen hindurch nach vorn.

»Hier, das sollte fürs Erste genügen«, sagte er. Dann

ließ er die Brieftasche wieder in der Innentasche seines Jacketts verschwinden, legte sich zurück und schloss mit gegen die Kopfstütze gelehntem Kopf die Augen. Er wollte nichts mehr sehen, hatte genug von dieser Stadt, in der er einige spektakuläre Erfolge gefeiert hatte.

Mit seinem energisch gegen die Textvorlage gespielten Mann aus Fosses »Traum im Herbst« hatte er sie zu Beifallsstürmen hingerissen. Und nach seiner Premiere als Krapp in Becketts »Das letzte Band« hatten sie ihn fast nicht mehr von der Bühne gelassen. Doch das lag inzwischen mehr als zwei Jahre zurück.

Tonlos ging Hagedorn auf einmal jener Satz über die Lippen, der ihm damals während der Proben zu Fosses »Traum« richtungsweisend erschienen war. Ein Satz, der ihm, da er nie wieder auf einer Bühne in dieser bornierten, kunstfeindlichen Stadt stehen würde, auf erschreckende Weise aus der Seele sprach: »Denke und denke. Ich sitze hier und bin vielleicht traurig.«

»Wie bitte?«, sagte die Frauenstimme.

»Ach, nichts«, erwiderte Hagedorn und gab sich minutenlang dem ruhigen, gleichmäßigen Geschaukel des Wagens hin.

»Seit wann fahren Sie Taxi?«, fragte er irgendwann, um nicht unhöflich zu erscheinen.

»Noch nicht so lange«, antwortete sie und erwiderte seinen Blick im Spiegel. »Aber mit der Zeit gewöhnt man sich dran.«

»Ja«, sagte Hagedorn bitter. »Mit der Zeit kann man sich an vieles gewöhnen. Sogar daran, überflüssig zu sein.«

Der Autobahn folgend, umfuhren sie den innersten Stadtgürtel. In der Ferne ragten die Spitzen der gelb oder grün beleuchteten Banktürme auf.

»Na, kommen Sie!«, sagte die Fahrerin, »Weshalb so bitter?« Dabei angelte sie, während sie mit der linken Hand das Steuer hielt und auf die Straße sah, mit der rechten nach den auf dem Beifahrersitz liegenden Zigaretten. »So schlimm wird's ja wohl nicht sein.«

»Ach, hören Sie auf!«, erwiderte Hagedorn und machte mit der Hand eine wegwerfende Geste.

»Stört es Sie, wenn ich rauche?«, fragte die Fahrerin und drückte den Knopf des Anzünders.

»Nein, nur zu!«

Das war's also. Aus, Schluss und vorbei. Dabei hatte das Publikum ihn mit durchaus freundlichem Applaus von der Bühne entlassen. Sie hatten seinen »Billigesser« gemocht, das konnte niemand bestreiten. Ganz im Gegensatz zur künstlerischen Leitung des Hauses, für die eine Verlängerung seines Vertrags offenbar kein Thema mehr gewesen war. Sie hatten ihm den Stuhl vor die Tür gesetzt. Einfach so. Ohne ein Wort. Dabei war Wilhelm Hagedorn fest davon ausgegangen, seine Karriere hier ausklingen lassen zu können. Eine, vielleicht zwei Spielzeiten noch, und dann hätte er ihnen diese Entscheidung abgenommen und sein Bühnenleben selbst in aller Stille beendet. Doch sie waren ihm zuvorgekommen.

Ich hätte dagegen protestieren müssen, dachte Hagedorn, wie sie so durch die Nacht fuhren. Als die Einladung zu einem Gespräch über eine mögliche

Vertragsverlängerung aber einfach nicht kam, hatte er dies wortlos hingenommen. Denn in seinem Alter bettelte man nicht mehr um die Verlängerung eines Vertrages. Man bekam ihn oder zog erhobenen Hauptes die Konsequenzen! Früher hätte er in solch einer Situation einfach anderswo neu angefangen. Doch mit fünfundsechzig war das etwas anderes.

»Sie wollen mich nicht mehr!«, sagte Hagedorn mit Blick aus dem Fenster, vor dem die Parkplatzlichter eines Großbaumarkts vorbeizogen.

»Wer sind denn die?«, fragte die Fahrerin und blies den Rauch geräuschvoll gegen die Windschutzscheibe.

»Die beim Theater«, antwortete Hagedorn und lehnte den Kopf gegen die Scheibe. »Bin denen plötzlich zu alt.« Er schielte in die da und dort von Lichtern durchbrochene Nacht.

»Sind Sie vielleicht Regisseur oder so was?«, fragte die Fahrerin und lenkte den Wagen von der Stadtautobahn in ein Wohngebiet. Nun säumten eintönig wirkende mehrstöckige Blocks ihren Weg. Hagedorn kannte die Gegend, denn einer der Bühnenbildner wohnte in einem der gesichtslosen Häuser. Nach einer Premierenfeier hatten sie mit ein paar Leuten in dessen Wohnung bis in die Morgenstunden weitergefeiert.

»Schauspieler«, erwiderte Hagedorn. »Nein, falsch, Exschauspieler!«

»Was spielen Sie denn so?«

»Zuletzt hab ich fast nur noch alte Männer gespielt, die die Nase voll haben von allem.«

»Klingt irgendwie traurig«, sagte die Fahrerin.

»Ja«, sagte Hagedorn und spürte, wie ihm ein saurer Geschmack über die Zunge lief. »Waren Sie schon mal im Theater?«, fragte er.

»Ich gucke lieber Fernsehen«, sagte sie.

»Schade«, sagte er.

»Das müssen Sie jetzt sagen.«

»Ja, vielleicht.«

Inzwischen waren sie sicher eine halbe Stunde unterwegs, das Taxometer zeigte einen Fahrpreis von 42,60 an. Daraufhin zog Hagedorn, der das bemerkt hatte, einen weiteren Schein aus seiner Brieftasche. »Hier!«, sagte er, rutschte auf seinem Sitz nach vorn und legte den Schein auf den Beifahrersitz neben die Zigaretten.

»Machen Sie so etwas öfter?«, wollte die Fahrerin wissen, die höchstens Ende zwanzig sein mochte. Im Rückspiegel ruhte ihr Blick auf ihm.

»Was meinen Sie?«

»Nachts mit dem Taxi durch die Gegend fahren.«

»Nein. Sie?«

»Sie meinen so wie mit Ihnen?«

»Ja.«

»Nein.«

»Und wie ist das jetzt für Sie?«

»Auf jeden Fall angenehmer als dieser dauernde Wechsel. Sie haben ja keine Ahnung, was einem in einer einzigen Nacht für Typen begegnen können.«

»Sie meinen so Typen wie mich«, sagte Hagedorn und schälte sich umständlich aus seinem Mantel. »Das wollen Sie doch sagen, nicht wahr?«

»Nein«, widersprach die Fahrerin und lenkte den

Wagen durch eine Unterführung. In regelmäßigen Abständen wischten an der Seite die bläulichen Tunnellichter vorbei.

»Solche Typen eben«, setzte sie erneut an. »Na, Sie wissen schon. Aus dem Milieu eben, hin und wieder mal 'n Freier, Nachtvolk eben.« Kurz darauf setzte sie mit dem rotleuchtenden Anzünder eine neue Zigarette in Brand.

Inzwischen hatten sie die nördlichen Außenbezirke der Stadt durchfahren und steuerten wieder auf den Autobahnzubringer zu. Wie es aussah, fuhren sie im Kreis.

»Wann ist eigentlich Ihre Schicht zu Ende?«, fragte Hagedorn und sah auf seine Uhr. Sie zeigte kurz nach halb zwei.

»So gegen fünf«, antwortete die Fahrerin und sagte: »Wollen Sie ein bisschen Musik?«

»Warum nicht?«, erwiderte Hagedorn und musste an Idas Gesichtsausdruck denken, als der Vorhang sich nach Ende des Stücks noch einmal öffnete, sie ihn an der Hand hielt und ihr die Tränen über das geschminkte Gesicht liefen, während sie zu immer neuen Verbeugungen ansetzte.

Ihre Zeit in diesem ehrenwerten Haus war nun ebenfalls abgelaufen, und sie schien nur darauf zu warten, dass er, Hagedorn, sie im Anschluss an ihre letzte gemeinsame Vorstellung in irgendeinen Weinkeller entführte, um bei Kerzenlicht gemeinsam ihrer beider Situation zu bedauern. Doch Hagedorn dachte gar nicht daran. Denn sosehr er seine ein, zwei Jahre jüngere Kollegin für ihr Spiel schätzte, so wenig stand ihm der Sinn danach, sich die Klagen einer alt gewordenen Schauspielerin anzuhören. Und so war er überstürzt, und ohne sich noch einmal nach ihr umzusehen, aus der Theatergarderobe geflohen.

Im Radio kamen Nachrichten. Es wurde immer noch von den Folgen des Erdbebens berichtet, das am Tag zuvor vor allem im Breisgau, in der Gegend um Freiburg, zu erheblichen Schäden geführt und ein Menschenleben gekostet hatte. Bis weit in die Schweiz hinein seien die Erdstöße zu spüren gewesen.

»Verrückte Sache, so ein Erdbeben«, sagte Hagedorn, der in seiner Jugend in Thailand ein mittelschweres Beben erlebt hatte. Riesige Gebäude waren wie Kartenhäuser zusammengefallen.

»Als wolle die Erde die Menschen davor warnen, sie weiter auszubeuten«, sagte die Fahrerin.

»Scheint fast so«, sagte Hagedorn. »Aber der Wahnsinn geht weiter.«

»Ja, leider«, sagte die Fahrerin. Dabei griff sie nach einer zusammengerollten Zeitung, die in der Mittelkonsole lag. Sie reichte sie Hagedorn nach hinten. »Haben Sie das gesehen?«

»Was denn?« Hagedorn ergriff die Zeitung.

»Da ist einer in den Fernsehnachrichten zusammengebrochen. So ein Erdbebenspezialist.«

»So?« Hagedorn schaltete das Licht an, entrollte die Zeitung und überflog die Schlagzeilen. Links war das Schwarzweißfoto eines Mannes zu sehen. Darüber stand in dicken Lettern: »Geophysiker Magnus Springer erlitt Schwächeanfall im TV! Millionen sahen zu!«

»Der arme Mann.« Hagedorn legte die Zeitung neben sich auf den Sitz. Und dann sagte er: »Wieso fährt eine Person wie Sie nachts um zwei Taxi?«

»Das hat sich einfach so ergeben«, antwortete die Fahrerin und nahm einen tiefen Zug.

»Sie lassen sich nicht in die Karten sehen, verstehe!« Ihre knappe Antwort stachelte seine Neugierde weiter an. »Also, wenn ich Ihr Freund wäre, würde ich nicht zulassen, dass Sie nachts irgendwelche Finsterlinge herumkutschieren.«

Da trat sie derart fest auf die Bremse, dass Hagedorn gegen den Vordersitz flog und mit dem Gesicht gegen die Kopfstütze knallte.

»Verdammt!«, rief er und spürte ein dumpfes Brennen im Gesicht.

»Sie sind aber nicht mein Freund! Raus, aber sofort!«, rief die Fahrerin.

»Aber was habe ich denn …«, stammelte Hagedorn. »Ich wollte Ihnen doch nur …«

»Aussteigen, na los!«, wiederholte sie grimmig, streckte sich und öffnete mit einem Griff nach hinten seine Tür.

»Es tut mir leid, also ich wollte wirklich nicht …«, wiederholte er. Dann nahm er seinen Mantel, stieß die Tür ganz auf und stieg aus dem Wagen. Im selben Moment zog die Frau die Tür von innen wieder zu, ließ den Motor aufheulen und fuhr davon.

»Blöde Kuh!«, schnaubte Hagedorn und blickte dem Wagen entgeistert nach. Dann zog er seinen Mantel über, schlug den Kragen hoch und setzte sich schwerfällig in Bewegung.

Er ging auf die nahegelegene Kreuzung zu und hielt nach einem Taxistand Ausschau, als neben ihm das Taxi hielt. Die Fahrerin kurbelte die Scheibe herunter und sagte: »Es tut mir leid, das war blöd von mir. Bitte steigen Sie wieder ein!«

Hagedorn trat einen Schritt näher und beugte sich zu ihr. »Damit Sie mich an der nächsten Ecke wieder rausschmeißen? Nein, danke. Da gehe ich lieber zu Fuß!« Mit großer Geste machte er eine Bewegung, als setze er sich in Gang.

»Nun kommen Sie schon!«, drängte die Fahrerin und stieß die Beifahrertür auf. Hagedorn zögerte einen Moment, stieg aber schließlich doch wieder zu ihr in den Wagen. Und nachdem er den Sicherheitsgurt angelegt hatte, sagte sie: »Ich kenne einen Laden, nicht weit von hier, da kriegt man um die Uhrzeit noch was zu trinken. Haben Sie Lust?«

Hagedorn atmete gravitätisch ein und wieder aus, so, wie er es tat, wenn er zu einem seiner legendären Monologe ansetzte. Dann sagte er: »Also von mir aus.«

Als sie die Bar gegen kurz nach sechs verließen und in den Wagen stiegen, lag der Parkplatz bereits klar erkennbar unter den noch immer brennenden hohen Lampen.

»Ich kann manchmal ein ziemliches Ekel sein, nicht wahr?«, sagte Hagedorn und klappte die Sonnenblende runter.

»Stimmt«, sagte die Fahrerin. »Zum Davonfahren.«

»Ich war nicht immer so, glauben Sie mir«, erwiderte Hagedorn und klappte die Blende ärgerlich wieder hoch, weil er den Anblick seines müden alten Gesichts in dem kleinen Spiegel nicht ertrug. »Früher muss ich sogar mal ein ziemlich netter Bursche gewesen sein.«

»So?«

»Doch als ich dann Schauspieler wurde, wovon ich immer geträumt hatte, hatte ich plötzlich das Gefühl, mir ein Image zulegen und mich unnahbar geben zu müssen, um ernst genommen zu werden. Als ich dann später versuchte, wieder so wie früher zu sein, ging das nicht mehr. Anfangs machte mir das kaum was aus, denn ich hatte Erfolg mit meiner Masche. Bis ich mir irgendwann wie der Schauspieler in diesem Witz vorkam, der einem Freund begegnet, der zu ihm sagt: ›Du, ich hab dich gestern im Supermarkt gesehen!‹, worauf der Schauspieler antwortet: ›Und? Wie war ich?‹«

»Verstehe!«, sagte die Fahrerin.

»Wirklich?«, sagte Hagedorn.

»Ja«, sagte die Fahrerin. »Denn wie es einem wirklich geht, das will niemand wissen.« Und dann erzählte sie ihm von der Sache mit ihrem Sohn.

»Wann ist das passiert?«, fragte Hagedorn.

»Vor nicht mal einem Jahr«, antwortete sie und zerdrückte die leere Zigarettenschachtel, die sie die ganze Zeit in der Hand gehalten hatte. »Ich habe damals gedacht, mein Leben ist zu Ende, als Robin starb.«

»Das habe ich kürzlich auch gedacht«, sagte Hagedorn halblaut. Dabei sah er sich wieder im Sprechzimmer seines Hausarztes sitzen, vor sich das Ergebnis des Bluttests, das nun offiziell bestätigte, was er seit dem Tod seines jungen Freundes befürchtet hatte.

»Wie alt ist Ihr Junge denn gewesen?«, fragte Hagedorn nun lauter.

»Sieben«, antwortete sie, kurbelte das Fenster herunter und warf die zerdrückte Schachtel hinaus.

»Sieben? Mein Gott!«

Die Ausfahrt des Parkplatzes führte auf eine bereits stärker befahrene Seitenstraße. Der Himmel rötete sich von Osten her und kündigte einen schönen Tag an. Doch die meisten Pendler fuhren noch mit eingeschalteten Scheinwerfern.

Als es auf die Stadtautobahn ging, sagte Hagedorn leise: »Guten Morgen, Robin!« Daraufhin suchte die Fahrerin seinen Blick im Rückspiegel, steuerte den Wagen lächelnd der aufgehenden Sonne entgegen und sagte: »Guten Morgen, Robin! Guten Morgen!«

FÜNFZEHN

Bronnen saß in der Straßenbahn Nummer 5 und überflog die Überschriften der Zeitung, die er aus dem Briefkasten gezogen und mitgenommen hatte. Er war auf dem Weg zu einem Kunden in Stuttgart. Am Hauptbahnhof würde er in einen der Fernzüge umsteigen.

Er blätterte den Wirtschaftsteil durch, anschließend las er die Sportnachrichten und blieb bei einem Artikel über einen behinderten Kurzstreckensprinter hängen.

Der Mann, dessen beide Füße amputiert worden waren, hatte dadurch Aufsehen erregt, dass er mit seinen Fußprothesen bei einem hochkarätig besetzten Wettkampfmeeting schneller als die gesunden Sprinter gelaufen war. Daraufhin hatten die Trainer der anderen Läufer gefordert, man solle ihn zukünftig von internationalen Wettkämpfen ausschließen, um Wettbewerbsverzerrung zu verhindern.

Bronnen war gebannt von der Geschichte des Sprinters und achtete nicht darauf, wer neben ihm saß. Leute stiegen ein und aus. Und kaum hatte man das Gesicht seines Nachbarn wahrgenommen, war es auch schon wieder verschwunden. Doch seit ein paar Minuten ließ der Junge, der ihm gegenübersaß, ihn nicht mehr aus den Augen.

Zunächst versuchte Bronnen, den Jungen einfach zu ignorieren und sich auf den Artikel zu konzentrieren. Doch als ihm dessen Starren zu viel wurde, nahm er die Zeitung herunter und sagte: »Ist was?«

»Nein, wieso?«, antwortete der Junge.

»Weil du mich unentwegt so anstarrst«, sagte Bronnen. Im selben Moment kam die Bahn ruckartig zum Stehen, der Junge erhob sich und stieg aus.

Seit der Sache mit dem Regionalexpress, der wenige Tage zuvor wegen des Erdbebens mit einem wie aus dem Nichts herannahenden Pferd kollidiert war, fühlte Bronnen neuerdings eine gewisse Beklemmung, wenn er morgens in die Straßenbahn stieg. Und wenn er sekundenlang die Augen schloss, sah er sogleich wieder die grölenden, mit leuchtend roten Sicherheitsanzügen bekleideten Männer vor sich.

Bronnen war erst gegen Abend zu dem Klassentreffen erschienen und hatte den verschiedenen Tischrunden die Sache mit dem Pferd erzählen müssen. Gegen Mitternacht, als er bereits angetrunken war und sich in dem Restaurant wieder die alten Grüppchen wie zu Schulzeiten gebildet hatten, sagte er zu Frank Morshäuser, mit dem er während des letzten Schuljahrs ein paar Mal spätnachts in schummrigen Clubs herumgesessen hatte: »Weißt du noch, die Hübner und ihre eng sitzenden Klamotten?«

Bis zum Bahnhof waren es noch zwei Stationen. Bronnen verstaute die Zeitung in seiner Aktentasche und blickte aus dem Fenster. Und da sah er sie. Zumindest glaubte er, dass sie es war: Christine, die Stieftochter seines Bruders.

Sie saß neben einem Starbucks-Café an eine Hauswand gelehnt auf einem Stück Pappe. Vor ihr auf dem Boden stand ein brauner Pappbecher, in den die Passanten Geld werfen sollten. Neben ihr ein Rucksack.

Dann glitt die Bahn weiter. Ja, das musste Chris gewesen sein! Aber wie war das möglich? War sie denn nicht mehr in Italien?

Mit klopfendem Herzen sprang er auf und drückte mehrmals den Halteknopf. Doch die Türen blieben natürlich geschlossen. »Halt!«, rief er trotzdem und blickte in die erstaunten Gesichter der anderen Fahrgäste. An der nächsten Haltestelle stieg er aus und lief zurück. Doch sofort kamen ihm Zweifel. Er dachte: Chris eine Bettlerin? Vollkommen unmöglich!

Nach dem Tod seines Vaters hatte er ein paar Mal geglaubt, ihn in einem vorbeifahrenden Auto gesehen zu haben, und war erschrocken. Doch das war natürlich Unsinn, denn er hatte ja mit eigenen Augen gesehen, wie man seinen Sarg in die dunkle Erde hinabgelassen hatte. Trotzdem kam ihm immer mal wieder der Gedanke, sein Vater könne seinen Tod vorgetäuscht haben, untergetaucht sein und in einer anderen Stadt unter anderem Namen ein neues Leben führen. Und ihm gefiel die Vorstellung, dass man woanders, fernab seines alten Lebens, eine andere, geheime Existenz führte, sodass plötzlich Dinge möglich waren, die bis dahin undenkbar schienen.

Zuletzt hatte Chris in Bologna Romanistik studiert und den Kontakt zu ihrem Vater ebenso abgebrochen wie Bronnen, der seit dem Tod seines Vaters Ludwig konsequent aus dem Weg ging. Dass sie Brüder waren, ließ sich nicht ändern. Doch wenn im Gespräch mit Freunden Ludwigs Name fiel, verstummte er. Und wenn er an ihn dachte, was selten genug vorkam, schob er den Gedanken beiseite.

Ludwig hatte ihm damals verübelt, dass er seinen geschwächten und kahlköpfigen Vater in seiner Entscheidung bestärkt hatte, keine vierte Chemotherapie mehr auf sich zu nehmen, nachdem die letzte kaum noch Wirkungen gezeigt hatte.

»Du willst, dass er stirbt, stimmt's?«, hatte Ludwig mit hasserfüllter Stimme zu ihm gesagt. Und als sein Vater tatsächlich zwei Monate später seinem Krebsleiden erlag, wäre es fast zu Handgreiflichkeiten zwischen ihnen gekommen.

Schon als Schüler musste Bronnen manchmal überlegen, wenn er gefragt wurde, ob er Geschwister habe. Und nach dem Abitur waren er und Ludwig sofort getrennte Wege gegangen. Als ihre Mutter noch gelebt und der Vater noch gearbeitet hatte, waren Bronnen und sein Bruder sich regelmäßig in ihrem Elternhaus begegnet. Doch als bei der Mutter erste Anzeichen von Alzheimer auftraten, schlug sich Ludwig, der von jeher Schwierigkeiten mit Krankheiten hatte, auf die Seite des damals noch gesunden Vaters und überließ seinen Bruder die Betreuung und Versorgung der Mutter.

Es hatte damit begonnen, dass sie Termine, Verabredungen und Namen vergaß. Bis sie vergaß, dass sie etwas vergessen hatte, und ihr die einfachsten Dinge nicht mehr einfielen. Zuletzt stand sie in ihrer Küche und dachte: Wo bin ich? Sie fing an, ihr vertraute Gesichter nicht mehr zu erkennen, bis sie auch Bronnen und seinen Bruder verlor. Sie hörten auf, für sie zu existieren.

Bei der Beerdigung ihrer Mutter hatten Bronnen und sein Bruder sich kurz die Hand gegeben. Beim anschließenden Gang der kleinen Trauergemeinde in ein nahes Café war Ludwig nicht von der Seite des Vaters gewichen. Als Chris, die zur Beerdigung ihrer Großmutter aus Italien angereist war, plötzlich mit einem schwarzen Kostüm bekleidet vor ihm stand und ihm zur Begrüßung lächelnd die Hand hinhielt, hatte Bronnen seinen Augen nicht getraut. Denn aus der schon früher ansehnlichen Abiturientin war eine überaus attraktive Frau geworden, die ihr Haar allerdings anders als damals trug, nämlich schwarz gefärbt. Eine Spur von Reife, die sich in ihrem Gesicht erkennen ließ, machte sie noch hübscher als früher.

»Hallo, Onkel Klaus!«, hatte sie gesagt und sich dabei lässig eine Haarsträhne hinters Ohr gestrichen. Ihre grünen Augen hatten gestrahlt und Bronnen einen Moment lang um Fassung ringen lassen. Zudem war ihm diese Anrede plötzlich seltsam unpassend vorgekommen, »Onkel Klaus«. Denn genau betrachtet trennten sie ja gerade mal sechzehn Jahre. Und wären sie einander in einem anderen Zusammenhang begegnet, als zwei Fremde, so wäre vielleicht sogar etwas zwischen ihnen möglich gewesen. Das hatte Bronnen damals jedenfalls spontan gedacht, als Chris vor ihm stand und ihn auf so eine irritierend offene Weise ansah.

Hinterher im Café hatten sie nebeneinandergesessen und sich lange unterhalten. Ein paar Mal hatte Bronnen den Wunsch unterdrücken müssen, sie zu berühren und nach ihrer Hand zu greifen.

Als die Trauergemeinde sich, bis auf Bronnens Vater und seinen Bruder, aufgelöst hatte, unterhielten sie sich immer noch. Erst als Ludwig seine Tochter nach mehrmaliger Bitte, mit ihm zu kommen, unmissverständlich ansah, erhob sie sich und sagte, wobei sie lange Bronnens Hand hielt: »Sehen wir uns noch mal, solange ich noch hier bin, Onkel Klaus?« Ludwig hatte sich einen Kommentar versagt.

Am nächsten Tag hatte Bronnen mit dem Gedanken gespielt, Chris anzurufen. Doch jedes Mal, wenn er den Telefonhörer in die Hand nahm, um die Nummer seines Bruders zu wählen, legte er nach wenigen Sekunden wieder auf. Dabei hatte er seit der Beerdigung seiner Mutter immer wieder an sie gedacht: eine sechzehn Jahre jüngere Frau, die noch dazu die Stieftochter seines Bruders war.

Bronnen eilte mit seiner Mappe unter dem Arm an den Geschäften vorüber, überquerte Kreuzungen und lief auf der Hauptstraße zurück. Als er das Starbucks-Café erreicht hatte, war die junge Frau, die er für seine Nichte gehalten hatte, verschwunden. Enttäuscht hielt er nach ihr Ausschau und betrat schließlich das Café.

Es lief Musik, Bob Dylans »She Belongs to Me«. Und da sah er sie. Sie saß mit dem Rücken zu ihm in einem der ausladenden hellbraunen Ledersessel und hielt einen Kaffeebecher in der Hand.

»Chris!«, sagte er und trat näher an sie heran. Doch sie reagierte nicht. Da legte er ihr eine Hand auf die Schulter und wiederholte: »Hallo, Chris! Du bist es doch, nicht wahr?«

Ganz langsam drehte sie den Kopf und starrte ihn an. »Was wollen Sie von mir?« Dabei hielt sie nun mit beiden Händen den Kaffeebecher umschlossen.

»Aber Chris, erkennst du mich denn nicht?«, sagte Bronnen. Zugleich beschlichen ihn erste Zweifel. Konnte sie sich so sehr verändert haben seit ihrer letzten Begegnung? Denn das Leuchten, das ihn damals so beeindruckt hatte, war vollkommen aus ihrem Gesicht verschwunden. Ihre Hände waren dreckig und ihre Finger braun vom Nikotin. Ihre Kleidung machte einen verwahrlosten Eindruck. Nur die Frisur war noch die gleiche. Aber womöglich hatte er sich ja tatsächlich getäuscht, und die Person, die da vor ihm saß, war jemand ganz anderes. Trotzdem war da immer noch diese frappierende Ähnlichkeit.

»Ich kenne keine Chris«, sagte die Frau und wandte sich um. Sie stellte den Becher vor sich auf dem Tisch ab und griff nach dem neben ihr auf dem Boden stehenden Rucksack.

»Aber das ist doch nicht möglich!«, sagte Bronnen und ließ sich in den ihr gegenüberstehenden Sessel sinken. »Was ist denn passiert seit unserem letzten Treffen? Und seit wann bist du nicht mehr in Italien?«

Ohne zu antworten, erhob sie sich und griff nach dem Rucksack.

»Nein, bitte bleiben Sie!«, sagte Bronnen, erhob sich ebenfalls und berührte ihren Arm. Da sah sie ihn mit festem Blick an und sagte: »Was wollen Sie denn von dieser Chris?«

»Was ich von ihr will? Sie ist meine Nichte!«

»Da kann ich Ihnen leider nicht helfen«, antwortete sie nach kurzer Überlegung trotzig und machte einen Schritt zur Seite.

»Bitte, setzen Sie sicher wieder«, sagte Bronnen und ließ sich wieder in seinen Sessel fallen. »Sie haben Ihren Kaffee ja noch gar nicht getrunken. Und es wäre doch schade, ihn einfach stehen zu lassen. Schließlich haben Sie dafür bezahlt.«

»Ist doch egal!«, sagte sie, setzte aber ihren Rucksack auf der breiten Lehne des Sessels ab und nahm auch wieder Platz. »Okay, und was nun?«

»Jetzt sagen Sie mir doch bitte, wie Sie heißen«, sagte Bronnen und sah sie erwartungsvoll an.

»Was spielt das denn für eine Rolle?«, antwortete sie und griff nach dem Kaffeebecher. »Ich bin nicht diese Chris, und ich kenne auch niemanden, der so heißt, okay?«

»Aber wer sind Sie dann?«

»Finden Sie's heraus!«, antwortete sie, und Bronnen meinte dabei den Anflug eines Lächelns auf ihrem eben noch reglosen Gesicht zu entdecken. Er überlegte kurz, dann sagte er den Geschäftstermin in Stuttgart ab. Während er telefonierte, beobachtete er sie und spürte, wie ihm die Erinnerung an das letzte Treffen mit seiner Nichte plötzlich einen Stich versetzte. Und etwas in ihm weigerte sich zu glauben, dass die Person, die keinen Meter von ihm entfernt in ihrem Sessel saß und in kleinen Schlucken ihren Kaffee trank, nicht Chris sein sollte.

Nachdem er sein Telefonat beendet hatte, sah er sie an und sagte: »Was halten Sie von einem frühen Mittagessen? Es gibt ein kleines Restaurant ganz in der Nähe, wo man um diese Zeit bereits etwas bekommt.«

»Sie wollen mich zum Essen einladen?«

»Ja, was dagegen?«

»Nein, von mir aus!«

Keine zehn Minuten später saßen sie einander in dem von Bronnen beschriebenen Restaurant gegenüber. Es lief italienische Musik, und aus der Küche strömten allerlei verlockende Gerüche herein.

Während sie die Speisekarte studierte, betrachtete Bronnen ihre ramponierten Hände. Und erneut dachte er: Ich könnte schwören, dass das Chris' Hände sind.

Nachdem sie bestellt hatten und mit Rotwein gefüllte Gläser vor ihnen standen, sagte Bronnen: »Weshalb betteln Sie?«

»Das tue ich nicht!«, antwortete sie prompt und trank den Inhalt ihres Glases auf einen Zug.

»Doch, das tun Sie«, sagte Bronnen und spielte mit dem rot-weiß karierten Stoffset, auf dem sein Besteck und die weiße Serviette lagen. »Ich habe Sie gesehen.«

»Blödsinn!«

»Sie haben auf einem Stück Pappe gesessen und einen Kaffeebecher vor sich stehen gehabt.«

»Was geht Sie das an?«, antwortete sie bissig. Dabei schob sie ihren Stuhl ein Stück zurück, als wolle sie im nächsten Moment aufstehen und verschwinden.

»Ich wollte Sie mit meiner Frage nicht kränken oder aushorchen, glauben Sie mir«, sagte Bronnen. »Aber es hat mich einfach interessiert. Zumal ich sicher war, dass Sie meine Nichte sind.« Nachdem sie eine Weile geschwiegen hatten, sagte er: »Verraten Sie mir jetzt wenigstens Ihren Namen?«

»Was spielt es denn für eine Rolle, wie ich heiße?«, antwortete sie, während sie beobachtete, wie Bronnen ihr Glas nachfüllte. »Ich habe schon vor längerer Zeit aufgehört, die zu sein, die ich einmal war. Die gibt es nicht mehr. Und ihren Namen auch nicht. Also nennen Sie mich, wie Sie wollen! Von mir aus auch Chris!«

»Chris?«, antwortete Bronnen überrascht.

»Ja, warum nicht?«, sagte sie und schien Gefallen an ihrer Idee zu finden. Sekundenlang verengten sich ihre grünen Augen katzenhaft. »Sie haben gedacht, ich sei ihre Nichte Chris, also nennen Sie mich ruhig so!«

In Bronnens Kopf ging plötzlich alles durcheinander. Er starrte auf den Teller mit den dampfenden Nudeln, neben den die Bedienung eine Schale mit geriebenem Parmesankäse gestellt hatte. Vor ihr standen safrangelbe Spaghetti, auf denen aufgesprungene Miesmuscheln feucht glänzten.

Plötzlich bemerkte Bronnen, dass ein Blütenblatt des kleines Straußes, der zur Dekoration in der Mitte des Tisches in einer Vase stand, in sein Weinglas gefallen war und auf seinem Rotwein schwamm.

»Alles in Ordnung?«, fragte sie, denn offenbar hatte sie Bronnens plötzliche Verwirrung bemerkt.

»Äh, ja, ja«, antwortete er und angelte so lange ungeschickt mit Daumen und Zeigefinger nach dem Blütenblatt, bis die Tischdecke rundherum mit winzigen auberginefarbenen Flecken gesprenkelt war. Irritiert blickte er auf die Flecken und musste dabei an die blutrot verschmierte Scheibe des Zuges denken.

»Ach, verdammt!«, zischte Bronnen. Schließlich bekam er das Blatt aber zu fassen, zog es heraus und legte es an den Rand seines Tellers.

Er suchte ihren Blick. Doch sie war ganz damit beschäftigt, ihre Miesmuscheln auszunehmen und andächtig zu essen.

»Schmeckt es Ihnen?«, fragte er und schob seine Gabel nun widerwillig in den hellroten Nudelberg, auf dem kleine Fettaugen glänzten.

»Ja, ist okay!«, sagte sie und griff nach ihrem Rotweinglas.

Nachdem sie das Essen wortlos beendet hatten, sah Bronnen sie an und sagte: »Wie wär's mit einem Dessert? Die machen hier eine wirklich tolle Zabaione …«

»… *Chris*!«, ergänzte sie.

»Wie bitte?«

»Sie sollen sagen: Die machen hier eine wirklich tolle Zabaione, *Chris!*«

»Also gut!« Bronnen holte demonstrativ Luft und wiederholte übertrieben deutlich: »Die machen hier eine wirklich tolle Zabaione, *Chris*!«

»Schon besser!«, sagte sie, und füllte ihr Glas noch einmal bis zur Hälfte. Und nachdem sie sich den Mund ein letztes Mal mit ihrer Serviette abgewischt, sie zu einer Kugel gedreht und auf ihren Teller gelegt hatte, sah sie ihn durchdringend an, griff nach ihrem

Glas und sagte: »Erzählen Sie mir von Ihrer Nichte. Was ist sie für ein Mensch?«

»Nun«, sagte Bronnen, trank einen Schluck Wein und überlegte kurz. »Sie ist eine wundervolle Person. Intelligent, lebenslustig und zugleich alles andere als oberflächlich. Wir können sehr gut miteinander reden, und ich hätte sie gerne häufiger gesehen. Zuletzt hatte ich das Gefühl, dass auch sie gerne mehr Zeit mit mir verbracht hätte. Aber ich kann natürlich nicht für sie sprechen. Immerhin ist mein Bruder ihr Stiefvater, und da ist es nicht so einfach, wenn Sie verstehen, was ich meine.«

»Was ist nicht so einfach?«, fragte sie und fixierte ihn ganz ruhig.

»Na ja«, wand sich Bronnen. »Sich füreinander zu interessieren, ohne dass ein falscher Eindruck entsteht, na, Sie wissen schon. Schließlich bin ich sechzehn Jahre älter als Chris.«

»Spielt denn das Alter eine Rolle, wenn man einander etwas zu sagen hat?«

»Natürlich nicht«, pflichtete Bronnen ihr bei und griff mechanisch nach seiner Serviette. »Aber Sie wissen doch, wie das ist, wenn sich ein älterer Mann für eine sechzehn Jahre jüngere Frau interessiert. Da heißt es gleich: Was will denn dieser alte Sack von so einer Jungen? Ganz zu schweigen von der Tatsache, dass in unserem Fall verwandtschaftliche Beziehungen bestehen.«

Sie trank einen Schluck, stellte nachdenklich ihr Glas wieder ab und sagte: »Sie haben sich in sie verliebt, nicht wahr?«

Bronnen fühlte sich ertappt, umfasste die Armlehnen seines Stuhls und rutschte auf seinem Platz hin und her. »Verliebt, verliebt«, antwortete er. »Was heißt denn das schon? Heutzutage verliebt sich doch dauernd irgendwer in irgendwen! Aber es stimmt. Ja. Ich hab mich beim letzten Mal wohl ein wenig in sie verliebt.«

»Sie brauchen sich überhaupt nicht für Ihre Gefühle rechtfertigen«, sagte sie und lächelte.

»Hab ich doch gar nicht!«, erwiderte Bronnen energisch.

»Doch, das haben Sie!«

»Na, wie Sie meinen.« Bronnen bat die Bedienung um die Rechnung.

Da griff sie nach seiner auf dem Tisch liegenden Hand: »Sagen Sie noch einmal *Chris* zu mir! Bitte!«

Bronnen entzog ihr vorsichtig seine Hand. Und plötzlich verschmolzen ihre Züge und das Bild, das er von Chris hatte, sekundenlang miteinander.

»Nur einmal, bitte!«, sagte sie.

Da griff er, so als hätte er seine Hand nicht kurz zuvor zurückgezogen, nach der ihren, drückte sie und sagte mit geschlossenen Augen: »Chris! O Chris!«

Bereits im nächsten Augenblick aber ließ er ihre Hand wieder los und stammelte verlegen: »Entschuldigen Sie bitte, ich weiß gar nicht, was über mich gekommen ist.«

Zu seiner Verwunderung sah sie ihn ganz ruhig an und sagte: »Das war sehr schön.«

Als er zwanzig Minuten später die Tür des Hotelzimmers aufschloss, das er in aller Eile um die Ecke gemietet hatte, und sie auf das mit einer spröden rosafarbenen Tagesdecke überzogene Bett sanken, da hatte Bronnen wie schon am Morgen in der Straßenbahn das irritierende Gefühl, sich durch einen Traum zu bewegen. Einen Traum, der auch dann noch andauerte, als sie sich eng umschlungen hin und her wälzten und sie mit ihrem Mund nach seinem schnappte.

Als ihr Körper sich dann irgendwann ein paar Mal unter ihm aufbäumte, da hauchte er in die Stille des Zimmers, in das von fern das Kreischen der Straßenbahnen heraufdrang: »Chris, Chris, Chris!« Wieder und wieder bedeckte er ihr erhitztes Gesicht mit Küssen.

Hinterher lagen sie im Halbdunkel des kleinen Zimmers erschöpft beieinander, und sie schmiegte wortlos ihren Kopf an seine schweißnasse Brust, sodass Bronnen bei jedem Atemzug dessen Gewicht auf seinen Lungen spürte.

Er musste kurz an den amputierten Sprinter aus der Zeitung denken, der sein Schicksal bezwungen hatte. Dann strich er ihr mit der flachen Hand zärtlich über den Kopf. Bis er irgendwann sagte: »Erzähl mir von ihr. Erzähl mir von der neuen Chris.«

SECHZEHN

Als der neununddreißigjährige Johan Kapaun mit diesem zweiundzwanzigjährigen Mädchen namens Jill im Bett lag, erzählte er die ganze Geschichte. Er hatte plötzlich Lust, darüber zu reden.

Sie lagen nackt unter dem dünnen Laken, eng aneinandergeschmiegt. Zum halb geöffneten Fenster drang die warme Nachtluft herein und spielte in den Vorhängen. Im schwachen Schein der Nachttischlampe schwirrte seit ein paar Minuten eine Motte. Ihr Schatten tanzte in wildem Zickzack über die gegenüberliegende weiße Wand. Ein paar Mal knallte das Insekt gegen die Glühbirne und fiel auf die Nachttischplatte, rappelte sich wieder auf und entschwand schließlich in einer weitausholenden Neunzig-Grad-Kurve durchs offene Fenster in die von Millionen Sternen erfüllte Mainacht.

Kapaun hielt das Mädchen im Arm. Sie hatten, bevor sie sich liebten, geraucht und Tequila getrunken. Jill löste sich für einen Moment aus seiner Umarmung, fuhr ihren rechten Arm aus und packte ihr fast leeres Tequilaglas.

Johan hatte Jill in der Kantine kennengelernt, wo sie mittags, mit einem weißen Kittel bekleidet, hinter einem Büfett stand und Mahlzeiten ausgab. Eine schlaksige, auffallend große Brünette mit schulterlangem, leicht nach außen gewelltem Haar, die in ihrer Freizeit Cowboystiefel und eng sitzende, langärmlige T-Shirts trug. Wenn sie neben ihm stand, überragte sie Kapaun um gut zehn Zentimeter. Und das gefiel ihm.

Kapaun war einer von den drei Kaufhausdetektiven, die sich tagaus, tagein unauffällig unter die Kunden mischten, um zur Stelle zu sein, wenn in der Kosmetikabteilung jemand eine teure Hautcreme stahl, in der Lederwarenabteilung ein Paar Kalbslederhandschuhe entwendet wurden oder jemand auch nur eine Packung rotblauer, mit Stars & Stripes verzierter Pappbecher mitgehen ließ.

Sie waren im Kino gewesen und hatten anschließend in einer Bar noch etwas getrunken. Hinterher waren sie beschwipst ins Auto gestiegen, und Kapaun hatte aus Übermut ein paar Mal das Lenkrad ruckartig hin und her gerissen und war auf freier Strecke Schlangenlinien gefahren. Bis vor ihnen der grellweiße Lichtkegel eines Fernlichts aus der Schwärze aufgetaucht war und er den Wagen auf seine Spur zurückzog.

In seiner Wohnung angekommen, hatte er den Tequila aus dem Eisschrank geholt, und Jill war kurz im Bad verschwunden. Als sie wieder herauskam, trug sie nur noch ihren Slip und den BH, eine lachsfarbene Kombination auf sonnengebräunter Haut. Kapaun konnte nur staunen über die makellose Form und Länge ihrer Beine.

Später, als er zwischen ihren Schenkeln lag und sie ihre Beine um seine Hüften schlang und ihn mit Stößen ihrer Fersen gegen seinen Po antrieb, da hatte er gedacht: Das ist es! So habe ich mir das mit einer Frau immer vorgestellt! So und nicht anders! Und mit dem Geschmack von Tequila im Mund sagte er: »Wieso gerade ich?«

»Was meinst du?« Zur Abkühlung ihrer erhitzten Wangen presste sie das kalte Glas dagegen.

»Weshalb tust du das hier ausgerechnet mit mir?

»Ganz einfach«, sagte Jill lächelnd und streifte mit einem Bein das Laken ab. »Weil mir junge Männer nichts sagen!« Und dann drehte sie sich zu ihm hin, schob ihre Hand unter das Laken und griff ihm zielsicher zwischen die Beine.

»He!«, sagte er, zog reflexartig das Becken ein Stück zurück und lachte auf.

Nachdem sie ein zweites Mal miteinander geschlafen hatten, steckte Jill sich eine Zigarette an, stieß, auf dem Rücken liegend, den Rauch in Wölkchen hinauf zur Zimmerdecke und sagte: »Wo warst *du* eigentlich, als die Erde gebebt hat?«

»Willst du das wirklich wissen?«, sagte Kapaun und umfasste nachdenklich mit beiden Händen das auf seiner Brust platzierte Tequilaglas. Dabei beobachtete er, wie dessen gelblicher Inhalt hin und her schwappte, wenn er ein- und wieder ausatmete.

»Klar!«, sagte Jill, drehte sich auf den Bauch und blies ihm den Zigarettenrauch ins Gesicht.

»Ich war im Wald«, sagte Kapaun und kniff die Augen zusammen.

»Im Wald? Was hast du denn da gemacht?«

»Eine kleine Sauerei«, sagte Kapaun und musste unwillkürlich grinsen. Denn wenn er jetzt an das dachte, was dort passiert war, erschien es ihm plötzlich seltsam unwirklich. Und irgendwie grotesk. Ja, grotesk, dachte er, das trifft es genau.

»Klingt gut, erzähl schon!«

Jill hatte die Zigarette im Aschenbecher ausgedrückt. Sie lag nun wieder bäuchlings vor ihm und sah ihn erwartungsvoll an. Ihren Kopf hielt sie auf beide Hände gestützt, die Ellbogen in die Matratze gedrückt. Das Haar lag schimmernd auf ihren nackten Schultern.

»Ich habe einer alten Freundin einen Gefallen getan, ziemlich schräge Sache, das Ganze«, sagte Kapaun.

»Und weiter?«

»Ja, also, es war so.« Er steckte sich nun seinerseits eine Zigarette an. Und dann erzählte er ihr von dem Liebespaar und dem Wagen, wie er sie bedroht und dazu gezwungen hatte auszusteigen. Wie er dem Mann den Spaten hingeworfen und ihm anschließend mit vorgehaltener Waffe befohlen hatte, ein Loch zu graben. Für sich und sein kleines Flittchen.

»Geil!«, unterbrach Jill ihn, und als sie sich vor ihm aufsetzte, konnte Kapaun sehen, dass ihre Brustwarzen hart waren.

»Die Geschichte scheint dir ja richtig zu gefallen«, sagte er.

»Weiter!«, antwortete sie und legte beide Hände auf ihren Busen.

»Als der Typ das Loch fertig hat, da fängt plötzlich das Beben an, und die beiden sehen mich entgeistert an. Zuerst habe ich selbst nicht kapiert, was los ist. Doch nach einigen Sekunden ist das Ganze auch schon wieder vorbei.«

»Ist das wahr?«, sagte Jill und sah ihn lächelnd an.

»Klar«, sagte Kapaun ungerührt. »Die Frau hat ziemlich geschrien und um Gnade gefleht. Aber ich hatte meiner Bekannten versprochen, hart zu bleiben. Also habe ich das Ganze bis zum Ende durchgezogen, mir den Spaten gegriffen und sie mit Erde zugeschüttet. Dann bin ich zurück in die Stadt gefahren und hab ein Bier getrunken.«

»O Mann!«, sagte Jill, entwand ihm seine Zigarette und nahm einen Zug. »Aber was ist, wenn sie dich erkannt haben?«

»Unmöglich«, sagte Kapaun. »Ich hatte die ganze Zeit eine Mütze vorm Gesicht, so eine mit Löchern für die Augen. War verdammt heiß unter dem Ding.«

»Und was ist, wenn sie tot sind? Erstickt in ihrem Loch?«

»Sind sie aber nicht. Meine Bekannte hat mich heute früh angerufen und gesagt, dass alles okay ist. Sollte ja auch bloß ein Denkzettel sein.«

»Darf ich die Waffe mal sehen?«

»Von mir aus.« Kapaun zog die Schrotflinte unter dem Bett hervor und hielt sie ihr hin.

»Wow!« Jill griff nach dem Gewehr und fuhr mit dem Zeigefinger über den glänzenden Abzug. Dann sagte sie: »Ist das Ding etwa geladen?«

»Betriebsgeheimnis!«, antwortete er, nahm ihr die

Waffe weg und legte sie neben das Bett. Da schlang Jill ihre Arme um seinen Hals, zog ihn auf sich und flüsterte: »Komm her, mein Held.«

»Moment mal«, sagte Kapaun und machte die im Ascher liegende Zigarette aus. Dann sah er ihr lange in die Augen, in denen er ein Leuchten zu sehen glaubte. Schließlich sagte er ganz ruhig: »Und das nächste Mal bringen wir einen um.«

»Du Spinner«, kicherte Jill und nahm ihn hungrig wieder in sich auf. Da angelte Kapaun nach dem Kopfkissen, bekam es zu fassen und drückte es ihr aufs Gesicht. Zunächst leicht, dann immer fester. Bis sie unter ihm zu strampeln und mit den Armen zu rudern begann und er das Kissen wegnahm und sie ihn mit gerötetem Gesicht anstarrte und zu seiner Verwunderung erregt keuchte: »Weiter, mach weiter! Hätte nicht gedacht, dass du so drauf bist? Ich meine *so!*«

»Du bist doch genau *so*«, antwortete er und dachte: Ich bin jetzt neununddreißig Jahre alt, und das ist das absolut Schärfste, was ich jemals mit einer Frau erlebt habe. Und dann griff er nach dem Kissen und drückte es ihr wieder aufs Gesicht. So fest er konnte.

SIEBZEHN

Hoffmann trat in das Halbdunkel des Restaurants, machte einen Schritt und hielt inne, weil seine Augen sich langsamer als erwartet auf das Zwielicht einstellten.

Auf dem kleinen, an der Eingangstür angebrachten Schild hatte er gelesen: SMILING FISH. Japanisches Restaurant. Täglich geöffnet von 12 bis 24 Uhr. Durchgehend warme Küche. Obwohl er bereits häufiger hergekommen war, um Chanko-nabe, ein schmackhaftes japanisches Eintopfgericht, oder Kushiage, an Bambusspießen serviertes, paniertes und anschließend frittiertes Fleisch und Gemüse, zu essen, zu dem er jeweils den nussig schmeckenden Namazake trank, war ihm das Schild noch nie aufgefallen.

Er warf einen Blick auf seine Uhr. Sie zeigte neunzehn Minuten nach zwölf. Trotzdem war er der einzige Gast.

Hoffmann spielte mit dem Gedanken, kehrtzumachen und später, wenn er sicher sein konnte, dass mehr Betrieb war, noch einmal wiederzukommen. So allein fühlte er sich, als stünde er auf einer schlecht beleuchteten Theaterbühne, schutzlos und ausgestellt. Doch im selben Moment sprangen die an den hellen, mit japanischen Schriftzeichen verzierten Wänden angebrachten Lüster an, die Beleuchtung des imposanten, seitlich an der Wand stehenden Aquariums flammte auf und riss die eben noch im Dunkel verborgenen und jetzt buntschillernden Zierfische aus der Schwärze. Der Raum erstrahlte nun in taghellem Licht, als habe man ruckartig einen schweren dunklen Vorhang beiseitegezogen.

Zum Umkehren war es jetzt zu spät. Mit einem Lächeln auf den dünnen, zartrosa geschminkten Lippen trat ihm Fräulein Ogata entgegen.

»Guten Tag!«, sagte sie, und streckte Hoffmann in leicht vorgebeugter Haltung ihre zierliche Hand hin.

Gemeinsam mit Herrn Nishi, ihrem schätzungsweise sechzigjährigen Tokioter Onkel, führte sie seit einigen Monaten das kleine Restaurant. Das hatte Fräulein Ogata Hoffmann in einem ihrer ersten Gespräche anvertraut und dabei auf eine kindliche Art und Weise gelächelt. Und sosehr Hoffmann inzwischen Gefallen gefunden hatte an den mit Oktopus gefüllten Omelettbällchen, dem frittierten Huhn oder den Rollen aus Seetang, war es vor allem anderen dieses zarte, nun erwartungsvoll vor ihm stehende Geschöpf, das ihn seit einiger Zeit regelmäßig hierhertrieb.

»Nehmen Sie Platz!«, sagte Fräulein Ogata, die seine Unsicherheit offenbar bemerkt hatte, und wies auf einen Tisch neben dem Aquarium.

»Ja, gerne«, sagte Hoffmann und schob sich vorsichtig an ihr vorbei. Und da war er wieder, dieser frische, an süßlich herben Sommerflieder erinnernde Duft.

Hoffmann war überrascht gewesen, als er ihn das erste Mal wahrgenommen hatte. Denn eigentlich hatte er geglaubt, Japanerinnen würden anders riechen. Weniger europäisch. Nach Orchideen vielleicht. Oder nach Zitronengras.

Nachdem er das letzte Mal hier gewesen war und Gyoza, mit Fleisch gefüllte Teigtaschen, gegessen und anschließend diverse Okashis, japanische Süßigkeiten, probiert hatte, war er, betäubt vom Namazake und Fräulein Ogatas Geruch, aus dem Lokal getaumelt und zu Hause, von erotischen Phantasien erfüllt, schläfrig auf die Wohnzimmercouch gesunken.

Weil er seit ein paar Wochen eine neue Mieterin hatte, eine Berufsmusikerin, die es sich bald nach ihrem Einzug zur Gewohnheit gemacht hatte, nachmittags auf ihrem Cello zu üben, waren seine Gedanken von dessen schweren, gedämpft zu ihm herunterdringenden Klängen untermalt worden.

Jetzt hielt ihm Fräulein Ogata lächelnd die Speisekarte hin. Dabei fiel sein Blick auf ihre feingliedrigen Finger, kleine, wie aus weißem Porzellan gefertigte Gebilde, nach denen er am liebsten auf der Stelle gegriffen hätte.

Keinen Meter von ihm entfernt vollführten die buntleuchtenden Fische in der blauschimmernden Enge des Aquariums ihre immergleichen schwerelosen Pirouetten. Manchmal stiegen da oder dort Luftbläschen auf.

Hoffmann war im Begriff, die Karte aufzuschlagen,

als Fräulein Ogata plötzlich einen ebenso kurzen wie irritierenden Laut von sich gab, näher an das Aquarium herantrat und noch einmal »Oh!« rief.

Dabei verengten sich ihre ohnehin schmalen Augen, und mit argwöhnischem Blick auf die lange Seitenscheibe des Beckens sagte sie: »Na warte!« Dann machte sie kehrt und verschwand in der Küche.

Hoffmann verstand nicht. Doch als Fräulein Ogata wenig später zurückkehrte, in der einen Hand eine Sprühflasche Fensterputzmittel, in der anderen ein helles Tuch, da begriff er. Offenbar hatte sie an der Scheibe einen Schmutzfleck entdeckt.

Entschlossen sprühte sie mit zwei, drei Stößen aus der Flasche einen feinen blauen Regen an die Scheibe. Die Perlen blieben kurz haften, bevor sie zerliefen. Fräulein Ogata fing sie durch kräftiges Hin- und Herreiben mit dem hellen Tuch auf. Sie polierte und wischte. Bis sie zuletzt prüfend ihren Kopf leicht schräg legte, blinzelte und schließlich zufrieden lächelnd sagte: »Anko! Rote Bohnenpaste. Von den Kindern.«

»Ah ja«, sagte Hoffmann, der sie die ganze Zeit beobachtet hatte.

Geschickt wand sich Fräulein Ogata zwischen Tisch und Aquarium heraus, wobei sie einen Duftschleier hinter sich herzog. Hoffmann inhalierte den Geruch mit in den Nacken gelegtem Kopf. Dabei umfasste er mit den Fingern seiner rechten Hand die in einer hellen Papiertüte steckenden Stäbchen.

Bei seinem ersten Besuch hatte er versucht, mit ihnen zu essen. Doch weil sein Hunger größer gewesen war als sein Interesse am Erlernen neuer Fähigkeiten, hatte er die Stäbchen kurzerhand mit der Serviette abgewischt und neben seinen Teller gelegt.

Hoffmann überflog ruhelos die Speisekarte. Er konnte sich nicht entscheiden, ob er Tampura, frittierte Meeresfrüchte mit Reis und Gemüse, oder doch lieber Donburi nehmen sollte, gegartes Fleisch und Gemüse auf einer Schale Reis.

Beim letzten Mal hatte ein Kosovo-Albaner an seinem Tisch gesessen, ein kleiner Mann mit spitzem Kinn und dunklen Ringen unter den nicht sehr großen Augen. Wenn er aß oder sprach, konnte Hoffmann seine schadhaften, schwärzlichen Zähne sehen.

Sie waren zunächst nur stockend ins Gespräch gekommen, denn schon damals hatte Hoffmann nur Augen für Fräulein Ogata gehabt. Doch als der Mann, der ihm plötzlich seinen Reisepass hingestreckt hatte, vom Jugoslawienkrieg zu erzählen begann, hatte Hoffmann aufgehört zu essen und beklommen den Schilderungen seines Gegenübers gelauscht.

Stojan Vitina, so hatte der Name des Mannes gelautet, hatte Anfang der achtziger Jahre in Belgrad seinen Wehrdienst abgeleistet und war anschließend in sein Dorf in der Nähe von Priština zurückgekehrt, wo er das Geschäft seines Vaters, einen kleinen Elektroladen, übernommen hatte. Seine Tochter Edina und sein Sohn Ibrahim waren damals noch klein gewesen.

Stojan hatte seine Familie mit den Einkünften, die ihm sein Laden einbrachte, versorgen können. Doch dann war der Krieg ausgebrochen, und den Tag, an dem die Serben ihr Dorf überfielen, würde er nie vergessen.

Ein ehemaliger, allerdings serbischer Kamerad, mit dem er damals in Belgrad gedient hatte, hatte plötzlich mit vorgehaltenem Gewehr brüllend in seiner Wohnung gestanden. Doch Stojan, der den anderen sofort wiedererkannt hatte, hatte geistesgegenwärtig gerufen: »He, Milan, kennst du mich nicht mehr? Ich bin's, Stojan! Stojan Vitina! Dein alter Kamerad!«

»Halt's Maul!«, hatte der andere geschrien und wild mit dem Gewehr herumgefuchtelt.

Doch Stojan, der spürte, dass sein Leben davon abhing, ob sein Gegenüber ihn wiedererkannte, ließ nicht locker: »Mensch, Milan, weißt du noch, wie wir damals die beiden Mädels in den Park abgeschleppt haben, na, komm schon! Du erinnerst dich doch! Du hattest die Blonde mit dem Adler-Tattoo auf dem Arm und ich die Schwarze. Als wir am nächsten Morgen unseren Rausch ausgeschlafen hatten und die beiden verschwunden waren, haben wir in der Save gebadet!«

Daraufhin hatte der Serbe kurz innegehalten, den Lauf des Gewehrs sinken und leicht auspendeln lassen und Stojan ein paar Sekunden lang durchdringend angesehen.

Stojan waren diese Sekunden, die über Leben und Tod entscheiden sollten, unendlich vorgekommen. Irgendwann hatte der andere irgendetwas gebrüllt, blitzschnell seine Kalaschnikow hochgerissen und mehrere Salven in die Wand hinter Stojans Rücken gefeuert, der sich mit schützend vors Gesicht gehaltenen Händen im letzten Moment zu Boden geworfen hatte.

»Er hat mich am Leben gelassen, obwohl er mich hätte töten müssen!«, hatte Stojan zu Hoffmann gesagt, der ihm die ganze Zeit wortlos zugehört hatte. »Die Geschichte mit den beiden Huren hat mir das Leben gerettet. Das Massaker, das Milan und seine Leute in unserem Dorf angerichtet haben, war unbeschreiblich. Und manchmal denke ich: Hätte er mich doch bloß damals auch getötet! Dann wäre ich heute nicht die traurige Gestalt, die vor Ihnen sitzt.«

Hoffmann hatte betreten auf seinen Teller gestarrt und mit seiner Gabel im Reis herumgestochert. Nachdem der andere bezahlt hatte und wortlos verschwunden war, hatte er sein Essen nahezu unberührt beiseitegeschoben.

Plötzlich stand Fräulein Ogata wieder vor ihm und sagte auf ihre immer freundliche Art: »Haben Sie gewählt, Herr Hoffmann?«

Unschlüssig klappte er die Speisekarte zu, suchte Fräulein Ogatas Blick und sagte schließlich: »Ich nehme einmal Tempura, bitte!«

»Eine gute Wahl. Und was möchten Sie trinken? Sake vielleicht? Oder heute lieber grünen Tee?«

»Grüner Tee ist gut!«, antwortete Hoffmann.

»Sehr wohl«, sagte Fräulein Ogata und wandte sich mit einem Lächeln ab.

Da sagte Hoffmann: »Ihr Onkel? Wie geht es ihm?«

»Gut, glaube ich!«, antwortete Fräulein Ogata. Sie sprach nicht mehr so leise wie bei ihren ersten Begegnungen. Anfangs hatte Hoffmann sie kaum verstanden, wenn sie sich miteinander unterhielten.

Hoffmann sah Herrn Nishi im Geiste vor sich. Nebenan in seiner Küche, mit von der Hitze und den Dämpfen gerötetem Gesicht über Pfannen und Töpfe gebeugt. Manchmal erschien er plötzlich im Gastraum, die Arme hinter dem Rücken verschränkt. Über seine Schildpattbrille hinweg spähte er in den Raum und ging von Tisch zu Tisch, um sich höchstpersönlich von der Zufriedenheit seiner Kunden zu überzeugen.

Fräulein Ogata nahm die Speisekarte, drehte sich um und lief mit kleinen flinken Schritten, als husche sie barfuß über glühende Kohlen hinweg, davon.

Hoffmann blickte ihr nach. Wäre er zwanzig Jahre jünger gewesen, hätte er sich wohl eingestanden, verliebt zu sein. Doch er war siebenundfünfzig und seit Jahren Witwer.

Nachdem Fräulein Ogata ihm seine frittierten Meeresfrüchte und auch den grünen Tee serviert hatte, überlegte Hoffmann, während er die köstlich riechenden Garnelen mit dem Messer zerkleinerte und unter den ebenfalls leicht süßlich duftenden Gemüsereis mischte, wie er es anstellen könnte, sie zu einer Verabredung zu überreden. Er starrte in die kleine Unterwasserlandschaft, in welcher die Fische schwerelos umherschwammen.

Nachdem er zum Abschluss noch einige Okashis probiert hatte, bat Hoffmann um die Rechnung. Als Fräulein Ogata dann vor ihm stand, verließ ihn der Mut, und er verwarf seinen Plan, ihr ein Treffen außerhalb des Restaurants vorzuschlagen. Stattdessen sagte er: »Das Essen war wieder ausgezeichnet. Sagen Sie das bitte Ihrem Onkel.« Nachdem er bezahlt hatte, zog er sich hastig seinen Mantel über, drückte flüchtig Fräulein Ogatas kleine Hand und lief hinaus.

»Auf Wiedersehen, Herr Hoffmann!«, hörte er sie hinter sich sagen. »Kommen Sie bald wieder!«

Nach ein paar Schritten blieb er stehen, fuhr sich mit der Hand ein paar Mal übers Gesicht und rief gegen den Lärm des Straßenverkehrs: »Ich Idiot!« Und da nahm er es wahr. Er konnte ihr Parfüm so deutlich riechen, als hätte sie ihm ein paar Tröpfchen davon auf die Hand gesprüht, so wie die blaue Reinigungsflüssigkeit.

Nachdenklich lief er die Straße entlang, vorbei an wechselnden Schaufenstern, ohne von ihnen Notiz zu nehmen. Bis er vor der Auslage einer Parfümerie stehen blieb, kurz überlegte und hineinging.

Hoffmann war ganz benommen von den Tausenden Gerüchen. Ihm war, als stehe er in einem tropischen Garten voll unsichtbarer Blumen und als müsse er nur nach einer von ihnen greifen, und schon würde sie sichtbar werden.

»Haben Sie das hier?«, sagte er und streckte einer Verkäuferin seine Hand hin. »Dieses Fliederparfüm? Sommerflieder, genauer gesagt.«

Zögerlich roch die Verkäuferin daran und sagte: »Augenblick«, um sogleich zielstrebig eines der Regale anzusteuern. Daraus griff sie einen rubinrot glänzenden Flakon, auf den ein goldener Zerstäuber geschraubt war, zog einen eierschalfarbenen, hauchdünnen Papierstreifen aus einem Behälter und sprühte eine unsichtbare Duftwolke darauf. Anschließend wedelte sie mit dem Papierstreifen ein paar Mal hin und her, hielt ihn Hoffmann hin und sagte: »Wie wäre zum Beispiel das hier?«

Vorsichtig entwand er der Verkäuferin den Streifen und hielt ihn sich unter die Nase. Er schloss die Augen und roch daran, einmal, zweimal. Doch dieser Geruch, so fein und betörend er auch sein mochte, erinnerte nicht einmal entfernt an Fräulein Ogatas Sommerfliedergeruch.

»Nein!«, sagte er. »Das ist es nicht. Es muss riechen wie das hier.«

Erneut streckte er der Verkäuferin die Hand hin, die noch einmal daran roch. »Okay, Moment mal«, sagte sie und lief mit dem roten Flakon davon.

Nach einer weiteren halben Stunde, er hatte inzwischen auf einem der mit schwarzem Kunstleder bezogenen Hocker Platz genommen, stand ein Dutzend verschiedenfarbiger Flakons vor ihm auf dem Tisch. Daneben lagen ebenso viele Papierstreifen.

Erfolglos hatte die Verkäuferin ihm immer neue Vorschläge gemacht. Bis sie ihm, inzwischen sichtlich genervt, einen hellroten, der Form eines Obelisken nachgebildeten Flakon hinhielt und sagte: »Also wenn es das nicht trifft, bin ich mit meinem Latein wirklich am Ende!«

Entschlossen zog sie die dunkelrote Verschlusskappe ab und besprühte einen weiteren Papierstreifen. Hoffmann las, was in goldenen Lettern auf dem Flakon stand: ANNAYAKE. Matsuri. Und wie die vielen Male zuvor nahm er auch diesmal den Papierstreifen in die Hand, schloss die Augen und roch daran. Und plötzlich war ihm, als rieche er nicht mehr an einem dünnen Papier, sondern an Fräulein Ogatas zierlichem Handgelenk.

»Ja!«, rief er erfreut. »Ja, das ist es!«

»Na, Gott sei Dank!«, sagte die Verkäuferin erlöst und erhob sich.

Zu Hause nahm er auf der Wohnzimmercouch Platz, zog die Schachtel aus der Plastiktüte, löste die Plastikfolie von der Verpackung, öffnete sie und ließ den schlanken Flakon behutsam in die andere Hand gleiten. Aus der Wohnung im ersten Stock war das Cellospiel von Fräulein Bernheim zu hören.

Vorsichtig zog er die Verschlusskappe ab und hielt sich den Flakon unter die Nase. Berauscht von dem intensiven Fliedergeruch, träufelte er die Essenz in die zur Kuhle geformte linke Hand und stellte den Flakon vor sich auf den Tisch. Anschließend rieb er sich ausgiebig die Hände, presste sein Gesicht dagegen und badete es mit geschlossenen Lidern in der stark riechenden Lotion.

Dabei stellte er sich vor, Fräulein Ogatas kleine Brüste zu liebkosen, ihren Hals und ihre runden Schultern. Und ihr Gesicht immer neu mit Küssen zu bedecken. Mit dem Gefühl, ihr ganz nah gekommen zu sein, ließ er sich gegen die Rückenlehne der Couch sinken und schlief irgendwann ein.

Als Hoffmann zwei Tage später das »SMILING FISH« mit einem kleinen Blumenstrauß in der Hand betrat und auf den freien Tisch neben dem Aquarium zusteuerte, kam Fräulein Ogata auf ihn zu und sagte mit bekümmertem Gesicht: »Guten Tag, Herr Hoffmann!«

»Der ist für Sie«, sagte er stolz und hielt ihr den Strauß hin.

»Danke schön«, sagte Fräulein Ogata und ergriff den Strauß. Doch der bekümmerte Ausdruck in ihrem Gesicht blieb.

»Was ist denn mit Ihnen?«, fragte Hoffmann irritiert.

»Mein Lieblingsfisch ist gestorben«, antwortete Fräulein Ogata und wies mit der freien Hand auf das Aquarium.

»Oh, das tut mir leid!«

»Ein Schmetterlingsbuntfisch«, sagte Fräulein Ogata. »Er war nicht sehr groß und vielleicht auch nichts Besonderes. Aber ich habe ihn geliebt und für seine Schönheit bewundert. Ich bin sehr traurig.«

Hoffmann aß die bestellten Takoyaki. Und nachdem er lange in das Aquarium gestarrt hatte, ohne dem ruhelosen Treiben größere Beachtung zu schenken, legte er das Geld auf den Tisch, nahm seinen Mantel und verließ das Restaurant.

»Ich möchte einen Schmetterlingsbuntfisch«, sagte Hoffmann zu dem Verkäufer, mit Blick auf die zahllosen hell strahlenden Aquarien. Der Mann, der einen verwaschenen hellgrünen Kittel trug, sah ihn freundlich an und sagte: »Sie meinen wahrscheinlich einen Schmetterlingsbuntbarsch?«

»Ja, genau«, sagte Hoffmann.

Sie gingen in einen angrenzenden Raum, wo der Verkäufer vor einem größeren, auf einem braunen Rollwagen stehenden Becken innehielt, in dem eine Reihe kaum zehn Zentimeter großer Fische schwamm, über deren vordere Körperhälften sich jeweils schwarzglänzende Streifen zogen.

»Mikrogeophagus ramirezi«, sagte der Verkäufer. »Kommt aus dem Orinoco-Delta. Nichts für Anfänger.«

»Ah ja«, sagte Hoffmann, beugte sich interessiert nach vorn und besah sich die Fische etwas genauer. Silbrig hin und her huschende Schatten, die, sobald sie sich ins Licht drehten, bunt aufleuchteten.

»Ich nehme einen von denen«, sagte Hoffmann und verließ den Laden wenige Minuten später mit einem prall mit Wasser gefüllten und zu einer Kugel aufgeblasenen Klarsichtbeutel. Immer wieder warf er einen prüfenden Blick auf den kleinen Buntbarsch darin.

In einem ihrer ersten Gespräche hatte Fräulein Ogata Hoffmann von ihrer in Tokio lebenden älteren Schwester Megumi erzählt, einer Seiyu, auf die alle in der Familie sehr stolz seien. Auf Hoffmanns Frage, was denn eine Seiyu sei, hatte Herr Nishi, der seine kleine Küche verlassen und ihr Gespräch offenbar belauscht hatte, gesagt: »Eine Schauspielerin, die im Fernsehen anderen ihre Stimme leiht.«

»Sie meinen eine Synchronsprecherin«, hatte Hoffmann ergänzt.

»So ist es«, hatte Fräulein Ogata gesagt und lächelnd genickt. »Megumi ist in Japan eine Berühmtheit. Sie ist der Stolz unserer Familie. Eine wunderbare Person. Alle lieben sie.«

Hoffmann musste, während er ging, daran denken, wie stolz Fräulein Ogata ausgesehen hatte, als sie über ihre Schwester gesprochen hatte. Es hatte ihm imponiert, wie selbstverständlich sie sich am Erfolg ihrer Schwester freuen konnte. Ohne jede Spur von Neid oder Missgunst. Im Gegenteil. Sie schien vielmehr für ihr eigenes Leben Kraft daraus zu schöpfen. Wer konnte so etwas hierzulande schon von sich sagen? Dass er neidlos Kraft aus dem Erfolg eines anderen bezog. Ein Heiliger allenfalls. Oder einer, der den Verstand verloren hatte.

Hoffmann blickte wieder auf den Barsch in dem Beutel, der darin haltlos hin und her wogte. Irgendwo hatte er gelesen, dass asiatische Restaurantbetreiber, die bereit waren, Schutzgelder an die japanische Mafia zu zahlen, dies damit zum Ausdruck brachten, dass sie Aquarien in ihren Restaurants aufstellten. Doch Hoffmann konnte sich beim besten Willen nicht vorstellen, dass Herr Nishi, wenn auch gegen seinen Willen, mit der japanischen Mafia Geschäfte machte. Herr Nishi ein Handlanger der Yakuza, der mit seinen Zahlungen deren Existenz indirekt bejahte? Unvorstellbar!

Hoffmann bog in die Straße ab, in der sich Herrn Nishis kleines Restaurant befand. Kaum hatte er die Eingangstür geöffnet, wich er auch schon zurück, und der mit Wasser gefüllte Beutel pendelte an seiner Hand langsam aus. Wie seinerzeit die auf Stojan Vitina gerichtete Kalaschnikow des Serben.

Fräulein Ogata stand auf Zehenspitzen neben dem Aquarium und hatte einem jungen, deutlich größeren Asiaten beide Arme um den Hals gelegt. Ihr Kopf ruhte schutzsuchend an seiner Brust. Die Augen hielt sie mit einem Lächeln geschlossen. Langsam drehten sich beide im Kreis.

Hoffmann warf einen Blick auf den Barsch, löste seine Finger von dem Griff der Tür, die langsam zuklappte, und lief davon.

Als er Stunden später in seiner Wohnung auf der Couch saß, den zerdrückten Klarsichtbeutel aus der Zoohandlung neben sich, während der Buntbarsch mit dem Bauch nach oben in der halb mit Wasser gefüllten, vor ihm auf dem Tisch stehenden Glasschale trieb, dachte er, dass es wichtig sei, Freunde zu haben. Oder eine Schwester wie das wunderbare Fräulein Megumi. Jemanden, dem gegenüber man sich öffnen konnte. Das konnte auch ein Hund sein. Nur kein Fisch. Fische lächelten nicht und starben viel zu schnell.

ACHTZEHN

Sie waren an diesem Morgen zu zweit unterwegs. Wang, der den LKW mit der hydraulischen Teleskopbühne fuhr, und Kovac, der oben im Arbeitskorb stand und die Fenster putzte.

Die Firma Window 24 hatte sich auf Glas- und Rahmenreinigung gewerblicher und privater Gebäude sowie auf Bauabschluss- und Fassadenreinigung spezialisiert und beschäftigte inzwischen zwölf Mitarbeiter.

Wang, der Anfang der neunziger Jahre aus Hongkong nach Deutschland gekommen war, war seit sieben Jahren bei Window 24, Kovac seit vier.

Kovac hatte eine Zeitlang bei der Feuerwehr gearbeitet, bevor er zur Firma gestoßen war. Er hatte verirrte Katzen von Dächern geholt, Selbstmordkandidaten von Fenstervorsprüngen auf seine Arbeitsbühne gelotst und war in brennende Wohnungen eingestiegen. Ein stressiger Job, dem er mit seinem Wechsel zu Window 24 entkommen war.

Kovac hatte die Fenster im Parterre und auch die im ersten und zweiten Stockwerk des Wohnhauses

Nummer 17 fertig und sich bereits weiter hinauf in den dritten Stock manövriert, als Wangs Handy klingelte und er auf dem Display Kovacs Nummer sah.

»Was ist?«, sagte Wang, der inzwischen nahezu fehlerfrei Deutsch sprach und mit in den Nacken gelegtem Kopf und zugekniffenen Lidern nach oben spähte.

»Komm rauf, Mann, aber schnell! Hier hat sich gerade einer aufgehängt!«, rief Kovac in sein Handy.

Wang verstand nicht. »Was ist?«

»Einer hat sich gerade aufgehängt, verdammt!«, wiederholte Kovac. »Komm rauf! Läute irgendwo, damit man dir aufmacht, und nimm so schnell du kannst den Aufzug in den dritten Stock! Nimm den Notfallhammer mit!«

Wang blickte weiter nach oben, das Handy am Ohr. Er konnte sehen, wie Kovac aufgeregt mit dem Arm ruderte, klappte sein Handy zu und setzte sich in Bewegung. »Mist!«, fluchte er, schob sein Handy in die Hosentasche und lief zur Eingangstür. Dort drückte er so lange wahllos Klingelknöpfe, bis eine Frauenstimme »Ja? Hallo?« sagte.

»Ein Notfall!«, rief Wang, und das trockene Surren des Türöffners ertönte. Entschlossen stieß er die verglaste Tür auf. Er drückte den Liftknopf, der daraufhin hell zu leuchten begann, und trommelte mit den Fingern seiner rechten Hand gegen die verschrammte Fahrstuhltür.

Am Morgen hatten sie mit ihrem LKW in einer Einbahnstraße festgesteckt, weil der automatikbetriebene Wagen eines Anliegers mitten auf der Fahrbahn stehen geblieben war, sodass Rangieren nicht möglich gewesen war. Sie hatten dadurch eine Dreiviertelstunde verloren. Und nun wartete im dritten Stock zu allem Überfluss ein Selbstmörder!

Wang klappte sein Handy auf, drückte die Ruftaste und presste das kleine Gerät erwartungsvoll ans Ohr. Es folgte ein Knacken, und Kovac sagte: »Wo bist du?«

»Im Aufzug. Ich bin gleich oben!«

»Okay! Du musst sofort rein!«

»Ich versuch's.«

»Beeil dich!«

Kovac stand in seinem drehbaren Arbeitskorb in fünfzehn Metern Höhe vor dem Fenster des Selbstmordkandidaten und starrte gebannt in das Zimmer. Er spielte kurz mit dem Gedanken, aus dem Korb zu klettern, die Scheibe einzuschlagen und den Mann selbst abzuhängen, entschied sich aber dagegen. Womit hätte er die Scheibe einschlagen sollen? Etwa mit der bloßen Hand? Der rote Notfallhammer hatte im Wagen hinter dem Fahrersitz gelegen. Außerdem musste Wang jeden Moment da sein.

In seiner Zeit bei der Feuerwehr hatte Kovac einmal eine Fünfzehnjährige gerettet, die vom Dach springen wollte, weil sie dahintergekommen war, dass ihre beste Freundin sie mit ihrem Freund betrog.

Ein anderes Mal hatte er eine bewusstlose Rentnerin aus ihrer brennenden Wohnung getragen und zum Dank dafür anschließend noch monatelang Postkarten und kleine Geschenke von ihrer offenbar tiefgläubigen Tochter erhalten. Unter anderem einen kitschigen

Silberanhänger des heiligen Christophorus, der das Jesuskind auf den Schultern trägt. »So, wie sie meine Mutter aus den Flammen getragen haben!«, hatte die Frau in dem Begleitbrief geschrieben. Oder eine in helles Leder gebundene Taschenbibel der Evangelischen Kirche Deutschland, »damit Sie stets den rechten Weg vor Augen haben«.

Kovac hatte die Bibel gemeinsam mit dem Einpackpapier und der Karte weggeworfen. Genau wie all die anderen, völlig sinnlosen Geschenke. Denn was, zum Teufel, sollte er mit einem Engel aus Glas, einem Teelicht und einer aufklappbaren Holzkrippe in Zigarettenschachtelgröße?

Kein einziges Mal hatte er auf die Sendungen reagiert. Bis eines Abends das Telefon klingelte und eine ihm fremde Frauenstimme drohend sagte: »Warum reagieren Sie nicht auf meine Geschenke? Ich dachte, Sie seien ein mitfühlender Mensch! Doch offenbar habe ich mich in Ihnen getäuscht. Gott wird Sie dafür strafen!«

Noch lange nach dem Telefonat waren Kovac die Worte der Anruferin nicht aus dem Sinn gegangen. Und nun, da er in seinem Arbeitskorb stand und in die fremde Wohnung starrte, fielen sie ihm wieder ein. *Gott wird Sie dafür strafen!* Sein Handy klingelte.

»Ich stehe vor der Tür!«, sagte Wang.

»Aufbrechen! Du musst die Tür sofort aufbrechen!«, rief Kovac.

Gebannt starrte er durch das Fenster in die Wohnung, das Handy in der Hand. Da endlich kam Wang ins Bild. Nach vorn gebeugt, strich er sich mit schmerzverzerrtem Gesicht über die rechte Hand, in welcher er den Hammer hielt.

Er stürzte auf den Selbstmörder zu, zog den Stuhl heran und packte die leblose Gestalt von unten. Den einen Arm um deren Hüften gelegt, versuchte Wang mit der rechten Hand, den Kopf des Mannes aus der Schlinge zu befreien. Er zog und zerrte an dem Seil, während er den erschlafften Körper nach oben stemmte.

Kovac musste beim Anblick der beiden an den Silberanhänger denken. Er lag zwischen alten Papieren in der Schublade seines Nachttischschränkchens. Der heilige Christophorus mit dem Jesuskind auf der Schulter.

Wang hatte den Fremden endlich aus der Schlinge befreit und auf den Boden gelegt, als dieser sich auf einmal zu rühren begann und einen Augenblick später anfing, nach ihm zu treten und wild um sich zu schlagen. Dabei traf er ihn an der Schläfe, sodass Wang nach hinten umfiel und aus Kovacs Sichtfeld verschwand. Dann lief der Mann aus der Wohnung.

Atemlos hatte Kovac das Ganze verfolgt. Er klappte sein Handy zu und schob es in die Hosentasche, packte den Joystick an dem Steuerungs-Board und manövrierte die Arbeitsbühne nach unten. Im Augenwinkel sah er, dass ein Mann im Haus gegenüber am Fenster stand und durch ein Fernglas zu ihm herübersah.

Unten angekommen, kletterte Kovac aus dem Arbeitskorb und hastete, nachdem ihm auf sein Klingeln hin jemand geöffnet hatte, über die Treppe die drei Stockwerke hinauf. Im Flur hatten sich bereits Anwohner versammelt. Aus der Wohnung war Klaviermusik zu hören.

Wang lag reglos auf dem Boden. Von der Decke hing die Schlinge. Darunter stand der Stuhl.

Nachdem Kovac ihm ein feuchtes Handtuch auf die Stirn gedrückt hatte, kam Wang langsam wieder zu sich. Wang sah ihn ganz ruhig an und sagte: »Seress, Gloomy Sunday.«

»Was ist?«, rief Kovac gegen die laute Musik und sah Wang an.

»Das Lied der Selbstmörder. Ist ganz berühmt. Man sagt, es treibe die Leute in den Selbstmord.«

»Woher weißt du das?«

»Es ist eines meiner Lieblingslieder«, sagte Wang lächelnd und schloss die Augen. »Es handelt von einem Mann, dessen Freundin gestorben ist. Er will sich umbringen, weil er glaubt, dadurch wieder mit ihr vereint zu sein. Manchmal lege ich es auf.«

Kovac erhob sich und lief in das angrenzende Badezimmer. Im Spiegel bewegten sich seine Lippen. Seine Stimme hallte leicht in dem gekachelten Raum, als er murmelte: »Heiliger Christophorus.«

NEUNZEHN

Als junger Mann hatte Robert Wilke sein Geld eine Zeitlang als Fernfahrer verdient. Und wenn er heute an seine Touren nach Teheran, Istanbul oder Algier zurückdachte, überkam ihn noch manchmal ein bisschen Wehmut. Mittlerweile war Wilke sechsundvierzig und lebte noch immer allein, denn zu mehr als ein paar flüchtigen Affären hatte er es nicht gebracht. Er hatte eine Buchhändlerlehre hinter sich und zehn Jahre als Verkäufer einer Buchhandelskette. Bis er auch das irgendwann aufgegeben hatte und stattdessen eine Stelle als Verlagsvertreter eines mittelgroßen Buchverlags angenommen hatte. Seine erste Reise als Vertreter lag inzwischen sechs Jahre zurück.

Vier Buchläden hatte er seit dem Morgen besucht, Läden, als deren Besitzer er sich früher einmal gesehen hatte. Jetzt lief er zu seinem Wagen, legte seine Tasche mit den Verlagskatalogen in den Kofferraum, schloss ab und blickte sich erwartungsvoll um. Es war ein lauer Frühsommerabend, und er verspürte einen leichten Hunger, vor allem aber Durst. Das viele Reden hatte seine Kehle ausgetrocknet, und in den Schläfen registrierte er einen leichten Druck. Zu Hause hätte er eine Aspirin genommen.

Als Schulabgänger hatte er noch manchmal mit der Idee gespielt, selbst zu schreiben, denn er bewunderte die Schriftsteller, die es verstanden, die Liebe und das Leben so zu besingen, dass man plötzlich alles für möglich hielt. Doch er hatte es nie darauf ankommen lassen. Es war ihm dann doch lächerlich vorgekommen, sich wichtigtuerisch an den Schreibtisch zu setzen und seine dürftigen Phantasien zu notieren. Dabei hätte er von Beginn an das mitgebracht, was ein großer russischer Dichter einmal als das Grundelement echten Talents bezeichnet hatte: Unzufriedenheit mit sich selber. So gesehen, hätte er vielleicht doch zum Schriftsteller getaugt. Doch das Selbstbewusstsein und jene Ausdauer und Kraft, die obendrein nötig gewesen wären, um ein Buch nicht nur zu beginnen, sondern es auch zu beenden, hatte er nicht besessen. Er war stets ausgewichen, statt sich zu stellen; im Beruf ebenso wie in Gefühlsdingen oder bei den Frauen. Und wenn es doch mal eine darauf anlegte, ihn an sich zu binden, zog er sich mit einer Notlüge aus der Affäre und verschwand. Eines aber blieb ihm immer erhalten: seine Unzufriedenheit. Gerade an diesem Abend, noch dazu in der Stadt, in welcher er zur Schule gegangen war und jetzt nicht wusste, wohin, stand ihm diese Erkenntnis klar vor Augen.

Nach kurzer Überlegung lief er stadteinwärts, denn diesen Abend wollte er nicht allein verbringen. Nachdem er in einer Stehpizzeria eine Portion zu weicher

Nudeln gegessen hatte, hielt er Ausschau nach einem Club oder einer Bar, in der bereits um diese Uhrzeit mehr zu bekommen war als nur ein freier Platz an der Theke. Und Wilke hatte Glück.

Er setzte seinen Fuß in ein Stripteaselokal in der Nähe des Bahnhofs. Entschlossen tauchte er in das Halbdunkel ein, in dessen Tiefe eine rosafarben angestrahlte Bühne auszumachen war, auf der sich eine nackte Frau zu Chansonklängen räkelte. Reflektierende Goldsterne bedeckten ihre Brustwarzen, und ihre Scham war hinter einem ebenfalls goldenen, etwas größeren Stern verborgen. In ihrem dunklen, schulterlangen Haar leuchtete ein Diadem. Die ganze Aufmachung wirkte, als habe sich ein Mädchen, das noch immer von einem Leben als Prinzessin träumt, dieses Outfit ausgedacht.

Wilke nahm in der Mitte Platz, ohne seinen Blick von der eher verspielt als aufreizend wirkenden Tänzerin zu lösen, die sich geschmeidig wand wie eine Schlange auf einem warmen Stein. Die Frau war nicht mehr wirklich jung, besaß aber die Gewandtheit einer Schülerin. Über einem der Seitentische stieg Zigarettenrauch auf, zog in gewundenen Schleifen hinüber in die Lichtkegel der Strahler rund um die Bühne und löste sich darin auf.

Als junger Mann hatte sich Wilke ins Leben stürzen wollen wie der Falter in die Flamme. Doch mit den Jahren hatte er sich, ohne dass ihm dies bewusst geworden wäre, Zug um Zug davon wegbewegt und sich in einen Menschen verwandelt, der anfing, das Risiko zu scheuen. Im Beruf wie in der Liebe. Darüber war er älter geworden, zaudernd, und noch immer war er ein Suchender.

Während er an seinem Bier nippte, verfolgte Wilke das gymnastische Treiben der Tänzerin. Die Frau vollführte ihre Bewegungen im Gleichklang mit der Musik und wie in Zeitlupe, als folge sie der Choreographie eines Traumes. Manchmal hielt sie inne, inszenierte ein Stocken und hob langsam den Kopf. Dann blinzelte sie in das grelle Licht der Scheinwerfer, als suche sie im Zuschauerraum nach einem vertrauten Gesicht, warf aber sogleich das Haupt in den Nacken und setzte ihren Tanz fort.

Wilke konnte seinen Blick nicht von der Frau lösen. Vor allem ihr Gesicht rührte ihn: die großen, stark geschminkten und ungewöhnlich weit auseinanderstehenden Augen. Augen wie die eines Hais, dachte er. Und dass er vor langer Zeit mal eine gekannt hatte, bei der es ähnlich war. Dazu die kräftigen, in ein spitzes, leicht vorspringendes Kinn mündenden Wangen. Das dunkle Haar, das ihr über die nackten Schultern floss und sich im Gleichmaß mit den wogenden Brüsten bewegte, war in der Stirn zu einem Pony geschnitten, unter dem sie wie unter einem Vorhang hervorschaute.

Wilke hätte nicht sagen können, dass ihm die Frau sonderlich hübsch erschien. Doch die Art, wie sicher sie sich in ihrer Nacktheit zu bewegen wusste, nahm ihn immer mehr für sie ein. Selbstverständlich und anmutig zugleich erschienen ihm ihre Bewegungen. Sie gefällt mir, dachte er. Und so musste er trocken schlucken, als die Musik verstummte, die Frau sich teilnahmslos verbeugte und von der Bühne ging. Von dem Tisch, an dem geraucht wurde, drang ein verhaltenes Klatschen herüber. Dann wechselte die Farbe der Strahler von Rosa in ein warmes Gelb, und Wilke konnte sehen, wie die Frau in einer sich seitlich öffnenden Tür verschwand.

Als sie wenig später, nun mit einem weißen Kostüm bekleidet, wieder erschien und an der Bar Platz nahm, erhob sich Wilke und ging zu ihr. »Es hat mir gefallen, wie Sie getanzt haben«, sagte er, unsicher, ob er stehen bleiben oder sich auf den freien Hocker neben sie setzen sollte.

»So, hat es das?«, antwortete die Tänzerin, ohne ihn dabei anzusehen.

»Ja, sehr sogar!« Wilke betrachtete ihre Haare und blickte dann auf sein Bierglas, das er in der Hand hielt.

»Sonst noch was?«, sagte die Tänzerin, nahm eine Zigarette aus der vor ihr auf dem Tresen liegenden Schachtel und angelte nach dem Feuerzeug. Und plötzlich wandte sie sich ihm zu, drehte ihren Kopf mit der gleichen kontrollierten Langsamkeit, mit der sie sich auf der Bühne bewegt hatte, und blickte ihn forschend an.

»Nein, nur das wollte ich Ihnen sagen«, erwiderte Wilke mit einem leichten Vibrieren in der Stimme.

»Das haben Sie ja jetzt getan. War's das?«

»Ja.«

Er war im Begriff sich abzuwenden, als die Frau tief inhalierte, den Rauch ausstieß und sagte: »Sie sind von hier, stimmt's?« Dabei studierte sie sein Gesicht.

»Ja und nein«, sagte Wilke, wobei er unschlüssig

von einem Bein auf das andere trat. »Ich bin hier zur Schule gegangen, ja, aber das ist lange her. Anschließend war ich länger im Ausland.«

»So«, sagte sie nachdenklich. Über ihre eben noch glatte Stirn zog sich eine kleine Furche. Und plötzlich sagte sie zu Wilkes Verwunderung: »Lassen Sie uns hier verschwinden!«

»Verschwinden? Aber geht das denn?«, fragte Wilke. »Ich meine, müssen Sie denn nicht weiter …?«

»Ich muss gar nichts«, sagte sie und drückte die nicht zu Ende gerauchte Zigarette aus.

»Okay, wie Sie wollen«, sagte Wilke. Er gab dem Barkeeper ein Zeichen und legte einen Schein vor sich auf den Tresen.

Als er sich wenig später auf der Straße wiederfand und der Geruch von Asphalt und Benzin ihm in die Nase wirbelte, hatte er plötzlich das Gefühl, sich ganz von außen zu sehen, wie von einer Kamera eingefangen: einen Mann, der in der warmen Abendluft steht und unsicher darauf wartet, dass ihm eine wildfremde Frau den Weg in den Abend oder sonst wohin weist.

»Kommen Sie!«, sagte sie kurz darauf, hakte sich bei ihm unter und zog ihn so, als hätten sie das schon unzählige Male gemacht, mit sich fort.

»Sie erinnern mich an jemanden«, sagte sie, als sie, nachdem sie keine fünf Minuten gelaufen waren und vor einem Mietshaus stehen blieben, den Schlüssel aus ihrer Handtasche zog.

»Wirklich? An wen denn?«

»Das ist lange her«, sagte die Frau, stieß die schwere Haustür auf und schaltete das Flurlicht an.

»Ist es eine schöne Erinnerung?«, wollte Wilke wissen, während sie in den zweiten Stock hinaufstiegen.

»Wie man's nimmt«, sagte die Frau, schloss die Wohnungstür auf und warf ihren Mantel auf einen an der Seite stehenden Holzstuhl. »Was trinken Sie?«, rief sie und verschwand in einem Nebenzimmer.

»Was haben Sie denn?«, antwortete Wilke. Dabei ließ er seinen Blick über die Wände mit den daran hängenden Bildern gleiten, billigen Reproduktionen von Matisse, Picasso und Chagall. Sicher aus einem Kalender herausgerissen, dachte er.

Als sie mit zwei halb gefüllten Gläsern in der Hand in die Diele zurückkam, trug sie keine Schuhe mehr. Und auch ihre Bluse hatte sie ausgezogen, sodass sie nur noch mit ihrem Rock und einem cremefarbenen BH bekleidet war.

»He, du bist aber schnell!«, sagte Wilke und tat unweigerlich einen Schritt rückwärts.

»Aber das ist es doch, was du willst? Oder etwa nicht?«, sagte sie und hielt ihm immer noch das Glas hin, während sie an ihrem Drink nippte. »Nur keine falsche Scham. Greif nur zu!«, sagte sie, trat ihm entgegen, legte seine Hand auf ihre Brust und drückte sie fest dagegen. Dabei schlang sie ihren Arm um seine Taille und schob ihn sanft ins Schlafzimmer. Sie nahm ihm sein Glas ab, stellte es auf ein Regal und schubste ihn lächelnd auf das zerwühlte Bett.

»He, he!«, rief Wilke erneut und versuchte sich aufzurichten. Doch im selben Moment setzte sie sich breitbeinig auf seinen Bauch, leerte ihr Glas in einem Zug und ließ es achtlos auf den Boden fallen. Dann öffnete sie mit einer Hand ihren BH, streifte ihn ab und beugte sich zu Wilke hinunter, sodass ihre nackten Brüste auf seinem Gesicht lagen.

»Nur zu!«, flüsterte sie, und Wilke begann ihre Brüste zu küssen. Die Kraft, die von ihrem Körper ausging, überwältigte ihn, und ihre Entschlossenheit gefiel ihm. Und so presste er sein Gesicht immer fester an sie, griff nach ihren Brüsten, küsste sie und saugte daran.

»Ja, nur zu, Robert!«, hauchte sie über ihm. »Nicht aufhören!«

Es dauerte einen Moment, bis er begriff, dass sie gerade seinen Namen gesagt hatte. Dann hielt er inne. »Woher wissen Sie, wie ich heiße? Ich meine, woher weißt du …?

»Ach, Robert!«, hauchte sie und ließ spielerisch die Spitzen ihrer Mähne über sein Gesicht gleiten. Wilke sah sie irritiert an.

»Du hast nicht die leiseste Ahnung, stimmt's?«, sagte sie und ließ ihren Oberkörper nach hinten fallen.

»Nein«, antwortete Wilke, der die Arme nach beiden Seiten ausbreitete, als würde er jeden Moment davonfliegen wollen.

Langsam richtete sie sich wieder auf, sah ihn an und sagte: »Ich habe dir geschrieben, damals in der Schule, immer wieder habe ich dir geschrieben.«

»Was geschrieben?«, fragte Wilke. »Wer sind Sie, nein, ich meine, wer bist du?«

»Liebesbriefe. Und du hast mich ausgelacht, damals! Doch ich blöde Kuh konnte nicht anders, als dir immer wieder zu schreiben und dir aufzulauern. O Gott, wie verknallt ich damals war!«

Jetzt löste sie sich von ihm, ließ sich zur Seite fallen und lag auf dem Rücken. Mit der Rechten angelte sie nach einer Schachtel Zigaretten, die auf dem Nachttisch lag.

»Liebesbriefe?« Wilke richtete sich auf. Und jetzt erinnerte er sich. »Du? Du bist das? Die Kleine aus der sechsten Klasse? Die mit den seltsamen Klamotten und der grässlichen Frisur? Die, die dauernd rot wurde, wenn sie mich sah?«

»Genau!«

Nun hatte sie die Schachtel zu fassen bekommen, schüttelte eine Zigarette aufs Bett und steckte sie sich mit einem Feuerzeug an, das sie unter dem Bett hervorgeholt hatte. Geräuschvoll stieß sie den Rauch aus. Und auf einmal fing sie an zu lachen. Erst gedämpft und stoßweise, schließlich ungebremst und schallend. Bis sie sich irgendwann mit der Zigarette im Mundwinkel neben ihm erhob, aufstand und auf ihn herabsah wie auf einen kleinen Jungen.

Wilke konnte aus seiner Position ihre Augen nicht sehen, das Gesicht lag im Schatten, noch dazu von ihren dichten Haaren verdeckt. Er sah bloß ihre über ihm thronende von hinten beleuchtete Statur. Doch was er sah, klein und gespiegelt in der weißen Porzellanschale der Deckenlampe, war eine zweite, zur Miniatur gewordene Gestalt daneben, die so viele Kilometer und Jahre hinter sich gebracht hatte, um hier zu landen. Und dann lachte er ebenfalls, laut und überheblich.

ZWANZIG

Sie wollte gerade ins Bett gehen, als ihr auf dem Tisch liegendes Handy klingelte. Sie hatte noch aufgeräumt und bereits sämtliche Lichter im Wohnzimmer gelöscht. Nur der Fernseher, dessen blauer Schein das dunkle Zimmer gespenstisch erhellte, lief noch.

»Hallo?«, sagte sie und stellte mit der Fernbedienung den Ton leise. Dann horchte sie in die Stille. Doch es kam keine Antwort, nur leises Rauschen.

»Hallo?«, fragte sie noch einmal. »Wer ist denn da?«

Immer noch keine Antwort. Julia glaubte nun, am anderen Ende jemanden atmen zu hören, schwach und stoßweise. Doch dann dachte sie: Vielleicht bilde ich mir das nur ein, und sie war entschlossen, das Ganze durch den Druck auf die rote Off-Taste zu beenden.

»Ich lege jetzt auf!«, sagte sie und lauschte auf das anhaltende Rauschen.

Im Fernsehen lief ein Werbespot. Eine dunkle Limousine fuhr wie in Zeitlupe auf einer ansonsten menschenleeren Landstraße dem Sonnenuntergang entgegen. Es ist seltsam, Werbung ohne Ton zu schauen, dachte Julia. Dabei habe ich diesen Spot schon x-mal gesehen und weiß genau, was gesprochen wird.

»Also, ich lege jetzt wirklich auf!«, wiederholte sie. Doch kurz bevor sie tatsächlich auflegen wollte, hörte sie am anderen Ende plötzlich eine Stimme sagen: »Ich bin's!«

»Gott, hast du mich erschreckt!«, sagte Julia.

»Bist du allein?«, fragte er.

»Ja, ich habe mir einen Film angesehen und wollte gerade ins Bett.«

»Wie geht es dir?«, sagte er mit seiner dunklen, kräftigen Stimme, die sie so mochte.

»Ich weiß nicht. So lala«, antwortete Julia. »Wo bist du?«

»In Spanien, in einer Bodega, die ›Rincón de Pepe‹ heißt.«

»Ist es schön dort?«

»Eine Spelunke.«

»Kannst du das Meer sehen? Erzähl mir, was du gerade siehst!«

»Eine dreckige, kleine und noch dazu schlecht beleuchtete Straße, und zwischen den Häuserblocks einen Fetzen Meer, der in der Dunkelheit kaum zu erkennen ist«, sagte er.

»Schön«, sagte sie.

»Dir würde es hier bestimmt nicht gefallen. Es ist ziemlich trostlos, ehrlich gesagt.«

»Aber ich mag Spanien!«, erwiderte sie und versuchte sich vorzustellen, wie es wäre, jetzt bei ihm zu sein.

»Aber das hier würdest du sicher nicht mögen.«

»Warum?«

»Ach, einfach so!« Es entstand eine Pause. Dann sagte er: »Ich vermisse dich.«

Sie antwortete nicht. Im Fernsehen liefen nun tonlos die Nachrichten.

»So sag doch was!«

»Ich weiß nicht, was ich sagen soll.« Sie hörte, wie unten auf der Straße ein Auto vorbeifuhr und als schwache Verdoppelung in der Leitung zu hören war.

»An dem Morgen, als ich gegangen bin, haben meine Hände nach dir gerochen«, sagte er.

Julia, die die ganze Zeit gestanden hatte, setzte sich auf die Couch und schlug ein Bein über das andere.

»Ich saß im Büro, und meine Hände rochen nach dir. Nach deinen Haaren, deinem Parfüm, deiner Haut …«

Julia spürte, wie ihre Wangen warm zu werden begannen, und in ihrer Magengrube registrierte sie ein Kitzeln.

»Bist du noch dran?«, fragte er.

»Ja«, sagte Julia. »Und jetzt? Wonach riechst du jetzt?«

»Nach Zigarettenrauch und Bier«, sagte er.

»Ich will, dass du zurückkommst! Hörst du, Georg?«, sagte sie und erschrak gleichzeitig über ihre Worte. »Komm zurück!«

»Zu spät!«, sagte er. »Denn ich hab, glaub ich, ’ne ziemliche Dummheit gemacht.«

»Was meinst du?«

»Ich hab meinem Vater bei so einer Sache geholfen«, sagte er. »Kürzlich, spätnachts.«

»Ja, und?«

»Na ja, ihm ist da was ziemlich Übles passiert, und er hat mich gebeten, ihm dabei zu helfen, die Sache wieder in Ordnung zu bringen.«

»Wovon redest du? Ich verstehe kein Wort!«

Da erzählte er ihr von dem Toten, der in der Wohnung seines Vaters auf dem Fußboden gelegen hatte. Und dass sie ihn auf einer Müllkippe abgeladen hatten.

»Das ist nicht dein Ernst, oder?«, sagte Julia, griff nach der Fernbedienung und richtete sie auf den Fernseher. In der plötzlichen Finsternis war ihr wohler, denn einen Moment lang hatte sie sich von dem Meteorologen, der vor einer Wetterkarte stand, beobachtet gefühlt.

»Doch«, sagte er. »Doch. Leider.«

»Ihr seid verrückt!«

»Ja, sieht so aus«, sagte er bekümmert.

Plötzlich wurde ihr Gespräch unterbrochen, und Julia starrte entgeistert auf das blau leuchtende Display ihres Handys, das weiterhin die Nummer des Anrufers anzeigte.

»Georg!«, rief sie. »Georg, bist du noch dran?« Doch da war bloß dieses ferne Rauschen, und sie stellte sich den weiten Weg vor, den es von Spanien bis zu ihr zurücklegen musste. Nach ein paar Sekunden drückte sie die Off-Taste, und die kleine Zahlenkolonne war vom Display verschwunden.

Sie blieb sitzen, weil sie ihr schnell schlagendes Herz spürte. Aus der Wohnung über ihr waren Schritte zu hören, jemand ging ruhelos auf und ab.

Julia spielte mit dem Gedanken, den Fernseher wieder einzuschalten, um auf andere Gedanken zu kommen. Da klingelte es wieder, und das Telefon in ihrer Hand begann zu vibrieren.

»Hallo?«, sagte sie.

»Ich bin's wieder«, sagte er. »Keine Ahnung, weshalb wir unterbrochen wurden.«

Unten auf der Straße hupte jemand, und einen Moment lang meinte Julia, das ferne Echo des Geräuschs in ihrem Telefon hören zu können.

»Ja, keine Ahnung«, wiederholte sie und ertastete die Fernbedienung neben sich.

»Geh ans Fenster!«, sagte er.

»Was?«

»Ans Fenster«, wiederholte er. »Du sollst ans Fenster gehen!«

»Warum?«

»Weil ich es sage.«

Julia ließ die Fernbedienung los, erhob sich und trat ans Fenster.

»Mach Licht an, ich will dich sehen.«

»Spinnst du? Was soll das, Georg?«

»Mach es einfach, bitte!«

Julia schaltete die Stehlampe an. »Wo bist du?«

»Ich bin hier«, sagte er.

Sie verstand nicht. »Wo, hier? Was meinst du damit?«

»Hier unten«, sagte er. Und jetzt sah sie ihn in dem Wagen, der auf dem gegenüberliegenden Bordstein vor der Laterne parkte. Er winkte.

»Das glaube ich nicht!«, rief sie und schaltete die

Stehlampe wieder aus, indem sie mit der Fußspitze den Tippschalter betätigte. »Georg! Mein Gott, Georg, ich glaub's einfach nicht!«

»Wink mir zu«, sagte er. »Und sag mir, dass du mich liebst und dass ich raufkommen soll.«

Obwohl sich alles in ihr dagegen sträubte, hob sie den linken Arm und winkte. Erst langsam, dann immer heftiger.

»Du musst das Licht wieder anmachen, Julia. Das Licht! Sonst kann ich dich nicht sehen!«

Doch stattdessen lehnte sie ihren Kopf gegen die Fensterscheibe. Sie legte das eingeschaltete Telefon vor sich auf die Fensterbank. Aus weiter Ferne hörte sie seine Stimme, so fern, als dringe sie aus Spanien zu ihr.

EINUNDZWANZIG

»Sie müssen Ihrer Frau einfach mehr vertrauen!«, sagte Fitzek und sah Schindhelm über die nicht entspiegelten Gläser seiner Nickelbrille hinweg aufmunternd an. »Denn Sie lieben sie doch schließlich, nicht wahr?« Die linke Hälfte seines schmalen, energischen Gesichts lag im Schatten, die andere wurde vom zum geöffneten Fenster hereindringenden Sonnenlicht angestrahlt. Schindhelm hatte ein paar Mal die Vision, Fitzeks Gesicht gehe in Flammen auf, sodass die paar lächerlichen pechschwarzen Borsten auf seinem Kinn versengten.

Entspannt wie immer saß Fitzek ihm in seinem geblümten Ohrensessel gegenüber, ein Bein über das andere geschlagen. Auf seinem Schoß lag das blaue Klemmbrett mit einem Blatt Papier, worauf er sich während ihrer Sitzungen immer wieder Notizen machte. Wenn Fitzek redete und dabei mit dem Bleistift in der Hand herumfuchtelte, wirkte er auf Schindhelm wie jemand, der davon träumt, ein Orchester zu führen. Zudem hatte Fitzek offenbar ein Faible für karierte Hemden. Nach zuletzt grün-weiß und schwarz-rot gewürfelten Hemden trug er diesmal eines mit kleinen weißen und blauen Karos. Das ließ ihn einerseits leger erscheinen, andererseits zeigte es seine ganze Phantasielosigkeit, die sich nicht zuletzt in seinen taubenschissfarbenen Crocs offenbarte.

»Ja!«, sagte Schindhelm. »Ja, ich liebe sie!« Doch wenn er daran dachte, wie Liesbeth diesen Kerl angehimmelt hatte, als sie gemeinsam aus der Bibliothek kamen, spürte er wieder, was ihm diese Liebe abverlangte.

Schindhelm hatte Fitzeks Nummer in den Gelben Seiten gefunden. Verwirrt und verängstigt durch das, was sich in seinem Kopf abspielte, seit Liesbeth offenbar mehr als nur Begeisterung für ihren neuen Mitarbeiter Edwin empfand, hatte er Hilfe bei einem professionellen Zuhörer gesucht. Bei einem Psychotherapeuten, der ihn mit seiner ganzen fachlichen Autorität davon überzeugte, dass das, was er erlebte, nicht etwa der Beginn einer Psychose war, sondern lediglich die ganz gewöhnliche Eifersucht eines Menschen, der Angst vor dem Verlust seiner Liebsten hat.

Wahllos hatte Schindhelm so lange sechsstellige Zahlenkombinationen in sein Handy eingegeben, bis statt einer Bandansage Fitzeks warme, freundliche Stimme erklang.

Schindhelm hatte Fitzek sein Problem (Rauschen in den Ohren und nächtliche Schweißausbrüche sowie brennende Eifersuchtsschübe, die jedes Mal erschreckende Gewaltphantasien in ihm freisetzten) auf die Schnelle erläutert, zeitnah einen Termin für eine erste sogenannte »probatorische Sitzung« erhalten und anschließend erschöpft die Off-Taste seines Handys gedrückt. Das war vor sechs Wochen gewesen. Doch davon, dass das Rauschen in den Ohren oder die brennende Eifersucht nachgelassen hätten, konnte keine Rede sein. Im Gegenteil: Die Gewaltphantasien hatten sich in aus heiterem Himmel auftretende Panikattacken verwandelt, und aus dem Rauschen war eine Art Dauerton geworden.

»Aber wie soll ich ihr denn vertrauen, wenn sie nicht einmal leugnet, Gefallen an diesem Edwin gefunden zu haben?«, sagte Schindhelm und fuhr sich mit der rechten Hand über die feuchte Stirn.

»Indem Sie sich vor Augen halten, was das ist, was Ihre Frau da gerade erlebt und erfährt!«, antwortete Fitzek.

»So?«, knurrte Schindhelm überrascht. »Was erfährt sie denn, wenn sie sich von so einem Jüngelchen bezirzen lässt?«

»Bestätigung, Herr Schindhelm. Die Bestätigung, dass sie noch eine begehrenswerte Frau ist«, sagte Fitzek und nahm erneut seine bereits leicht beschlagene Brille ab, um sich den Schweiß aus den Augenhöhlen zu wischen.

»Ach ja?«

»Ja, und das ist doch nur zu verständlich«, holte Fitzek nun weiter aus, wobei er mit zugekniffenen Lidern unbeirrt weiterredete. »Sie und Ihre Frau sind jetzt sechsundzwanzig Jahre zusammen, davon neunzehn verheiratet. Da ist es doch ganz natürlich, wenn sich Ihre Frau die Bestätigung, die sich in Ihrer langjährigen Beziehung in gegenseitigen Respekt gewandelt hat, andernorts holt. Und seien Sie doch ehrlich, Herr Schindhelm, Sie hören doch auch nicht vorsätzlich weg, wenn Ihnen eine hübsche junge Frau Komplimente macht. Und das ist gut so! Denn jeder von uns braucht Anerkennung. Der eine mehr, der andere weniger. Und sehen Sie es doch mal so: Solange Ihre Frau Ihnen von diesem anderen erzählt, bittet sie Sie unbewusst um Tolerierung. Und wenn Sie ihr sodann das Gefühl geben, dass Sie ihr ihren kleinen Flirt gönnen, wird sie Ihnen Ihre Toleranz und Souveränität mit Dankbarkeit und Bewunderung entlohnen.«

Fitzeks Sprechzimmer hatte sich trotz des geöffneten Fensters und des halb zugezogenen Vorhangs inzwischen in eine Sauna verwandelt, und Fitzek selbst nahm bereits zum dritten Mal die Brille ab, um sich den Schweiß aus den Brauen zu wischen.

»Aber ich bin nicht souverän!«, rief Schindhelm und wäre fast aufgesprungen, um gegen Fitzeks goldbraun leuchtendes Eichenholzregal mit den darin versammelten Bänden von Jung, Freud und Ludwig Wittgenstein zu treten. »Umbringen könnte ich das Schwein!«, rief er.

»Herr Schindhelm, ich verstehe Sie ja. Niemand nimmt mit Freuden zur Kenntnis, dass sich sein Partner einem anderen zuwendet. Und die wenigsten verfügen in einer solchen Situation über die innere Sicherheit, gelassen damit umzugehen. Aber Sie sollten wirklich nicht solche Sachen sagen! In ihrem Innersten weiß Ihre Frau sehr wohl, was sie an Ihnen hat und dass es im Grunde eine flüchtige, mädchenhafte Liebelei ist, die sie da momentan auslebt. Deshalb sollten Sie ihr ihre Gefühle gönnen und sie nicht dazu zwingen, den anderen zu meiden oder ihm aus dem Weg zu gehen. Und machen Sie ihr keine Szenen. Druck erzeugt bekanntlich Gegendruck oder Fluchtgedanken, und Sie wollen sie doch nicht in seine Arme treiben, oder?«

Schindhelm verschlug es die Sprache. Zugleich schossen ihm unzählige widerstreitende Gedanken durch den Kopf, die er am liebsten auf der Stelle in ihrer ganzen Widersprüchlichkeit geäußert hätte. Doch Fitzeks Blick auf den anthrazitfarbenen Braun-Wecker, der in dem Eichenholzregal vor den Büchern stand, signalisierte ihm, dass die heutige Sitzung in Kürze vorüber war. Und so sagte Fitzek in seiner stets freundlichen, aber bestimmten Art: »Wir müssen zum Ende kommen, Herr Schindhelm. Und bitte, geben Sie Ihrer Frau das Gefühl, dass Sie ihr nicht böse sind, bloß weil sie die Anerkennung eines jungen Mannes mehr genießt, als Ihnen lieb ist. Zeigen Sie ihr, dass Sie sie trotzdem lieben. Machen Sie ihr kleine Geschenke, seien Sie aufmerksam. So etwas kann Wunder wirken! Bei ihr und auch bei Ihnen.« Damit griff Fitzek das Klemmbrett, befestigte den Stift daran und erhob sich. Nachdem sie einen neuen Termin vereinbart hatten, geleitete er Schindhelm zur Tür, legte väterlich die Hand auf dessen Schulter und sagte: »Nur Mut! Das wird schon«, und schob ihn hinaus in die sommerliche Wärme.

Schindhelm wandte sich, geblendet vom zwischen den Baumkronen hindurchbrechenden Sonnenlicht, noch einmal um. Doch zu seiner Enttäuschung sah er, dass Fitzek die Tür bereits geschlossen hatte. Benommen von dem, was er gehört hatte, lief er zu seinem Wagen. Die darin gestaute Wärme schlug ihm derart heftig entgegen, dass er zurückwich, die Tür wieder zuschmiss und zum Kiosk an der Ecke ging.

Als er im Baumschatten die eiskalte Bierflasche an die Lippen setzte und die kühle, herbe Flüssigkeit trank, fühlte er die Benommenheit langsam weichen. Ein Bus hielt auf der anderen Straßenseite, Leute stiegen aus und zerstreuten sich in alle Richtungen, während der Omnibus wieder anfuhr, eine rußgraue Abgaswolke ausstieß und verschwand. Ein junger Mann, der eine Sporttasche trug, kam auf ihn zu, ging an ihm vorbei und ließ sich ebenfalls eine Flasche Bier geben. In seinen schwarzen Haaren glänzte frisch aufgetragenes Gel.

»Scheißwarm, was?«, sagte er, an Schindhelm gerichtet, der mit der Flasche in der Hand dastand.

»Kann man wohl sagen«, antwortete Schindhelm und musterte den jungen Mann aus dem Augenwinkel. Dabei musste er an Fitzeks Worte denken.

»Wie alt sind Sie?«, fragte Schindhelm und trank einen Schluck Bier.

»Wieso wollen Sie das wissen?«, fragte der andere.

»Einfach so! Wie alt?«

»Dreiundzwanzig. Sonst noch was?«

Schindhelm nahm einen Schluck. Dann setzte er die Flasche ab und sagte: »Gutes Alter, oder?«

»Meinen Sie?«

»Klar. Mit dreiundzwanzig kann man einfach so

die Frauen verheirateter Männer anmachen. Das tut man doch in deinem Alter so? Anderen die Frauen ausspannen, oder?«

Der junge Mann trank ganz ruhig einen Schluck, zog aus der Brusttasche seiner ausgewaschenen Jeansjacke, die einmal schwarz gewesen sein musste, eine Schachtel Zigaretten und steckte sich eine an. Dann trat er auf Schindhelm zu, leckte sich die Lippen und sagte: »Was soll'n das werden? So was wie 'ne Anmache vielleicht?«

»Wieso?«, sagte Schindhelm, »ich mein ja bloß!«

»So, du meinst bloß!«, sagte der Mann, trat noch näher an Schindhelm heran und sah ihm tief in die Augen. »Dann rate ich dir, jetzt mal schleunigst dein Bier auszutrinken und abzurauschen! Denn sonst setzt's was, klar, Kumpel?« Schindhelms Blick fiel auf die Sporttasche seines Gegenübers, und jetzt sah er den Aufdruck: Boxring Grünweiß.

»Ist ja gut!«, gab er klein bei, stellte die nicht ganz leere Flasche in den obersten der neben der Bude aufgeschichteten braunen Bierkästen und lief zurück zu seinem Wagen. Nachdem er etwa zwanzig Meter gegangen war, hörte er, wie der andere ihm nachrief: »Penner!«

Als Schindhelm am Nachmittag im Plattenladen stand und der neben der Kasse postierte Ventilator ihm surrend die warme Luft ins Gesicht blies, musste er wieder an den Mann am Kiosk denken. Tags zuvor hatte die Erde gebebt, doch die Erschütterungen hatten Schindhelm nicht wirklich erreicht. Leon, sein älterer

Sohn, hatte ihn im Laden angerufen und gesagt, in seinem Zimmer seien die Schwimmpokale aus dem Regal und in der Küche ein Bild von der Wand gefallen. Lukas, sein Jüngster, hatte ihn am Abend gebeten, bei ihm zu schlafen, weil er Angst hatte, das Beben könne sich wiederholen.

Liesbeth dagegen hatte so getan, als sei das Ganze nicht der Rede wert, und war noch am selben Abend mit der Erklärung wieder in die Stadt gefahren, sie wolle mit ihrer Freundin Annegret ins Kino gehen. Am übernächsten Tag würden sie zu viert mit den Jungs für zwei Wochen an den Gardasee fahren. Nach Sirmione.

Bevor Liesbeth das Haus verlassen hatte, hatte Schindhelm, der bereits wieder leicht angetrunken war, sie im Flur zur Rede gestellt und gesagt: »Du triffst dich mit ihm, stimmt's? Gib's zu! Ich weiß es ja sowieso!«

Daraufhin hatte seine Frau ihn mitleidig angesehen, ganz ruhig ihren Hausschlüssel von dem Garderobenschränkchen genommen und, statt auf seine Frage zu antworten, gesagt: »Du trinkst zu viel, Armin! Denk doch bitte an die Jungs! Was sollen die denn von dir halten?«

»Die Jungs, die Jungs! Denkst du denn an die Jungs?«, hatte Schindhelm gebrüllt und war in die Küche gelaufen, wo er den im halbgefüllten Spülbecken liegenden Rosenstrauß, den er am Bahnhof für sie gekauft hatte, an sich riss, damit zurück in den Flur lief und Liesbeth nachwarf.

Als sie gegen halb drei nach Hause kam, lag Schindhelm trotz des Alkohols, der in seinem Blut kreiste, immer noch wach. Liesbeth machte kein Licht, und Schindhelm lauschte im Dunkeln angespannt auf Geräusche, die sie verursachte, bis sie schließlich, nachdem sie sich im angrenzenden Bad abgeschminkt und die Zähne geputzt hatte, neben ihm lag. Er atmete ein paar Mal schwer ein und aus, dann sagte er: »Der Film hatte wohl Überlänge, was?«, drehte sich um und presste die Augen zu.

»Sie sollten versuchen, ihr nicht zu zeigen, wie sehr Sie unter der Situation leiden«, hatte Fitzek gesagt. »Das wird sie nur von Ihnen forttreiben und Sie selbst in eine schwächere Position bringen.«

Noch als sie im Bordrestaurant des Autozugs saßen und in Richtung Verona fuhren, musste Schindhelm an Fitzeks Worte denken. Liesbeth und die Jungs waren an ihren Plätzen geblieben, Leon hörte Musik, Lukas spielte Nintendo, das er zu Weihnachten bekommen hatte, und Liesbeth las den Roman eines jungen, weltweit gefeierten Autors, den Schindhelm ihr geschenkt hatte. Das Buch handelte von der Begegnung zwischen dem großen Weltreisenden Humboldt und dem legendären Mathematiker Gauß. Schindhelm hatte es kurz angelesen, bald aber nach einem Krimi eines von ihm favorisierten Schweden gegriffen.

Sie hatten die Reise nach Sirmione bereits zweimal unternommen. Der Autozug hatte sich als äußerst bequeme Reisemöglichkeit erwiesen, und das letzte Stück von Verona nach Sirmione war so schön, dass es ihnen bereits wie ein Teil des Urlaubs erschien.

Liesbeth kam ihm während der ersten gemeinsamen Urlaubswoche ganz wie früher vor. Sie gefiel ihm in ihrer rasch zunehmenden Bräune, und gegen Ende der ersten Woche schliefen sie seit Monaten das erste Mal wieder miteinander. Schindhelm hatte sie zum Orgasmus gebracht, doch als sie ihn hinterher mit der Hand befriedigen wollte, stand Lukas plötzlich im Zimmer und sagte: »Mami, ich hab Durst!«

Schindhelm hatte das Gefühl, dass Liesbeth dabei war, zu ihm zurückzukehren. Und selbst den Jungs fiel sein plötzlicher Gemütswandel auf. Er konnte lachen, war zu Scherzen aufgelegt und registrierte mit Erleichterung, dass Liesbeth sich an ihn schmiegte, wenn er beim abendlichen Spaziergang am See seinen Arm um ihre Schultern legte.

Die nie ganz dunklen Nachtstunden bei stets geöffnetem Schlafzimmerfenster empfand Schindhelm als ein glückseliges Dahintreiben auf Wolken. Und wenn ihre Hand nach der seinen griff, hätte er manchmal weinen können vor Erleichterung. Das Rauschen in den Ohren verstummte, und die Gewaltphantasien, die ihn zu Hause gequält hatten, schienen einem alten Leben anzugehören.

Es sah so aus, als sei Fitzeks Rat der richtige gewesen: Er war auf Liesbeth zugegangen, hatte zu Beginn des Urlaubs mit kleinen Aufmerksamkeiten um sie geworben und ihr bei einem Ausflug in die Umgebung nach San Viglio eine Perlenkette gekauft, die sie seither trug wie eine kleine Prinzessin.

Bis eines Abends, zu Beginn der zweiten Ferienwoche, ihr Handy klingelte, sie daraufhin flüsternd vom Tisch aufstand und erst nach fast einer Viertelstunde mit sichtbar geröteten Wangen an ihren Platz zurückkehrte.

Sie hatten beschlossen, im Restaurant zu Abend zu essen. Die Jungs hatten darauf gedrängt, und Schindhelm, der bereits die ganzen letzten Tage freigiebig gewesen war, hatte sie zu einem der Uferrestaurants gefahren, wo man, auf einer Terrasse sitzend, einen herrlichen Blick auf den See hatte. Sogleich fing es in Schindhelms Ohren an zu rauschen.

Als er sie beim Zubettgehen mit flackernder Stimme auf den Anruf im Restaurant ansprach, wich sie ihm aus und sagte: »Ich bin unheimlich müde, Armin. Lass uns ein andermal darüber reden, ja.«

In dieser Nacht fand Schindhelm kaum Schlaf. Ruhelos drehte er sich von der einen auf die andere Seite. Und wenn er dabei zufällig gegen Liesbeths nacktes Bein stieß, erhitzte sich sein Gesicht. Und da, wo die letzten Tage ausnahmslos Frieden und Zuversicht geherrscht hatten, machte sich in Schindhelms Kopf wieder Hass breit. In seinem Schlund brannte eine Wut, als hätte er etwas zu Scharfes gegessen. Am liebsten hätte er Fitzek angerufen und sich bei ihm Hilfe geholt.

Jeder tiefe Atemzug Liesbeths schien ihm seine Schmach vor Augen zu führen, und jeder ihrer Träume verhöhnte ihn, da nicht er, sondern *der andere* darin vorkam. Doch er hatte keine Wahl: Er musste ihren Urlaub so störungsfrei wie möglich zu Ende bringen, was hinterher käme, würde man sehen. Und so versuchte er, die von Fitzek vorgeschlagene Rolle des Nicht-aus-der-Ruhe-zu-Bringenden so gut wie möglich zu spielen.

Tatsächlich aber ertappte Schindhelm sich immer häufiger dabei, wie er *dem anderen* den Tod wünschte. Und als am übernächsten Tag kurz nach dem Abendessen erneut Liesbeths Handy klingelte, war es mit seiner Schauspielerei endgültig vorbei. Wutschnaubend drang Schindhelm ins Badezimmer ein, in das sie sich zum Telefonieren eingeschlossen hatte, indem er mit einem Messer den Riegel von außen öffnete, die Tür aufstieß und mit starrem Blick und zitternder Oberlippe rief: »Warum trittst du unsere Ehe mit Füßen? Warum nur? Was kann dir so ein Arsch bieten, was ich nicht habe?« Doch statt auf seine Worte zu reagieren, drückte seine Frau das Handy ans Ohr und flüsterte, indem sie sich leicht von Schindhelm wegdrehte: »Du, entschuldige, aber ich muss Schluss machen, ich rufe dich später an.«

Da riss Schindhelm ihr das Telefon aus der Hand und warf es mit aller Kraft auf den gefliesten Boden, sodass der Rückendeckel aufsprang und der Akku herausfiel und über den hellen Boden glitt. Dann warf er das Messer ins Waschbecken, drehte sich um und lief in die Küche, wo er sich die Weinflasche von der Anrichte griff, den Korken herausriss und die Flasche ansetzte. Im Augenwinkel sah er, dass die Jungs ins Badezimmer zu ihrer Mutter schlichen.

Als sie ein paar Tage später wieder im Autozug in Richtung Deutschland saßen, war die Stimmung immer noch gedrückt. Die Jungs hatten sich aus irgendeinem Grund auf die Seite ihrer Mutter geschlagen. Und bei der Vorstellung, dass Liesbeth in Kürze zur Arbeit gehen und seinen Widersacher wiedersehen würde, zog sich ihm die Brust zusammen.

Als sie am frühen Abend zu Hause ankamen, trug Schindhelm wortlos die Koffer ins Haus und fuhr den Wagen in die Garage. Dann schloss er sich im Gästezimmer ein, wo er sich so lange an den Schnapsvorräten aus der Vitrine bediente, bis er vollkommen betrunken auf der Couch einschlief und erst weit nach Mitternacht erwachte. Mit hämmernden Schläfen starrte er ins Halbdunkel des kleinen Zimmers, in das er sich manchmal zurückzog, wenn Liesbeth Freundinnen zu Besuch hatte und er sich zwischen ihnen schon nach ein paar Minuten wie ein Störenfried vorkam.

Schindhelm hatte noch seine Sandalen an. Die Füße taten ihm weh, und hinter der Stirn fühlte er ein unangenehmes Pulsieren. Dann tat er etwas, das ihm selbst einigermaßen komisch vorkam, als er später wieder daran dachte: Er faltete die Hände vor der Brust und murmelte: »Lieber Gott! Mach, dass er aus unserem Leben verschwindet! Bitte, mach, dass alles wieder so wird wie früher!« Er horchte mit zur Faust geballten Händen noch eine Weile seinen Worten nach. Dann erhob er sich, schloss die Tür auf und lief schwankend ins eheliche Bad.

Nachdem er am nächsten Morgen seine Söhne zur Schule gefahren hatte und eine halbe Stunde später den Laden aufschloss, wählte er Fitzeks Nummer. Es lief nur das Band. Nach dem Piepton sagte er: »Hier spricht Armin Schindhelm. Der Urlaub war schrecklich! Wann können wir uns sehen?«

Vier Tage später saß Schindhelm seinem Therapeuten gegenüber. Fitzek machte es sich in seinem geblümten Ohrensessel bequem und hielt das blaue Klemmbrett wie üblich auf dem Schoß. Auch die Vorhänge waren wieder so arrangiert, dass Fitzeks Gesicht halb im Schatten lag. Doch anders als während ihrer letzten Sitzungen trug er diesmal ein einfarbig blaues Hemd. Schindhelm biss sich auf die Unterlippe und sagte: »Es fing damit an, dass der Typ meine Frau im Urlaub anrief. Zuerst habe ich so getan, als ginge mich das nichts an. Doch als er am nächsten Abend wieder anrief, gab es Streit zwischen meiner Frau und mir, und der Rest des Urlaubs verlief, wie Sie sich sicher vorstellen können, in gedrückter Stimmung.« Fitzek nippte an einer Tasse Tee und stellte sie anschließend griffbereit vor sich auf den kleinen Tisch mit der Glasplatte. Er nickte und machte sich Notizen.

Auf Fitzeks Brillenglas meinte Schindhelm plötzlich eine rätselhafte rötliche Spiegelung auszumachen, die ihn irritierte. Es war, als leuchte jemand aus großer Ferne auf ihn. Oder als handele es sich um den Laserpunkt eines Präzisionsgewehrs. Schindhelm machte sich von seiner Beobachtung los und fuhr, ohne Fitzek anzusehen, fort: »Ja. Ich habe versucht, mit ihr zu reden, doch jedes Mal wich sie mir aus. Es war zum Verrücktwerden.« Er überlegte kurz, ob er Fitzek erzählen sollte, dass er am Tag nach ihrer Rückkehr in ein Waffengeschäft gegangen war und sich die dort ausgestellten Modelle angesehen hatte, berauscht von der Vorstellung, diesen Edwin mit einem gezielten Kopfschuss ein für alle Mal aus der Welt zu schaffen. Doch das erzählte er lieber nicht, sondern kam stattdessen auf das zu sprechen, was ihn seit drei Tagen ziemlich fröhlich machte. »Dann ist Folgendes passiert«, sagte er. »An ihrem ersten Arbeitstag ist meine Frau abends ziemlich verstört nach Hause gekommen. Auf meine Frage, ob im Büro etwas vorgefallen sei, wich sie mir aus und zog sich ins Schlafzimmer zurück. Als ich wenig später hinüberlief, konnte ich sie durch die verschlossene Tür schluchzen hören.« Schindhelm machte eine Pause, denn da war immer noch dieser irritierende rote Punkt auf Fitzeks linkem Brillenglas. Offenbar hatte er Fitzeks Interesse geweckt. Erwartungsvoll sah der ihn an und sagte: »Ja, und weiter? Was geschah dann?«

Schindhelm starrte Fitzek aber so lange entgeistert an, bis der sich schließlich in seinem Sessel aufrichtete und sagte: »Herr Schindhelm? Stimmt etwas nicht?«

»Nein, nein!«, gab Schindhelm zunächst zur Antwort, fügte aber schließlich hinzu: »Aber ob Sie wohl den Vorhang da ein wenig weiter zuziehen könnten? Das Licht blendet mich dauernd.«

»Aber wieso sagen Sie das denn nicht gleich?« Fitzek erhob sich aus seinem Sessel und schloss den Vorhang mit einem kräftigen Ruck, sodass augenblicklich ein mildes Halbdunkel herrschte. Und tatsächlich war der rote Punkt auf Fitzeks Brillenglas verschwunden, als der wieder in seinem Sessel Platz genommen hatte.

»Also«, sagte der Therapeut, »Ihre Frau hat sich im Schlafzimmer eingeschlossen und geweint.«

»Ja, genau«, sagte Schindhelm. »Und wissen Sie, weshalb?«

»Nein!«, sagte Fitzek.

»Weil das Unvorstellbare eingetreten ist«, antwortete Schindhelm triumphierend. »Ihr Verehrer ist verschwunden. Von heute auf morgen. Einfach so und spurlos dazu. Seit unserer Rückkehr ist er nicht mehr zur Arbeit erschienen, und meine Frau ist seither ziemlich verwirrt. Ich habe mir so sehr gewünscht, er möge aus unserem Leben verschwinden. Und nun ist es geschehen.«

Fitzek beugte sich ein Stück vor und kritzelte mit schnellen Bewegungen etwas auf sein Klemmbrett, sodass für ein paar Sekunden nur das spröde Kratzen der Mine auf dem Papier zu hören war. Schließlich lehnte er sich wieder in seinen Sessel zurück und schob seine Brille mit dem rechten Mittelfinger näher an die Augen. Er blickte Schindhelm lange an.

ZWEIUNDZWANZIG

»Genau genommen hat das Beben unsere Ehe gerettet«, sagte Elke zu ihrer Kollegin Claudia und rührte nachdenklich ihren Latte macchiato um, in den sie eben zwei Stück Würfelzucker getan hatte. »Denn wäre der Fahrstuhl nicht stehengeblieben, hätten Klaus und ich wohl nicht mehr zueinandergefunden, und wir hätten ein paar Tage später die Scheidungspapiere unterschrieben.«

Elke hatte irgendwann angefangen, besser auf ihre Ernährung zu achten, und es sich zur Regel gemacht, vor allem beim Zucker zurückhaltender zu sein. So hatte sie zum Beispiel auf ihre geliebten Blaubeermuffins verzichtet, die sie sich früher regelmäßig zu ihrem Latte bestellt hatte. Ebenso auf die beiden Löffel Zucker, die sie jahrelang morgens über ihre Cornflakes gestreut hatte. Zudem schlug sie neuerdings tapfer die so herrlich klebrig mit Zuckerguss bestrichenen Hefestückchen aus, welche es am Nachmittag im Lehrerzimmer für jene zum Kaffee gab, die ihre AGs abhielten.

Doch beim Latte macchiato machte sie keine Kompromisse: Ohne die entsprechende Menge Zucker erschien er ihr ungenießbar, pappig und fade, ein verschenktes Erlebnis. Sie leckte den Milchschaum vom Löffel ab.

Seit nunmehr neun Jahren arbeitete sie als Sportlehrerin. Sie mochte ihren Beruf, doch ihre wahre Leidenschaft war das Schwimmen. Als Vierzehnjährige hatte sie an überregionalen Wettkämpfen teilgenommen und eine Zeitlang geglaubt, eine Karriere als Wettkampfschwimmerin läge vor ihr. Als die Trainer sie eines Tages vor die Wahl stellten, sich ganz aufs Schwimmen zu konzentrieren oder aber ihren begehrten Kaderplatz für eine andere freizumachen, da hatte Elke gemerkt, dass ihr das letzte Quäntchen Ehrgeiz fehlte. Nach ein paar schlaflosen Nächten hatte sie sich schließlich schweren Herzens vom Profischwimmen verabschiedet.

»Wie lange seid ihr, ich meine du und Klaus, eigentlich schon verheiratet?«, fragte ihre Kollegin und nippte an ihrem Milchkaffee.

»Elf Jahre«, sagte Elke und legte den langen Löffel auf den Unterteller. Sie und Claudia, die ebenfalls Sport unterrichtete, hatten es sich vor einiger Zeit angewöhnt, nach der Schwimm-AG noch gemeinsam in das nahe Operncafé zu gehen.

Elke fasste sich in die noch nicht ganz trockenen Haare und knetete sie ein-, zweimal. Dabei roch sie den zarten Vanillegeruch, den die Spritzer Alyssa Ashley, die sie sich in der Umkleidekabine des Schwimmbads auf beide Handgelenke gesprüht hatte, verströmten. Dann griff sie nach ihrer neben ihr auf dem

Boden stehenden Handtasche und nahm eine Dose Feuchtigkeitscreme heraus. Mit der Spitze ihres rechten Zeigefingers entnahm sie einen Klecks und platzierte ihn auf dem Rücken ihrer linken Hand, bevor sie ihn verrieb.

»Vom Chlor krieg ich jedes Mal total raue Hände«, sagte sie halblaut und wie zu sich selbst. Dann sagte sie zu Claudia: »Ich hatte mich bereits damit abgefunden, dass es aus ist zwischen Klaus und mir. Doch jetzt bin ich so froh, dass es nicht so weit gekommen ist.«

»Und Klaus?«, fragte ihre Kollegin und trank wieder einen Schluck Kaffee. »Der ist jetzt sicher auch happy?«

»Und ob! Die Vorstellung, sich eine Wohnung suchen zu müssen, hat ihm gar nicht geschmeckt.« Sie trank und sagte dann: »Nein, im Ernst. In diesem Aufzug haben wir einfach plötzlich beide gespürt, dass wir uns noch lieben und dass eine Scheidung die völlig falsche Lösung gewesen wäre.«

Sie horchte ihren Worten nach, die sie mit ganzem Herzen gesprochen hatte. Doch je länger sie in ihr nachklangen, desto unwahrer erschienen sie ihr auf einmal. Sekundenlang versuchte sie, jenen Zweifel zu fassen, zu begreifen. Bis Claudia, die offenbar ihre leichte Verwirrung bemerkt hatte, sagte: »Das ist ja wirklich eine verrückte Geschichte. Ihr geht zum Anwalt, um die Scheidungspapiere aufsetzen zu lassen, und dann versöhnt ihr euch im steckengebliebenen Aufzug.«

»Ja, verrückt«, antwortete Elke mechanisch. »Aber

wir haben beide das Gefühl, noch mal gemeinsam neu anfangen zu wollen.«

»Toll!«, sagte Claudia, die sich zwei Jahre zuvor unter großen Schmerzen von ihrem langjährigen Freund getrennt hatte. »Eine schöne Vorstellung, noch einmal neu anzufangen und so zu tun, als hätte alles andere, was bis dahin passiert ist, nie stattgefunden.«

Elke sah sie überrascht an. »Weshalb *so zu tun*?«, sagte sie energisch. »Wir *fangen* doch noch mal neu an, indem wir das Alte hinter uns lassen! Er genauso wie ich!«

»Und du glaubst, dass das einfach so geht?«, sagte Claudia, »dass sich gemachte Erfahrungen, vor allem die schlechten, einfach so streichen lassen wie falsche Zahlen in einer Gleichung, bloß damit sie hinterher aufgeht?«

»Was heißt *einfach so*?«, sagte Elke unwirsch und schob das nicht ganz leere Kaffeeglas von sich, an dessen Innenwand hellbraune Schaumreste klebten und langsam in Richtung Glasboden absackten. »Wir haben, nachdem die Sache im Fahrstuhl passiert ist, die ganze Nacht geredet und hatten hinterher das sichere Gefühl, uns den Weg für einen gemeinsamen Neuanfang gebahnt zu haben.« Als sie mit der Zungenspitze über ihre oberen Schneidezähne fuhr, glaubte sie plötzlich, den gefährlichen Belag spüren zu können, den der Zucker darauf hinterlassen hatte. Am liebsten hätte sie auf der Stelle ausgespuckt.

»Wie schön für euch«, sagte Claudia knapp und machte der Bedienung ein Zeichen.

»Wieso bist du denn jetzt so?«, sagte Elke. »Passt es

dir etwa nicht, dass ich, im Gegensatz zu dir, noch mal die Chance zu einem Neuanfang habe?«

»Unsinn!«, antwortete Claudia und strich sich eine Haarsträhne aus der hohen Stirn. Ihre schönen dunklen Augen funkelten angriffslustig. »Ich glaube nur einfach nicht, dass ihr beide so tun könnt, als hätte es all das, was euch noch vor kurzem zu erbitterten Feinden gemacht hat, nie gegeben.«

»Das tun wir ja gar nicht«, widersprach Elke heftig. Plötzlich fühlte sie sich niedergeschlagen.

»Ach, ist schon okay, entschuldige«, winkte Claudia ab, die sah, was sie mit ihrer Beharrlichkeit angerichtet hatte. Sie legte der Bedienung, die neben ihr stand, das Geld für den Kaffee auf den Tisch, erhob sich und sagte: »Ich muss los.«

»Aber ich …«, hob Elke an und sah zu, wie Claudia sich einen Riemen ihres Lederrucksacks über die Schulter schob.

»Wir sehen uns«, sagte Claudia mit einem unverbindlichen Lächeln, drehte sich um und verschwand.

Elke hätte noch so viel zu sagen gehabt, über sich und Klaus und über ihre gemeinsame Zukunft und was sie darunter verstanden. Sie dachte an Klaus und stellte sich wieder vor, wie er sie angesehen hatte, im Aufzug, als draußen auf dem Flur Stimmen zu hören gewesen waren und sie einfach den Nothebel umgelegt hatte, um noch länger ganz allein mit ihm in der Kabine sein zu können.

Kurz darauf lief sie durch die regnerischen Straßen, vorbei an Schaufenstern, in denen sich ihre Silhouette bewegte wie eine gesichtslose Verfolgerin, und da überkam sie plötzlich eine unbestimmte Sehnsucht. Nach Hause in die leere Wohnung wollte sie nicht. Klaus war für zwei Tage geschäftlich verreist. Und als sie auf der gegenüberliegenden Straßenseite die geschwungene, rosafarbene Leuchtreklame eines Kinos entdeckte, überlegte sie nicht lange. Sie überquerte die Straße, studierte kurz das Programm und entschied sich für eine Komödie mit dem Titel »Selbst ist die Braut«, in der Sandra Bullock die Hauptrolle spielte. Ihre Uhr zeigte kurz nach halb sechs, die Werbung, die vor den Filmen lief, musste bereits begonnen haben. Wer ging schon an einem ganz gewöhnlichen Donnerstag um halb sechs ins Kino, um sich eine Komödie mit Sandra Bullock anzusehen, die den nicht gerade tiefsinnigen Titel »Selbst ist die Braut« trug? Doch Elke kaufte eine Karte und, weil sie plötzlich darauf Lust verspürte, auch eine kalte Coca-Cola.

An der Wand neben dem Kassenhäuschen lehnte ein mittelgroßer, mit einer dunklen und feucht-glänzenden Lederjacke bekleideter junger schwarzhaariger Mann, der sie musterte. Sein Gesicht war hager und bartschattig, und über den kleinen, wachsamen Augen wölbten sich zwei buschige, ebenfalls pechschwarze Brauen. In der Hand hielt er eine Eintrittskarte.

Elke ging an ihm vorbei, ohne ihn anzusehen, hielt dem Türsteher ihr Ticket hin, der es kurz prüfte und eine Ecke abriss. Dann tauchte sie ein in die Dunkelheit des Saals.

Sie setzte sich in die vorletzte Reihe, stellte die Flasche in die am Vordersitz angebrachte Halterung und ihre Tasche auf den Nebensitz. Sie streifte ihre Jacke ab und versank in dem angenehm plüschigen Polster des Sitzes.

Neuanfang? Ein optimistisch klingendes, ein Mut machendes Wort. Doch würde es ihnen auch wirklich gelingen, das Alte hinter sich zu lassen, um das Neue nicht zu gefährden? Claudia hatte Zweifel daran geäußert. Und sie selbst? Was war mit ihr? War sie tatsächlich stark und entschlossen genug, um Klaus neu sehen zu können? Als einen anderen Menschen und nicht als den, den sie seit langem in ihm sah: den selbstherrlichen Besserwisser, der vorgab, zu wissen, was im Leben zählte, sich aber stattdessen im Kleinkrieg des Alltags aufrieb und verlor? Der über ihre Wünsche oft einfach hinwegging und sie ignorierte, wenn sie Aufmerksamkeit und Toleranz erwartete?

Im Saal verlor sich gerade mal eine Handvoll Leute. Natürlich mochte sie volle Kinosäle lieber, in denen über den Köpfen der Besucher eine erwartungsvolle Spannung lag, solange noch das Saallicht brannte. Doch sie würde sich einfach ganz auf den Film konzentrieren und so schon bald alles andere um sich herum vergessen haben.

Als junges Mädchen war sie an den Sonntagen regelmäßig mit ihren Freundinnen ins Kino gegangen. Und in einem dunklen Kinosaal hatte sie ihren ersten Kuss bekommen, von einem Jungen, der vier Jahre älter als sie gewesen war.

Elke hatte sich bereits ein paar Minuten ganz dem schnellen Wechsel der Bilder auf der Leinwand überlassen, als sie im Augenwinkel eine Gestalt neben sich registrierte. Zwei Sitze links von ihr. Zunächst nahm sie nicht mehr als das manchmal sekundenlang erhellte und gleich darauf wieder ins Dunkel abtauchende Gesicht wahr. Doch mit der Zeit schien sich jede der langsamen Bewegungen der Person, wenn sie die Stellung ihrer Beine änderte oder den Arm bewegte, auf sie zu übertragen. Und bald fiel es ihr immer schwerer, auf die Handlung des Films zu achten, der unterdessen begonnen hatte. Gerade als sie sich auf den Film zu konzentrieren versuchte, spürte sie eine Hand auf ihrer linken Schulter.

Ruckartig wandte sie sich nach links und blickte in das prägnante Gesicht des jungen Mannes aus dem Foyer. »Was fällt Ihnen ein?«, sagte sie zu heftig. Da legte der Mann ihr einfach die Hand auf den Mund und sagte: »Keine Angst!«

»Nein, ich …!«, erwiderte sie mit weicher Stimme, worauf sein Griff noch ein wenig fester wurde und er sie eindringlich ansah.

Vorsichtig schob sie seine Hand weg, was er widerstandslos geschehen ließ. Doch dann ergriff er ihr Kinn, führte ihr Gesicht zu seinem und drückte seine Lippen sanft auf ihren Mund. Als er wenig später seinen rechten Arm um ihre Schultern legte, konnte sie seinen Pfefferminzatem riechen.

»Du gefällst mir!«, hauchte er ihr in gebrochenem Deutsch ins Ohr und berührte es mit seinen Lippen. »Und wie du riechst! So süß!«

Elke musste wieder an Claudias Worte im Café denken, die plötzlich bitter schmeckten, und spürte, wie ihr die Tränen in die Augen traten.

Als der Mann ihr Gesicht durch leichten Druck seiner rechten Hand zu sich drehte und sich ihr erneut näherte, ohne dass sie ihn anblickte, durchfuhr sie Schwindel und Panik. Sie schloss die Augen und bot dem Mann ihr Gesicht dar, das dieser mit Küssen bedeckte.

Nachdem der Fremde kurz vor Ende des Films lautlos verschwunden war, hatte sie das Gefühl, seine Hände seien überall gleichzeitig gewesen. An ihrem Hals, unter ihrer Bluse auf ihren Brüsten und zwischen ihren Beinen. Ihr war, als sei sie, wie es ihr einmal als junger Schwimmerin passiert war, bei einer Wende mit dem Kopf gegen die Beckenwand gestoßen und für kurze Zeit ohnmächtig gewesen.

»Ich glaube immer noch, dass ein Neuanfang möglich wäre«, würde sie zu Claudia sagen, wenn sie sie das nächste Mal wiedersähe. Sie würde Latte macchiato trinken und einen Blaubeermuffin essen.

III

DREIUNDZWANZIG

Manthey hatte alles ausprobiert. Alkohol, synthetische Wachmacher, ja, sogar Haschisch hatte er geraucht. Ohne Erfolg. Denn nachdem die Wirkung des Stoffs nachgelassen hatte und er das Geschriebene am nächsten Morgen las, war das Resultat jedes Mal das gleiche gewesen, und er riss das beschriebene Blatt grimmig aus der Schreibmaschine und warf es zu den anderen in den Papierkorb. Er hatte nachts gearbeitet und manchmal am helllichten Tag mit heruntergelassenen Rollläden. Er hatte die Fenster abgedichtet, um sich gegen störende Geräusche von außen zu schützen. Ohne Erfolg. Inzwischen dauerte seine Schreibblockade mehr als zwei Monate, und Manthey hatte keine Ahnung, wie er sie durchbrechen konnte. Das Erscheinen seines letzten Romans lag mittlerweile über drei Jahre zurück.

So war Manthey die meiste Zeit verzagt, und nachts, wenn er wach lag und auf das Ticken des Weckers lauschte, nicht selten verzweifelt. Ängste suchten ihn heim, schlimmste Ahnungen und Visionen.

Anfangs versuchte er den Umstand, nichts Brauchbares mehr zu Papier zu bringen, zu ignorieren und Ablenkung bei Videos zu finden, die er sich bis tief in die Nacht ansah. Doch als er irgendwann auch daran die Lust verlor und mit einem schlechten Gewissen an die Maschine zurückkehrte und erneut nach wenigen Sätzen ins Stocken geriet, musste er sich eingestehen, ein wirkliches Problem zu haben.

Er telefonierte mit seinem Lektor, der ihn zu beruhigen versuchte und ihm riet, eine Pause einzulegen und sich abzulenken, zu reisen, Leute zu treffen, auf andere Gedanken zu kommen. Und eine Zeitlang fühlte sich Manthey, der die Kritiker mit seinen beiden ersten Romanen in Entzücken versetzt hatte, dadurch entlastet. Doch als er sich nach fast drei Wochen der Zerstreuung und nach einer durchwachten Nacht mit einem starken Kaffee entschlossen wieder an die Maschine wagte und seine Hände geradezu beschwörend wie ein Klaviervirtuose auf die Tastatur seiner Schreibmaschine legte, sah er, dass seine Finger zu zittern begannen.

Natürlich konnte er das auf seinen Schlafmangel schieben. Oder darauf, dass der Kaffee zu stark gewesen war. Doch wenn Manthey ehrlich war, gab es für sein Zittern nur eine einzige Erklärung: Er hatte Angst. Angst, zu versagen. Und so griff er verächtlich nach der Staubhülle, warf sie über die nach altem Schmieröl riechende Maschine, erhob sich aus seinem Sessel und lief erschrocken aus dem Zimmer. Anschließend irrte er stundenlang ziellos durch die Straßen, und wenn ihm jemand begegnete, den er kannte, zog er seinen Hut tiefer ins Gesicht und wandte sich ab. Bis er plötzlich glaubte, die Lösung seines Problems gefunden zu haben, er seinen Schritt verlangsamte und schließlich mitten im Strom der ihm Entgegenkommenden stehen blieb. In der Manier eines Hundes, der plötzlich eine Witterung aufgenommen hat, legte Manthey seinen Kopf in den Nacken und schloss beide Augen, sog die Luft ein und ließ sich deren rauchig-herbes Aroma langsam auf der Zunge zergehen.

Oh, wie gut das tut, dachte er und schnappte wieder und wieder nach Luft. Dann schlug er die Augen auf, drehte sich auf dem Absatz um und machte sich zügig auf den Heimweg.

In seinem Arbeitszimmer stehend, in dessen gut gefüllter Regalwand Manthey unter anderem die Übersetzungen seiner Bücher einsortiert hatte, schlug er entschlossen das Telefonbuch auf, suchte die Nummer des besten Hotels der Stadt heraus und buchte sich ein Zimmer für eine Woche. Und als er am Nachmittag in seinem Hotelzimmer stand und aus dem Fenster sah, hinunter auf die Passanten, die unbekannten Zielen entgegenliefen, überkam ihn ein Gefühl der Zuversicht. Die Vorstellung, eine Zeitlang Wand an Wand mit ihm fremden Menschen zu arbeiten und zu schlafen, stachelte ihn geradezu an. Und so sagte er sich: Sie werden mich inspirieren. Wenn es hier nicht funktioniert, dann funktioniert es nirgends. Dabei dachte er wehmütig an seine Anfänge als Schriftsteller.

Das Publikum hatte insbesondere sein Debüt »In den Augen der anderen« geliebt und dem Buch innerhalb kürzester Zeit zu neun Auflagen verholfen. Zwei Jahre später war »Unklare Verhältnisse« erschienen, und Manthey hatte die hohen, in ihn gesetzten Erwartungen nicht enttäuscht. Doch seitdem waren mehr als drei Jahre vergangen, und inzwischen verspürte er täglich den Druck. Mal als plötzlichen Stich im Oberbauch, mal als anschwellendes Sirren in den Schläfen.

Manthey ging hinunter in die Lobby, ließ sich in einen der dort stehenden ausladenden Ledersessel sinken und bestellte sich einen Gin Tonic. Das ruhelose Kommen und Gehen und die Geräusche, welche die sich dann und wann elektronisch in Bewegung setzende Drehtür erzeugte, lullten ihn langsam ein. Dazu das gedämpfte Klappern der Rollkoffer, die über den beigefarbenen Teppich hin und her gezogen wurden. Schließlich registrierte Manthey, wie ihm die Augen zufielen. Und er wäre wohl in einen leichten Spätnachmittagsschlaf gefallen, hätte ihn nicht die zwar freundliche, aber energische Stimme der jungen, mit einem nachtblauen Kostüm bekleideten Rezeptionistin aufgeschreckt, die vor ihm stand, ihn durchdringend ansah und sagte: »Entschuldigung, aber Sie können hier nicht schlafen!«

Manthey richtete sich auf, strich sich verlegen mit der Hand über den Kopf und sagte: »Oh, entschuldigen Sie. Ich muss doch tatsächlich eingenickt sein.«

Er war im Begriff, sich zu erheben, als er plötzlich ein Zittern in den Beinen spürte, das er zunächst auf den Gin zurückführte. Doch dann schwoll das Zittern zu einem Schlingern an, und im selben Moment sah ihn die Rezeptionistin mit schreckhaft geweiteten Augen an und rief: »Was ist das? Spüren Sie das auch?«

Und nach einer weiteren Sekunde, rief sie lauter: »O Gott, die Erde bebt!« Dabei hielt sie sich an Mantheys Arm fest.

Ungläubig starrte sie hinüber zu den großen, von cremefarbenen, transparenten Vorhängen verhüllten Panoramascheiben, die so geräuschvoll erzitterten, als drückte eine riesige unsichtbare Hand wieder und wieder dagegen. Gleichzeitig schien der Boden unter ihnen zu schwanken, sodass Manthey nicht anders konnte, als den Griff der Rezeptionistin zu erwidern, um ebenfalls Halt zu finden. Dabei sah er wieder ihren entsetzten Blick. Es folgte ein letzter, unwirklich heftiger Erdstoß, der vor Mantheys Augen sämtliche Gegenstände sekundenlang aus ihren Konturen springen ließ – dann war der Spuk vorbei.

Im ersten Stock wurden Stimmen laut, gefolgt von heftigem Getrappel. Darauf sprang mit einem »Pling« die linke der beiden Fahrstuhltüren auf, eine Frau trat aus dem Innern und rief: »Was war das? Was ist denn hier los?«

Im selben Moment machte Manthey sich von der Rezeptionistin los und lief, vorbei an der ihn verdutzt ansehenden Frau, zur Treppe und eilte die Stufen hinauf. Als er im zweiten Stock angekommen war, kamen ihm Hotelgäste entgegen, die aufgeregt durcheinanderredeten. Der vorweg Laufende sah ihn an und rief: »Ein Erdbeben! Alle Mann raus hier!«

Doch als Manthey keine Anstalten machte, sich ihnen anzuschließen, und stattdessen weiterging, hörte er, wie einer hinter ihm sagte: »Der ist wohl wahnsinnig!«

Doch das war Manthey egal. Denn das hier war seine Chance, war der Wink des Himmels, auf den er so verzweifelt gewartet hatte. Mit jedem Schritt, mit dem er sich seinem Zimmer näherte, spürte er deutlicher, wie sich etwas in ihm in Bewegung zu setzen und ihn aus seiner Erstarrung zu lösen begann.

Eilig schloss er die Zimmertür auf, riss den Staubschutz von der Maschine, nahm Platz und hieb, wie dem Diktat eines anderen gehorchend, auf die Tasten. Und tatsächlich flossen die Worte und Sätze übers Papier, füllten eine Seite und noch eine. Brachen aus ihm heraus wie Steine aus einer jahrzehntelang festgefügten Mauer. Bis Manthey nach einer knappen Stunde, die er ohne Unterbrechung über die Maschine gebeugt geschrieben hatte, erstmals von dem Geschriebenen aufsah und überrascht feststellte, dass es rings um ihn her dunkel geworden war und dass das Restlicht, das es ihm ermöglich hatte, trotzdem weiterzutippen, von draußen kam, von der Laterne unmittelbar vor seinem Fenster. Weiß und hell floss es zwischen den nicht zugezogenen Vorhängen zu ihm herein und aufs Papier.

Während er schrieb, hatte er ein paar Mal auf dem Flur und unten auf der Straße aufgeregte Stimmen vernommen. Später an- und wieder abschwellende Polizeisirenen, die Feuerwehr. Doch er hatte dem keine größere Aufmerksamkeit geschenkt und unbeirrt weitergeschrieben. Er hatte sich von seinen Sätzen zurücktragen lassen zu jenem Ereignis, für das er, obgleich es inzwischen mehr als dreißig Jahre zurücklag, bis zum heutigen Tag keine Worte gefunden hatte:

dem Autounfall, bei dem seine Eltern ums Leben gekommen waren. Denn das Gefühl, das ihn unten in der Halle erfasst und sich bis zu seinem Herzen fortgepflanzt hatte, war jenem nicht unähnlich gewesen, das ihn damals durchzuckt hatte, als der vom Vater durch die Nacht gesteuerte Wagen plötzlich seitlich ausbrach, sich mehrfach um die eigene Achse drehte und schließlich gegen die Leitplanke krachte. Die Köpfe der Eltern waren gegen die Frontscheibe geprallt, und Manthey, damals zehn Jahre alt, war, nachdem der Wagen abrupt zum Stillstand gekommen war, wie betäubt unter dem Rücksitz hervorgekommen. Er sah die blutverschmierte Frontscheibe und die beiden reglosen Körper und registrierte plötzlich den Geruch von Metall.

Es hatte seinerzeit noch keine Sicherheitsgurte gegeben, und seine Eltern waren auf der Stelle tot gewesen. Manthey, der anschließend eine Zeitlang in ein Heim und, wenig später, zu seiner Tante, der Schwester seines Vaters, gekommen war, hatte es sich von da an strikt untersagt, jemals wieder an den Ort des Grauens zurückzukehren, weder real noch in Gedanken. Und jedes Mal, wenn er dieses Versprechen auch nur ansatzweise brach, war ihm, als stehe er am schmalen Rand eines dunklen, viele Hundert Meter tiefen Kraters, in den er stürzen konnte, wenn er nicht auf der Hut war.

Doch nun, zwei Stunden nach dem Erdstoß, saß Manthey immer noch an der Maschine und schrieb, brachte zu Papier, was ihm seine Erinnerung diktierte. Inzwischen hatte er allerdings das Schreibtischlämpchen eingeschaltet und sich aus der Minibar eine Flasche Mineralwasser genommen, die halb ausgetrunken neben der Maschine stand.

Irgendwann nahm Manthey die schwer gewordenen Hände von der Tastatur, gähnte, hob beide Arme langsam in die Höhe und streckte sich. Dann stand er auf und drehte das kleine, oberhalb seines Bettes in die Holzverkleidung eingelassene Radio an.

Das Beben, so hieß es, habe eine Stärke von 5,3 auf der Richterskala gehabt. Von umgestürzten Bäumen war die Rede, von durch die Erschütterungen beschädigten Häusern und Industrieanlagen sowie von einem Toten, der von herabfallenden Dachziegeln getroffen worden sei. Es habe Stromausfälle in weiten Teilen Süddeutschlands gegeben. Im Umland von Freiburg sei ein Pferd aus einer Koppel ausgebrochen und mit einem herannahenden Regionalzug kollidiert. Offenbar hatte das Tier das einsetzende Beben gewittert und war in Panik geraten. Es folgten politische Meldungen, anschließend die Wetteraussichten.

Manthey drehte das Radio ab, trat ans Fenster und spähte hinaus in die Nacht, die hier und da von Lichtern durchsetzt war. Er fühlte sich leicht. Denn wenn nicht alle Anzeichen täuschten, war er im Begriff, in ein neues Buch einzutauchen. Endlich. Der Roman würde die Ereignisse von damals erzählen, verwandelt zur Geschichte eines in einem Aufzug festsitzenden Mannes, der während eines Erdbebens einer Frau die tragische Geschichte eines Autounfalls erzählt. Und er würde ihm den Titel »Leichtes Beben« geben.

Der Schein der Laterne schraffierte den nun schwach in der Dunkelheit niedergehenden Regen. Bis auf eine in der Ferne schwach vernehmbare Polizeisirene war draußen wieder alles ruhig. Und für Sekunden dachte Manthey an das Beben wie an einen großen, starken Freund, der einen in die kräftigen Arme schloss, kurz herumwirbelte und anschließend wieder auf die Füße stellte.

VIERUNDZWANZIG

Die drei Reisenden waren einander schon am inzwischen geschlossenen Informationsschalter begegnet. Nun saßen sie sich im Warteraum mit gesenkten Blicken gegenüber.

Alle anderen Weiterreisenden hatten es vorgezogen, sich in der Stadt nach einem Zimmer umzusehen, und den Taxistand aufgesucht, als die Durchsage kam, dass der Zugverkehr infolge der Schäden des Erdbebens am Mittag bis auf weiteres eingestellt worden sei.

Die Uhr über dem aus einer hellen Glasfassade bestehenden Eingang zeigte an, dass es kurz vor Mitternacht war, und die weitläufige, täglich von mehreren Tausend Fahrgästen frequentierte Wandelhalle des Freiburger Bahnhofs präsentierte sich nun als verlassener zugiger Korridor. Nur noch selten waren Stimmen und Gelächter zu vernehmen, etwa, als aus dem im Nordteil des Gebäudes untergebrachten Planetarium die Besucher der Hauptvorstellung die Halle durchquerten auf ihrem Weg hinaus in die Nacht.

Der jüngste der drei Wartenden trug eine schwarze

Kapuzenjacke, Jeans und schwere, ebenfalls schwarze Stiefel; er las in einem *graphic novel*, der den Titel »Ein indianischer Sommer« trug. Das Heft war lange vergriffen gewesen, doch nun endlich wieder neu aufgelegt worden.

Raik Maas liebte die »Corto Maltese«-Reihe, die der Italiener Hugo Pratt Ende der sechziger Jahre erschaffen hatte. Ihr Held war der britisch-maltesische Kapitän und Frauenheld Corto Maltese, der ohne Schiff auf der Seite der Unterdrückten kämpft und den seine Abenteuer rund um den Globus führen.

Als Pratt Corto Maltese erstmals losließ auf eine vom Ersten Weltkrieg verwüstete Zivilisation, war Raik noch gar nicht auf der Welt gewesen. Doch wenn er sich jetzt als fast Dreißigjähriger in Malteses Abenteuer versenkte, hatte er das Gefühl, selbst eine Art Seemann zu sein, der wie Corto in dem Band »Das Reich Mu« auf der Suche nach einem mythischen Inselreich ist und ein Leben auf schwerer See führt. Und spätestens seit der Sache mit dem Jungen, der ihm zwei Tage zuvor nachts plötzlich vors Auto gelaufen war, bestand für Raik endgültig kein Zweifel mehr daran, dass das Leben ein verdammt gefährliches Abenteuer war. An dieser Tatsache konnten auch Milo Manaras zweifellos ziemlich erotische Zeichnungen nichts ändern, die Malteses Kampf ums Überleben eine prickelnde Note verliehen.

Raik blickte kurz von seinem Heft auf und sah, dass die anderen beiden ebenfalls lasen: Der eine erinnerte in seinem billigen grauen Sakko und dem blau-weiß gewürfelten Hemd an einen Lehrer. Er hielt ein zerknittertes Exemplar der Badischen Zeitung in Händen, das jemand achtlos auf seinem Platz liegen gelassen hatte, und überflog durch die kleinen Gläser seiner Nickelbrille mit kaum merklich hin und her pendelndem Kopf die Überschriften.

Der andere, ein etwa vierzigjähriger Typ mit gepflegtem Kurzhaarschnitt, schwarzglänzendem Anzug und einer ebenfalls dunklen, ungewöhnlich eckigen Brille, starrte nervös auf sein iPhone, als erhoffe er sekündlich die alles entscheidende E-Mail.

Sie alle warteten darauf, dass die Gleise endlich wieder passierbar sein würden und ein Zug sie von diesem durch die Stagnation sinnlos gewordenen Ort fortbringen würde.

Doch bis zum nächsten Morgen würde sich an diesem Zustand nichts ändern. Infolge des Bebens entwurzelte und auf die Gleise gestürzte Bäume sowie dadurch beschädigte oder sogar zerstörte Schienen würden das süddeutsche Streckennetz noch für Stunden blockieren.

Die lesenden Männer saßen wie in einer öffentlichen Bücherei unter leise summenden Neonröhren. Bis der Raik schräg gegenübersitzende Lehrer seine Zeitung plötzlich geräuschvoll zusammendrückte und mit einem gezielten Wurf in den Papierkorb warf. Hörbar verärgert rief er: »Wieso muss so was ausgerechnet heute passieren! Als hätte man nicht schon genug Ärger!«

Als bildeten seine Worte den erlösenden und längst von allen herbeigesehnten Startschuss, schob der iPhone-Mann sein Spielzeug lässig in seine neben sich auf der Bank stehende Tasche und sagte: »Tja, so ist das Leben!«, sodass schließlich auch Raik das Comic-Heft zuklappte, kurz die Arme seitlich von sich streckte und bemerkte: »Shit happens!« Darauf rieb der iPhone-Mann seine Hände, erhob sich und sagte mit ironischem Tonfall: »Wie es aussieht, meine Herren, werden wir die Nacht hier zubringen!«

»Aber wie soll man denn hier schlafen?«, sagte der Lehrertyp im Ton wachsender Ratlosigkeit und rückte an dem Gestell seiner Nickelbrille, sodass die sich in deren Gläsern reflektierenden Neonleuchten kleine Blitze erzeugten. »Bei der Helligkeit? Und auf diesen harten Bänken?«

»Sie können sich ja noch ein Hotelzimmer suchen«, sagte Raik.

»Jetzt? Um die Uhrzeit?«, antwortete der Lehrer. »Sie machen wohl Witze!«

»Sie wären wohl besser vorhin mit den anderen gegangen«, sagte der iPhone-Mann. Dabei fuhr er sich ein paar Mal mit der flachen Hand übers Kinn. »Denn uns bleibt wohl nichts anderes übrig, als hier zu schlafen.«

»Willkommen im Hotel Deutsche Bahn!«, sagte Raik und gefiel sich in seinem spöttischen Tonfall. Dann zog er aus der Seitentasche seiner Kapuzenjacke eine Schachtel Zigaretten hervor, von dem Lehrertyp genau beobachtet.

»Wollen Sie jetzt etwa anfangen, hier drin zu rauchen?«, sagte er sichtlich beunruhigt.

Raik öffnete die Packung und nahm eine Zigarette heraus. »Was dagegen?«

»Und ob!«, protestierte der Lehrer, »ich bin Nichtraucher.«

Raik sah den iPhone-Mann an, und als der wortlos die Augenbrauen hochzog, schob Raik seine Zigarette widerwillig in die Packung zurück.

»Ich heiße übrigens Paul Andernach«, sagte der iPhone-Mann und streckte dem Lehrertyp die Hand hin.

»Clemens Fitzek«, sagte der und ergriff die Hand. Aus dem Hintergrund sagte Raik, allerdings ohne sich von seinem Platz zu erheben: »Raik Maas.«

»Und was machen wir nun?«, fragte Fitzek und sah auf seine Uhr, die sieben Minuten nach Mitternacht anzeigte.

»Was schlagen Sie denn vor?«, gab Raik zurück, stopfte sich seine Sporttasche in den Rücken und machte es sich auf seiner Bank bequem.

»Ich hab jedenfalls Hunger«, sagte Andernach.

»Ich auch«, sagte Raik und griff automatisch wieder nach seinen Zigaretten, zog seine Hand aber mit Blick auf Andernach im selben Moment zurück.

»Wenn Sie nichts gegen bereits heute Mittag geschmierte Brote haben, hätte ich etwas für Sie«, sagte Fitzek und begann den Reißverschluss an seinem Rollkoffer zu öffnen.

»Kein Problem«, sagte Raik und richtete sich auf.

»Ja, gerne«, sagte Andernach und nahm nun neben Fitzek Platz.

»Meine Mutter hat mir die Brote geschmiert«, sagte Fitzek und hielt Andernach ein Päckchen hin. »Auf dem Rückweg von einem Kongress, an dem ich teilgenommen habe, habe ich sie am Vormittag kurz besucht.«

»Das ist ja richtiges Butterbrotpapier«, sagte Andernach und packte das in helles Pergament eingeschlagene Brot aus.

»Alte Angewohnheit meiner Mutter«, sagte Fitzek matt und hielt nun auch Raik ein helles Päckchen hin.

»Wie alt ist denn Ihre Mutter?«, fragte Andernach und biss in das Brot.

»Dreiundachtzig«, sagte Fitzek, nahm eine Wasserflasche mit einem roten Drehverschluss aus dem Rollkoffer und trank einen Schluck daraus.

»Warum wollen *Sie* die Brote denn nicht?«, fragte Raik und nagte an seiner Schnitte.

»Ich konnte die schon als Junge nicht essen, weil sie jedes Mal zentimeterdick Butter draufgeschmiert hat«, sagte Fitzek und schraubte den roten Verschluss wieder auf die Flasche. »Hundert Mal habe ich ihr gesagt: ›Mutter, ich mag keine Butter!‹ Doch wenn ich dann am nächsten Morgen in der Schulpause hungrig mein Brot auspackte, war *wieder* Butter drauf. Irgendwann habe ich angefangen, die Brote wegzuschmeißen. Als sie mich gestern fragte, ob ich Butterbrote für die Reise mitnehmen wolle, habe ich nicht den Mut gehabt, ihr die Wahrheit zu sagen. Und als ich heute Abend von ihr weg bin, da hat sie mir die verpackten Brote in die Hand gedrückt und lächelnd gesagt: ›Was Gutes für den Zug, mein Junge, Butterbrote!‹«

»Schmecken aber gut, die Butterbrote Ihrer Mutter«, sagte Andernach.

»Ich werde es ihr ausrichten«, sagte Fitzek.

»*Meine* Mutter hat mir immer Obst mitgegeben, wegen der Vitamine«, sagte Andernach. »Einmal habe ich vergessen, die Pfirsiche, die ich am letzten Schultag vor den Ferien nicht gegessen hatte, aus dem Ranzen zu nehmen. Wie das aussah, als ich sechs Wochen später den Ranzen aufgemacht habe, das möchte ich lieber nicht beschreiben.« Er lachte und schob sich den letzten Bissen des Brots in den Mund.

»Bei uns gab's morgens löslichen Kaffee, und das war's«, sagte Raik. »In der Schule hab ich dann das gegessen, was die andern nicht mehr haben wollten, und wurde so satt.«

»Manchmal glaube ich, ich bin alleine aus dem Grund Psychologe geworden, weil ich herausfinden wollte, wie es sein kann, dass Menschen andere jahrelang ignorieren und sich hinterher wundern, dass sie von diesen dafür gehasst werden«, sagte Fitzek.

»Und?«, fragte Andernach und faltete das Butterbrotpapier zusammen. »Haben Sie es herausgefunden?«

»Ja, habe ich. Aber meine Mutter hasse ich trotzdem dafür, dass sie sich meine ganze Kindheit hindurch nicht dafür interessiert hat, was ich mochte und was nicht«, sagte Fitzek, verstaute seine Wasserflasche und schloss den Reißverschluss seines Rollkoffers wieder. An Andernach gerichtet, sagte er: »Und was hat Sie hierher verschlagen?«

»Ich habe einen amerikanischen Schriftsteller interviewt, der in der Gegend Urlaub macht«, sagte Andernach. »Im ›Parkhotel Frank‹.«

»Kenne ich«, sagte Fitzek, »ein Fünf-Sterne-Laden.«

»Das Hotel war ausgezeichnet«, sagte Andernach, »aber das Interview leider ein Reinfall.«

»Wieso?«, fragte Raik.

»Weil der Mann sich für etwas ganz Besonderes hält, was er zweifellos ist, sich aber leider auch dementsprechend aufführt! Dabei hatte mich der Redakteur, für den ich das machen wollte, vorgewarnt, Griffin sei sehr kompliziert, um nicht zu sagen verrückt. Doch weil ich alles von ihm gelesen habe und seine Bücher absolut großartig finde, habe ich mich nicht abschrecken lassen und bin hergefahren.«

»Wie heißt der Autor?«, fragte Fitzek.

»James L. Griffin«, erwiderte Andernach. »Der Name wird Ihnen nichts sagen, denn seine Bücher sind selbst in den USA nur absoluten Insidern ein Begriff. Griffin ist äußerst medienscheu und lebt vollkommen zurückgezogen in einem Blockhaus in den Wäldern von Montana. Doch als ich durch einen befreundeten amerikanischen Kollegen, der ihn einmal vor Jahren getroffen hat, zufällig erfuhr, dass Griffin mit seiner Tochter in die Nähe von Freiburg kommt, um zehn Tage Urlaub zu machen, da konnte ich mein Glück kaum fassen und habe sofort ein Zimmer im Parkhotel für die entsprechende Zeit gebucht.«

»Was schreibt der denn so?«, fragte Raik.

»Bislang hat er fünf Romane veröffentlicht, schwere zivilisationskritische Epen«, sagte Andernach mit einem Leuchten in den Augen. »Einer besser als der andere. Der Mann ist zweifellos ein Genie.«

»Sie verdienen Ihr Geld mit Interviews?«, sagte Raik und hielt Andernach seinen Corto Maltese-

Comic hin. »Den, der das hier geschrieben hat, hätten Sie mal interviewen sollen! Hugo Pratt, kennen Sie den vielleicht? Der war auch ’n Genie. Ist leider schon 1995 gestorben.«

»Nein, tut mir leid«, sagte Andernach, »Comics sind nicht so mein Ding. Als Junge habe ich zwar eine Zeitlang eifrig Batman- und Superman-Heftchen gelesen, aber das war es dann auch schon, sorry!«

»Na ja, hätt ja sein können«, sagte Raik und nahm sein Heft wieder herunter. Und weil er nicht wusste, was er sonst hätte sagen können, fragte er: »Seit wann machen Sie das mit diesen Interviews?«

»Schon seit Jahren«, sagte Andernach. »Anfangs nur fürs Radio, später auch für Zeitungen und Magazine.«

»Und davon kann man leben?«, fragte Fitzek, der die ganze Zeit aufmerksam zugehört hatte.

»Nicht alleine von den Interviews«, sagte Andernach. »Ich schreibe in der Regel Rezensionen.«

»Das heißt, Sie schreiben über Bücher?«

»Ja«, sagte Andernach. »Von Griffin zum Beispiel habe ich alle Bücher besprochen.«

»Und das macht Ihnen Spaß? Dauernd über die Bücher von anderen Leuten zu schreiben?«, sagte Raik.

»Na ja«, sagte Andernach ausweichend und holte plötzlich sein iPhone hervor, drückte einen Knopf, blickte kurz auf das Display und schob das Gerät in die Tasche zurück.

»Wieso schreiben Sie nicht selbst mal ein Buch?«, sagte Raik. »Dann können die anderen über Sie schreiben.«

»Ja«, sagte Fitzek. »Haben Sie das schon mal versucht?«

Andernach erhob sich, ging ein paar Schritte und warf das zu einem winzigen Päckchen zusammengefaltete Butterbrotpapier in den Abfalleimer, machte kehrt und blieb vor Fitzek stehen, der ihn erwartungsvoll ansah. Dann zog er ein helles Tuch aus seiner Hosentasche, nahm seine eckige Brille ab und putzte ausgiebig die Gläser.

Daraufhin sagte Raik, der Andernach ebenfalls die ganze Zeit angesehen hatte: »Und? Haben Sie?«

Andernach faltete das Tuch zweimal, steckte es wieder in die Tasche, setzte seine Brille auf und sagte unwirsch: »Ja, wenn Sie es genau wissen wollen!«

»Und?«, sagte Raik. »Haben die anderen drüber geschrieben?«

Andernach zögerte. Doch dann sagte er: »Ja, haben sie! Ist die Frage damit beantwortet?«, und fing wieder an, auf und ab zu gehen.

»Warum sind Sie denn so schlecht gelaunt?«, fragte Fitzek. »Haben Sie unsere Nachfragen gekränkt oder gar einen wunden Punkt berührt?«

»Lassen Sie dieses Psychologen-Gerede, ja!«, sagte Andernach und blieb mitten im Raum stehen. »Ob und was ich schreibe, ist ganz alleine meine Sache, okay!«

Raik suchte Fitzeks Blick. Dann wandte er sich an Andernach: »Ist doch auch ganz egal, worüber Sie geschrieben haben.«

»Nein, das ist es nicht!«, sagte Andernach energisch und begann wieder herumzugehen.

»So?«, sagte Fitzek. »Dann erzählen Sie uns doch mal, worüber Sie geschrieben haben.«

»Soll das jetzt vielleicht ein Verhör werden?« Andernach blieb erneut stehen. Sein Blick hatte sich verfinstert.

»Aber nein, Herr Andernach«, sagte Fitzek. »Ich sehe nur, dass Sie sich mit der Beantwortung einer ganz gewöhnlichen Frage offensichtlich sehr schwertun, und frage mich natürlich, was der Grund dafür ist.«

»Sie wollen den Grund wissen?«, sagte Andernach plötzlich angriffslustig. »Ja? Wollen Sie das?«

»Ja«, sagte Raik und sah Fitzek an.

»So? Na, dann hören Sie beide jetzt mal genau zu: Das Meiste von dem, was man heutzutage in Buchhandlungen kaufen kann, ist Mist. Und die sogenannten Schriftsteller, die es produzieren, sind verdammte Heuchler. Zwar behaupten die meisten von ihnen, es käme ihnen darauf an, Kunst zu produzieren. Doch in Wahrheit sind sie nur auf eines aus, auf Geld!« Andernach redete sich in Rage, in seinen Augen glänzte eine lüsterne Wut. »Ich mag und bewundere Schriftsteller, die tatsächlich etwas zeigen, das wir so noch nicht gesehen haben. Eine bislang verborgene Schönheit, einen so noch nicht gedachten Gedanken, ein so noch nicht gelesenes Bild. Doch das Meiste, was ich sehe, täuscht Schönheit nur vor. Und wagt nichts! Oder es gaukelt uns eine Wirklichkeit vor, die in Wahrheit so überhaupt nicht existiert. Eine Phantasiewirklichkeit. Wenn ich keine Schönheit und keine Wirklichkeit sehe, sind sie auch nicht da. Und all diese

Pseudoschriftsteller, die hinterher behaupten, missverstanden worden zu sein, sind fast immer schlecht. Sie sind schlechte Schriftsteller, die sehr wohl verstanden wurden.«

Hier machte er eine kurze Pause, setzte aber sofort wieder an und sagte: »Doch am schlimmsten von allen sind die Kritiker. Das sind alles Heuchler! Leute, die gar nicht wissen, was es heißt, ein Buch zu schreiben. Stattdessen verschanzen sie sich hinter ihren Kritiken und urteilen andere ab. Für eine unvergessliche Formulierung schicken sie selbst ihren besten Freund ins Feuer. Und ja: Ich habe ein Buch veröffentlicht, einen kleinen Roman mit dem vielleicht etwas zu pathetischen Titel ›Der sanfte Held‹, der die Geschichte meines an Parkinson erkrankten Vaters erzählt. Ich habe versucht, nichts zu verheimlichen und nichts zu beschönigen, sondern wollte zeigen, was diese verfluchte Krankheit aus einem Mann gemacht hat, der einmal ein großartiger Langstreckenläufer gewesen ist und dem das Wichtigste genommen wurde, etwas, das ihm wichtiger war als seine Familie, als sein Beruf und seine Freunde: Die Fähigkeit, sich frei in der Natur bewegen zu können. Anfangs litt er an undefinierbaren Muskelverspannungen und glaubte, schuld sei das Training. Hinzu kam, dass er sich oft müde fühlte und Schweißausbrüche bekam. Und als er immer unruhiger zu werden begann, machten sich auch die ersten Bewegungsstörungen bemerkbar. Bald fielen ihm so einfache Dinge wie Kämmen, Zähneputzen oder das Zuknöpfen seines Hemdes immer schwerer. Seine Handschrift wurde unleserlich, und sein Schritt veränderte sich. Er lief fortan vornübergebeugt und schwang mit den Armen. Und manchmal begannen seine Hände unmotiviert zu zittern, und seine Gesichtszüge erstarrten schließlich zu einer Maske. Am Ende schlug er wild um sich und schrie im Schlaf. In meinem Buch habe ich zu erzählen versucht, wie die Krankheit langsam immer mehr Besitz von ihm ergriff und er trotzdem nicht aufhörte zu trainieren. Ich wollte zeigen, zu welch unglaublichen Leistungen und zu was für einem unbändigen Willen Menschen fähig sind, und was es mit meinem Vater gemacht hat, als er spürte, dass es nur noch eine Frage von Monaten war, ehe er das Laufen aufgeben musste. Doch er trainierte einfach immer weiter. Am Ende ist er mit schwingenden Armen und wie ein Betrunkener in Trippelschritten schreiend durch den Wald gewankt. Bis ich ihn eines Tages tränenüberströmt auf einer Wiese liegend fand. Wenig später starb er. Und wissen Sie, was ein Kritiker später über mein Buch geschrieben hat?«

Andernach machte wieder eine Pause und sah seine beiden Zuhörer beschwörend an. Dann fuhr er sich mit der rechten Hand durchs Haar und sagte: »Das Buch sei Sozialkitsch, und sein Verfasser delektiere sich aus schriftstellerischer Profilierungssucht am Schicksal eines Kranken! Gut, was?«

Andernach nahm neben Fitzek Platz, beugte sich nach vorn und schlug beide Hände vors Gesicht. Sekundenlang herrschte eine bedrückende Stille im Raum. Bis Fitzek schließlich sagte: »Und seitdem hassen Sie sich und Ihren Beruf, nicht wahr?«

Andernach schwieg, worauf Fitzek sagte: »Soll ich Ihr Schweigen als Zustimmung deuten?«

»Tun Sie, was Sie wollen!«, antwortete Andernach durch die vors Gesicht gedrückten Hände.

»Ist doch völlig egal, was andere über einen sagen«, mischte Raik sich nun in ihren stockenden Dialog ein. »Wichtig ist, was man selber denkt. Und wenn Sie an Ihr Buch glauben, dann zählt nur das.«

Andernach richtete sich auf, wandte sich Raik zu und sagte: »Das habe ich früher auch mal gedacht.«

»Jetzt muss ich erst mal eine rauchen«, sagte Raik und nahm seine Zigaretten heraus.

»Aber bitte draußen, ja?«, sagte Fitzek und machte eine entsprechende Handbewegung.

Als Raik verschwunden war, wandte sich Fitzek Andernach zu und hörte sich zu seiner eigenen Überraschung sagen: »Was meinen Sie wohl, wie sehr mir die lieben Kollegen manchmal auf die Nerven gehen? Nach zwei Tagen mit einer Horde besserwisserischer Psychotherapeuten in einem Raum ist man reif für die Insel und denkt: Was ist bloß in mich gefahren, dass ich mir diesen Beruf ausgesucht habe? Von den Patienten ganz zu schweigen! Diese kassenversicherten Nieten! Oder meinen Sie vielleicht, es macht Spaß, sich dauernd deren weinerliches Gejammer anzuhören? Gott bewahre! Es gibt Tage, da würde ich sie am liebsten auf der Stelle aus meiner Wohnung schmeißen, weil ich das läppische Wehklagen über Ängste, Eifersuchtsschübe und Gewaltphantasien nicht mehr hören kann. Zum Teufel mit diesen Seelenkrüppeln!«

Fitzek hielt abrupt inne, erschrocken über die

plötzliche Offenheit und die ungebremste Schärfe seiner Worte. Und sogleich dachte er: Nein, so hätte ich das nicht sagen sollen! Oh, Gott! Was ist eigentlich in mich gefahren?

Er sah Andernach an, der ihm offenbar die ganze Zeit interessiert zugehört hatte, und sagte beschwichtigend und wie zu sich selbst: »Äh, na ja. Das sind halt solche Gedanken, aber ganz so schlimm ist es natürlich nicht. Sie wissen schon, was ich meine!«

Er zog ein Tuch aus seiner Tasche, nahm seine Brille ab, wischte sich den Schweiß von der Stirn und sagte: »Verdammt heiß hier drin. Finden Sie nicht auch?«

»Geht so«, sagte Andernach, zog sein iPhone hervor und drückte einen Knopf. Fitzek glaubte, die Sache hätte sich damit erledigt, und war froh, dass ihm weitere Ausführungen erspart blieben. Doch auf einmal sah Andernach ihn interessiert an und sagte: »Warum machen Sie denn nicht etwas anderes, wenn Ihnen Ihr Job dermaßen zuwider ist?«

Im selben Moment ging die Tür auf, und Raik kam herein. Fitzek überlegte kurz, setzte fahrig seine Brille wieder auf und antwortete: »Und warum schreiben Sie immer noch Kritiken?«

»Weil ich zu feige bin, ganz auf das Bücherschreiben zu setzen, darum«, sagte Andernach, ohne zu überlegen. »Denn ohne das, was ich mit den Buchkritiken und allem anderen verdiene, kann ich mir das Leben, das ich jetzt führe, nicht mehr leisten. Ich müsste meinen Lebensstil ändern, müsste mir eine kleinere Wohnung suchen und meinen Wagen abschaffen. Doch dazu fehlt mir der Mut.«

»Aber dann sind Sie ja gar nicht anders als die, auf die Sie vorhin geschimpft haben«, sagte Raik und nahm wieder Platz.

»Wenn Sie so wollen«, sagte Andernach und verstaute mit langsamen, ruhigen Handgriffen sein Telefon.

»Das klingt irgendwie traurig«, sagte Raik.

»Ja, kann sein«, sagte Andernach.

»Aber es liegt doch alleine an Ihnen, ob Sie etwas dagegen unternehmen«, sagte Fitzek, der sich wieder gefangen hatte. »Es zwingt Sie doch niemand, diese Kritiken zu schreiben. Oder diese angeblichen Genies zu interviewen, die sich nur für sich selbst interessieren.«

»Nein, das stimmt«, sagte Andernach. »Aber ich werde es trotzdem weiter tun. So, wie Sie weiter Ihre Patienten empfangen werden, obwohl Sie sie eigentlich dafür verachten, dass Sie ihnen helfen sollen, ihr Leben wieder in den Griff zu kriegen. Denn Ihnen hilft ja auch keiner, stimmt's?«

»Doch. Mein Supervisor«, sagte Fitzek.

»Na toll«, sagte Andernach, wobei er Fitzek verschwörerisch ansah.

»Ja«, sagte Fitzek und musste nun ebenfalls grinsen.

»Gleich zwei Uhr«, sagte Raik und machte es sich auf seiner Bank bequem, indem er sich seinen zu einer Rolle geformten Rucksack als Kopfkissen unterschob. Im selben Moment ging das Licht aus, und sie saßen im Dunkeln.

»He, was soll das?«, rief Andernach und sprang auf.

»Das machen die auf allen Bahnhöfen so«, sagte

Raik, »um Strom zu sparen. Damit wollen die verhindern, dass irgendwelche Typen nachts auf ihren Bahnhöfen rumhängen. Dabei kann das ziemlich geil sein. Ich hab das kürzlich mit ein paar Leuten bei uns in Nürnberg gemacht, das hat irren Spaß gemacht. Als um zwei die Lichter ausgingen, sind wir wie Gespenster durch die Gänge gespukt.«

»Sie scheinen wenig Schlaf zu brauchen«, sagte Fitzek.

»Geht so«, sagte Raik. »Aber in der Nacht ist sowieso alles total schräg gelaufen. Es hat geregnet wie verrückt. Und auf der Fahrt nach Hause läuft mir doch glatt so ein Typ vors Auto, der war höchstens dreizehn oder vierzehn. Ich hatte keine Chance, ich schwör's! Wie aus dem Nichts tauchte der plötzlich im Scheinwerferlicht auf. Ich hab natürlich voll gebremst, trotzdem hat es einen ziemlichen Schlag getan, als ich ihn erwischt habe.«

»Und was geschah dann?«, fragte Andernach, der es sich unterdessen ebenfalls auf seiner Bank bequem gemacht hatte.

»Na, ich nichts wie raus aus dem Wagen! Zum Glück war aber alles halb so wild. Der Junge hatte ziemlich was am Bein abgekriegt. Doch weil ich keine Scherereien mit der Polizei haben wollte, habe ich ihn hinten in den Wagen verfrachtet.«

»Aber der Junge muss doch starke Schmerzen gehabt haben?«, sagte Fitzek.

»Ja, der hat ziemlich gestöhnt. Aber dann hab ich eben diese Frau gesehen, die draußen im Regen stand, und hab angehalten und sie mitgenommen.«

»Was für eine Frau?«, fragte Andernach.

»Na, so eine, die ihrem Mann weggelaufen ist.«

»Hat sie das gesagt?«, fragte Fitzek.

»So was Ähnliches jedenfalls.«

»Und der Junge? Was war mit dem Jungen?«, fragte Andernach.

»Was soll mit dem gewesen sein?«, sagte Raik. »Der hat irgendwann gepennt.«

»Gepennt?«, sagte Fitzek. »Der wird wegen der Schmerzen ohnmächtig geworden sein. Du hättest den Jungen schleunigst ins Krankenhaus fahren müssen!« Er hatte ihn in seiner Empörung einfach geduzt.

»Das hab ich ja dann irgendwann auch«, sagte Raik.

»Was heißt irgendwann?«, fragte Fitzek.

»Weiß nicht. Irgendwann halt. Die Frau und ich sind eben noch was essen gegangen.«

»Was?«, sagte Andernach.

»Na ja, der hat doch sowieso gepennt. Und außerdem hat's doch so geregnet.«

»Also von dir möchte ich nicht angefahren werden, bei Gott nicht!«, sagte Andernach und lachte auf. »Lässt einfach den Jungen im Wagen liegen und gehst was essen, das glaube ich nicht!«

»Und was haben die Leute im Krankenhaus gesagt?«, fragte Fitzek. »Die wollten doch sicher wissen, was passiert ist.«

»Ich hab den doch nicht reingebracht«, sagte Raik, dem das Verhör langsam zu viel wurde.

»Wie bitte?«, sagte Fitzek.

»Ja, ich hab ihn aus dem Wagen gezogen und ihm

gesagt, er soll alleine reingehen. Und das hat er dann auch gemacht.«

»Sie haben ihn, so schwerverletzt, wie er war, alleine gelassen?«, sagte Fitzek.

»Na und«, sagte Raik grimmig. »Er war ja nicht tot.«

»Und du?«, sagte Andernach harsch. »Was hast du gemacht?«

»Ich?«, antwortete Raik im Ton größter Selbstverständlichkeit. »Ich bin zurück zu meinen Freunden am Bahnhof, hab ich doch schon gesagt.«

»Aber interessiert dich denn nicht, was mit ihm ist? Ich meine, er könnte ja auch inzwischen tot sein.«

»Der ist nicht tot«, antwortete Raik genervt. »Ganz sicher nicht! Dazu sah der trotz allem viel zu lebendig aus.«

»Oh, Mann!«, sagte Andernach. Nur diese beiden Worte.

Sie lagen noch lange wach. Außer Raik, der keine zehn Minuten später eingeschlafen war. Doch kurz bevor ihm endgültig die Augen zufielen, musste er noch einmal an den auf der nassen Straße liegenden Jungen denken und wie verwundert der ihn angesehen hatte. Das Geräusch des leerlaufenden Motors seines Wagens im Ohr, schlief er ein.

FÜNFUNDZWANZIG

»Ja? Hallo?«, sagte Hagedorn, drückte den Telefonhörer ans Ohr und ließ dabei die Mattscheibe nicht aus den Augen.

»Wilhelm? Bist du das?«, sagte eine sonor klingende Männerstimme.

»Ja, wer ist denn da?«, fragte Hagedorn und zog die Stirn kraus.

»Spencer, dein Cousin«, sagte William Spencer.

»Das ist aber eine Überraschung! Wo bist du? Etwa in Deutschland?«

»Nein«, sagte Spencer, »ich bin in Zürich. Im Hotel.«

»Was machst du denn da?«

»Mich scheiden lassen«, sagte Spencer trocken.

»Du und Esther, ihr lasst euch scheiden?« Hagedorn warf einen Blick auf den riesigen Plasmabildschirm, den er sich kürzlich, ohne lange zu überlegen, geleistet hatte. Der Schiedsrichter hatte soeben die erste Halbzeit abgepfiffen, und die Spieler verließen den Platz.

»Ja«, sagte Spencer. »Traurig, aber wahr.«

»Hat sie etwa einen anderen?«

»Nein, nein«, antwortete Spencer. »Unsere Zeit war einfach um. Nach über zwanzig Jahren hatten wir beide das Gefühl, dass es vorbei ist.«

»Und wie geht es euch dabei?«, fragte Hagedorn pflichtschuldig.

»Wie es zwei alten Rennpferden eben so geht, wenn sie auf ihr Gnadenbrot zusteuern!«, sagte Spencer und lachte. »Und du? Wie geht es dir, Wilhelm?«

»Man hat mein Engagement am hiesigen Schauspielhaus nicht verlängert, und mein Team liegt im Moment null zu zwei hinten. Mit anderen Worten: Es geht mir blendend!«

»Und was bedeutet das?«

»Dass ich ab sofort auf der Straße sitze«, sagte Hagedorn. »Das ist offenbar nicht mehr zu ändern. Aber was mein Team angeht, so bin ich zuversichtlich, dass sie das Spiel noch drehen.«

Dabei fiel sein Blick auf die Galerie der gerahmten Schwarzweißfotos an der Wand, auf denen er als Duncan in »Macbeth«, Astrow in Tschechows »Onkel Wanja« oder als Konsul Werle in Ibsens »Wildente« zu sehen war. Zuletzt hatte er in der Rolle des Koller aus Bernhards »Billigesser« auf der Bühne gestanden. Und die, die unten im Dunkeln saßen, hatten ihn geliebt. Trotzdem hatte die Leitung des Hauses ihn nicht mehr gewollt.

»Das klingt schrecklich«, sagte Spencer, »aber wie ich höre, hast du deinen Humor deshalb noch nicht verloren!«

»Nein, den müssen sie mir schon mit der Axt austreiben«, sagte Hagedorn. »Außerdem halte ich es mit Erich Kästner, der mal gesagt hat: Es ist eine Kunst, erwachsen zu werden und dennoch das Kind in sich zu bewahren.«

»Du bist immer noch ganz der Alte«, sagte Spencer, »das ist gut.«

»Ich gebe mir Mühe«, antwortete Hagedorn. »Und wie ist es bei dir? Bist du noch bei diesem Verlag in London?«

Spencer bejahte. »Unter meinen Autoren sind zwei Booker-Preisträger, eine Nobelpreiskandidatin und drei Orange Prize-Gewinner, und solange die mit mir weiterarbeiten wollen, wird man mich nicht zum Teufel jagen.«

Hagedorn sah beim Blick auf den Bildschirm, dass noch immer Werbung lief. »Schön«, sagte er. »Und was macht deine Schwester? Alles klar mit David und den Kindern?«

»Ja, ja, Jane geht es gut. Sie haben sich gerade ein großes Haus in Birmingham gekauft. Wenn du mich fragst, ist das Unsinn. So klein sind die Kinder ja nicht mehr, wenn die studieren gehen, sitzen die beiden alleine in dem riesigen Haus.«

»Aha«, sagte Hagdorn. Im selben Moment donnerte in geringer Tiefe ein Jet über das Viertel. Er spürte die Vibration, die die Turbinen erzeugten, als leichtes Zittern an den Fußsohlen. Genau wie an dem Tag, als die Erde gebebt hatte. »Und sonst?«

»Sonst? Tja, wie soll ich sagen.« Am liebsten hätte Spencer auf der Stelle davon angefangen. Denn seit die Sache passiert war, fühlte er sich schrecklich. Immer wieder griff er unter den Bund seiner Unterhose und umfasste sein erschlafftes Glied; dabei stellte er sich Rondas irritierten Gesichtsausdruck vor, und es rollte heiß durch seinen Magen.

Auf dem Bett liegend, hatte er im Schein der Nachttischlampe in seinem Kalender geblättert und war die Namen und Nummern derer durchgegangen, die für einen Anruf in Frage kamen. Normalerweise hätte er ohne zu überlegen Frank Jones angerufen, seinen ältesten und besten Freund. Doch Frank, der seit mehr als dreißig Jahren als Sportreporter beim Guardian arbeitete, hatte sich kürzlich einer komplizierten Bandscheibenoperation unterziehen müssen und im Moment weiß Gott andere Sorgen, als sich Spencers Lamento anzuhören.

Auch hätte er Glen Beardsley anrufen können, den Cheflektor von Picador, mit dem er sich seit mehr als zehn Jahren einmal die Woche zum Squash traf. Glen war ein guter Zuhörer und ein glänzender Ratgeber. Doch Glen weilte auf der Hochzeit seines Sohnes in Marokko. Spencer hatte es ein paar Mal versucht, doch offenbar hatte Glen, um nicht gestört zu werden, sein Handy ausgeschaltet.

Natürlich konnte er Harry Hunt, seinen jüngeren Sachbuchkollegen, anrufen, mit dem er häufiger nach Feierabend unweit des Verlages ein Bier trank. Oder sie fuhren, da sie beide in Ealing im Westen Londons wohnten, hinüber nach Brentford, wo Harrys jüngerer Bruder John ein Bistro betrieb, um dort französisch zu essen. Doch weil Harry im selben Verlag wie Spencer arbeitete, fand er es zu riskant, ihn in seine Sorgen einzuweihen. Blieben nur noch sein alter Schulfreund Ray und seine Schwester Jane.

Beim Überfliegen der Namen in seinem Kalender war Spencer plötzlich bewusst geworden, wie begrenzt der Kreis derer war, denen er sich in einem delikaten Fall wie diesem anvertrauen konnte. So schreckte er auch davor zurück, Ray anzurufen. Ray war seit über dreißig Jahren mit Rachel verheiratet und hätte wohl kaum Verständnis für sein Problem gehabt. Und Jane damit zu konfrontieren, dass er mit einer Frau, die er gerade mal ein paar Stunden kannte, ins Bett gegangen war, war genauso unmöglich.

Spencer hatte hilflos die Seiten seines Kalenders vor- und zurückgeblättert. Und da war ihm plötzlich der Name seines Cousins Wilhelm ins Auge gefallen. Wilhelm galt innerhalb der Familie von jeher als unkonventioneller Einzelgänger, er war am Theater, und Spencer dachte, dass diese Leute sich sicher mit ungeschütztem Geschlechtsverkehr auskannten und keine moralischen Einwände hätten.

Spencer, der Wilhelm bei einem seiner Besuche in Deutschland auf der Bühne gesehen hatte, war ziemlich angetan gewesen von der Präsenz seines Cousins. Und als sie nach der Vorstellung noch länger zusammensaßen, waren sie sich überraschend nahgekommen. Anschließend hatten sie noch ein paar Mal telefoniert, doch irgendwann war der Kontakt wieder spärlicher geworden.

Spencer hatte keine Ahnung, wann er und Wilhelm das letzte Mal miteinander telefoniert hatten. Das musste mehr als drei Jahre zurückliegen. Kurz entschlossen hatte Spencer also Wilhelms Nummer gewählt.

»Mir ist da kürzlich was ziemlich Blödes passiert«, sagte Spencer und überlegte, wie er anfangen sollte.

»Was denn? Im Verlag?«, sagte Hagedorn, der sah, dass die Spieler wieder den Rasen betraten.

»Nein, nein«, sagte Spencer. »Hier in Zürich. Erst gestern.«

»Mit Esther? Im Rahmen der Scheidung?«, fragte Hagedorn und linste auf die Mattscheibe, wo das Spiel wieder lief.

»Nein, sie ist in London geblieben«, sagte Spencer. »Es war mit einer jungen Frau. Einer Professionellen, wie es scheint.« Er erschauderte bei dem Gedanken, Ronda könne womöglich tatsächlich eine Prostituierte sein.

»Oh!«, sagte Hagedorn. »Das klingt ja richtig interessant.«

»Du hast gut reden«, sagte Spencer und räusperte sich. »Ich finde das inzwischen alles andere als interessant.«

»Und jetzt hast du Esther gegenüber ein schlechtes Gewissen, weil ihr noch verheiratet seid?«, sagte Hagedorn, ohne seinen Blick von der Mattscheibe zu lösen.

»Ein schlechtes Gewissen? Wenn es das nur wäre«, sagte Spencer. »Nein, Wilhelm, ich habe Angst.«

»Angst? Aber wovor denn?«

»Davor, dass ich mich bei ihr angesteckt haben könnte!«, sagte Spencer mit Nachdruck und war nun nicht mehr zu bremsen. »Ich hatte vorher sogar noch

Kondome gekauft, im Eifer des Gefechts aber einfach nicht mehr daran gedacht, sie zu benutzen! Ich bin nicht mal auf die Idee gekommen, sie könne eine Professionelle sein, bei dem Eindruck, den sie machte.« Spencer machte eine kurze Pause. »Wir haben uns auf einem dieser Dampfschiffe kennengelernt, die auf dem Zürichsee herumfahren, und sind uns schnell nähergekommen. Und nachdem wir noch irgendwo was getrunken haben, sind wir in ihre Wohnung gegangen.«

Hagedorn blickte weiter mit dem Hörer am Ohr auf die Mattscheibe.

»Es war wirklich unglaublich mit ihr«, sagte Spencer und sah die Ereignisse vom Vortag nochmals vor sich ablaufen. »So etwas wie das mit dieser Frau hatte ich vorher noch nie erlebt. Nicht mal in der ersten Zeit mit Esther.«

»Wenn sie keine Kondome benutzt hat, war sie sicher keine Prostituierte«, sagte Hagedorn. »Außerdem hättest du sie ja einfach fragen können. Wenn du ihre Nummer hast, ruf sie an, oder geh hin und rede mit ihr! Wenn es wirklich so unglaublich war, wie du sagst, wird sie dich sicher nicht einfach so wieder wegschicken.«

»Was soll ich denn sagen, wenn ich vor ihr stehe? Bist du eine Professionelle, und muss ich Angst haben, mich bei dir infiziert zu haben? So etwas in der Art vielleicht? Nein, Wilhelm, das kann ich nicht. Unter keinen Umständen.«

»Dann ängstige dich eben weiter, William«, sagte Hagedorn scherzhaft, der verfolgte, wie sein Team im selben Moment den Anschlusstreffer erzielte. »Tor!«, rief er und riss den linken Arm in die Höhe. »Tor!!«

Spencer schwieg eine Weile. Dann sagte er: »Ich weiß eigentlich gar nicht, was mich so sicher davon ausgehen lässt, dass sie eine Professionelle ist. Das muss ja wirklich nicht der Fall sein.« Denn eigentlich, und das begriff er jetzt, hatte ihn doch vor allem die Tatsache in Panik versetzt, dass er das Versprechen, das er und Esther einander vor langer Zeit gegeben hatten, nie »ohne« fremdzugehen, mit Ronda gebrochen hatte. So, als sei damit zwangsläufig eine Bestrafung verbunden. Und wieso gleich auch noch das Schlimmste?

»Danke, Wilhelm«, sagte Spencer und klappte seinen neben sich auf dem Bett liegenden Taschenkalender zu.

»Wofür?«

»Dafür, dass du mich dazu gebracht hast, endlich meinen Verstand zu benutzen, statt bloß auf mein Gefühl zu hören.«

»Geh hin und frag sie«, wiederholte Hagedorn, dem ein Blick auf die oben am Bildschirmrand eingeblendete Uhr sagte, dass seiner Mannschaft nur noch eine gute halbe Stunde blieb, um den Ausgleichstreffer zu erzielen. »Vielleicht wartet sie ja sogar darauf, dass du noch einmal zurückkommst«

»Das mache ich«, erwiderte Spencer entschlossen. »Und dir drücke ich die Daumen, dass dein Team noch den Ausgleich erzielt!«

Hagedorn hatte kurz mit dem Gedanken gespielt, Spencer von seiner vor einiger Zeit festgestellten HIV-Infektion zu erzählen, die er sich bei einem seiner jungen Freunde geholt hatte. Einem Zweiundzwanzigjährigen, unverschämt gut aussehenden und inzwischen verstorbenen Jungen, den er in einem einschlägigen Lokal kennengelernt hatte und der ihn, wenn er den schmalen Kopf mit den breiten Koteletten und den langen, mit Gel nach hinten frisierten Haaren kokett in den Nacken legte und dabei aufreizend grinste, an den jungen Chet Baker erinnerte, von dem Hagedorn alle Platten besaß. Doch er hatte diesen Gedanken wieder verworfen.

Spencer drückte den Telefonhörer auf die Gabel und griff nach seinem Kalender. Beim flüchtigen Blick auf seine rechte Wade entdeckte er ihn plötzlich: einen dunkelvioletten, nahezu kreisrunden und an den Rändern bereits ins Schwarze changierenden Fleck von der Größe einer Five-Pence-Münze, eine Art blutigen Einschluss in der Haut. Und dann, weiter unten, auf Höhe des Knöchels, fand er noch einen zweiten, etwas kleineren. Spencer war sich sicher, dass die Flecken am Morgen, als er geduscht hatte, noch nicht da gewesen waren. Beim Abtrocknen der Beine hätten sie ihm auffallen müssen.

Eine Zeitlang versuchte er sich abzulenken und nicht an die beiden Flecken zu denken, indem er aufstand, über den Teppich lief, die Fernbedienung vom Tisch nahm und sich wahllos durch die Programme zappte. Und plötzlich hatte er das dringende Bedürfnis, Esthers Nummer zu wählen, um ihre Stimme zu hören.

»Wieso musste es bloß so weit mit uns kommen?«,

würde er zu ihr sagen, wenn er sie am anderen Ende auf die ihm so vertraute Weise atmen hören würde.

Doch er rief Esther nicht an. Und er ging auch nicht, wie er es Wilhelm gesagt hatte, am nächsten Morgen zu Ronda. Stattdessen nahm er, nachdem er die halbe Nacht im Dunkeln wachgelegen und immer wieder das Licht angemacht hatte, um zu inspizieren, ob die Flecken sich irgendwie verändert hatten, am nächsten Morgen in Kloten die Elf-Uhr-Maschine nach London.

Als die Stewardess kurz nach dem Start Zeitungen verteilte, schlug Spencer den Sportteil auf und studierte die Fußballergebnisse vom Vortag. Wilhelms Mannschaft hatte kurz vor Schluss noch den Ausgleich erzielt.

SECHSUNDZWANZIG

Küppers spürte eine Hand auf seiner Schulter, dann hörte er eine Stimme hinter sich sagen: »Bist du's, oder bist du's nicht?«

Irritiert wandte er sich um und blickte in das sonnengebräunte, faltige Gesicht eines schätzungsweise fünfzigjährigen Mannes, der ihn erwartungsvoll ansah. Seine Augäpfel strahlten wie von innen beleuchtete, im Sand liegende blaue Murmeln.

Küppers trat von einem Bein auf das andere, denn er hatte nicht die leiseste Ahnung, wer da vor ihm stand und ihn so ansah, als müsste er ihn gut kennen.

»Mensch, Küppi«, rief der andere und tat in dem engen Gang einen Schritt zur Seite, um jemanden, der eine prallgefüllte Einkaufstüte trug, an sich vorbeizulassen. »Jetzt mach aber mal einen Punkt! Erkennst du mich wirklich nicht?«

Sie standen einander im Parterre des Kaufhauses gegenüber, in dem Küppers seit mehr als zehn Jahren als Chefdekorateur arbeitete. Küppers trug seinen Arbeitskittel und war auf dem Weg in sein Büro im vierten Stock gewesen, um seine Schaufensterpläne zu holen. Doch nun stand er diesem mit einem schwarzen T-Shirt und hellen Leinenanzug bekleideten Unbekannten gegenüber, der ihn erwartungsvoll ansah. Der Fremde musste ihn von der Schule her kennen. Woher sonst wusste er seinen alten Spitznamen, den Küppers seit seinem Schulabschluss nicht mehr gehört hatte.

Er sah sich sein Gegenüber genauer an. Dann wurde ihm klar, wer da vor ihm stand: Dieter Petzold. Doch der hatte sich über die Jahre so stark verändert, dass nur noch das vorspringende Kinn und die blauen Augen an den Schüler von damals erinnerten. Sein einst dichtes, schulterlanges Haar war kurz geschnitten und hatte sich so stark gelichtet, dass die Kopfhaut hindurchschimmerte. Und über dem Bund seiner Hose wölbte sich ein kräftiger Speckring.

»Petzold? Bist du das, Dieter?«, sagte er ungläubig.

»Mensch, das hat aber gedauert, Küppi!«, sagte Petzold und streckte ihm lachend die Hand hin. Unwillig griff Küppers danach, schüttelte sie kurz und ließ sie sofort wieder los. Denn er spürte wieder diesen alten Fluchtinstinkt in sich erwachen; am liebsten wäre er auf der Stelle weggelaufen und im Strom der Kunden untergetaucht. Sehnsüchtig schielte er in Richtung Rolltreppe, die gerade eine Handvoll lachender Kinder in den ersten Stock hinaufbeförderte.

»Das ist ja eine Überraschung!«, sagte Küppers, weil ihm nichts Besseres einfiel, und lächelte gequält. Im selben Moment erblickte er Kapaun, den Hausdetektiv, der sich zwischen den Drehständern, auf denen die preisreduzierten Freizeithemden hingen, herumtrieb und dezent Ausschau hielt. Am liebsten wäre Küppers sogleich zu ihm hinübergelaufen, um ihn unauffällig darum zu bitten, ihn in ein Gespräch zu verwickeln, damit er Petzold einfach stehen lassen konnte. Doch da drehte Kapaun sich auch schon um und verschwand Richtung Parfümerie.

»Darauf müssen wir einen trinken«, sagte Petzold und boxte Küppers freundschaftlich gegen die Schulter.

»Ja?«, sagte Küppers und dachte: Weshalb muss mir dieser Mistkerl ausgerechnet jetzt über den Weg laufen? Außerdem lag ihm noch die Geschichte mit seinem Sohn im Magen. Doch da hatte Petzold ihm auch schon seinen Arm um die Schulter gelegt und manövrierte ihn zielstrebig in Richtung Rolltreppe. »Aber ja! Ein schnelles Bierchen, okay?«, sagte Petzold, der nun offenbar Küppers' Widerwillen spürte.

»Also eigentlich trinke ich ja nicht während der Arbeit«, sagte Küppers und trat auf die Rolltreppe, die in den dritten Stock hinaufführte. »Außerdem wartet eine Kollegin unten auf mich.«

»Ach, komm, geht doch ganz schnell«, sagte Petzold, »bloß ein Gläschen auf die alten Zeiten.«

»Na also, wenn es unbedingt sein muss«, sagte Küppers, der anfing zu schwitzen. An den Händen, unter den Armen und vor allem am Rücken. Auch so eine Instinktreaktion.

»Aber klar!«, rief Petzold und grinste übers ganze Gesicht.

An Dieter Petzold hatte Küppers schon seit Jahren nicht mehr gedacht. Und sicher wären nochmals Jahre vergangen, ehe er ihm mal wieder eingefallen wäre, wenn überhaupt. Denn wenn er an Petzold dachte, musste er früher oder später auch an Kaufmann denken, den sie damals im Suff gemeinsam halbtot geschlagen hatten. Sie waren betrunken gewesen und wie im Rausch über Kaufmann hergefallen. Mit Holzlatten, die sie im Fahrradkeller gefunden hatten. Hinterher hatte Küppers sich noch wochenlang schlecht gefühlt und nicht wahrhaben wollen, was sie getan hatten. Immer wieder hatte er sich gefragt, wie es so weit hatte kommen können.

Als am Morgen danach der Klasse mitgeteilt worden war, man habe Kaufmann lebensgefährlich verletzt im Fahrradkeller der Schule aufgefunden und ins Krankenhaus gebracht, da hatte Küppers das Gefühl gehabt, alle in der Klasse würden ihn anstarren. Intuitiv hatte er Petzolds Blick gesucht, doch der hatte so unbeteiligt wie immer hinter seiner Bank gesessen. Von da an hatte er ihn gemieden, wo und wie er nur konnte.

Angefangen hatte alles ganz harmlos, damals. Sie hatten schon länger vorgehabt, Kaufmann, der bis dahin keine Gelegenheit ausgelassen hatte, sich über sie lustig und vor anderen schlecht zu machen, aufzulauern. Und als sie ihm in jener Nacht, als die Klassenparty noch lief, im Fahrradkeller über den Weg liefen, ging Petzold, der bereits einiges getrunken hatte, auf Kaufmann zu, drängte ihn in eine Ecke und fing an, ihm Ohrfeigen zu verpassen. Zuerst leicht und verächtlich und mit einem überlegenen Grinsen im Gesicht. Dann immer fester. Bis Kaufmann sich zu wehren begann, und Petzold eine der auf dem Boden liegenden Latten packte und damit auf ihn einschlug. Und dann hatte auch Küppers eine der Latten gepackt und zugeschlagen. Hatte er Kaufmann wirklich gehasst? Oder wollte er vor Petzold nur nicht als Versager dastehen? Als sich Kaufmann nicht mehr rührte, hatte Küppers Angst bekommen. Sie hatten ihn einfach liegen lassen und waren abgehauen.

»Seit wann bist 'n bei dem Laden hier?«, fragte Petzold und legte den Kopf schräg. Dabei kniff er seine Augen zu.

»Zehn Jahre«, antwortete Küppers und dachte: Weshalb habe ich ihn nicht einfach stehen lassen und bin weggegangen?

»Aha, Dekorateur also«, sagte Petzold. »Na ja, du konntest ja damals schon besser zeichnen als alle anderen.«

»Ja, damals«, sagte Küppers, als sie im dritten Stockwerk angekommen waren, und steuerte auf das Selbstbedienungsrestaurant zu. Sie holten sich jeder ein Glas Bier und setzten sich an einen freien Tisch am Rand.

Küppers sah Kapaun mit einer jungen Frau schräg gegenüber an einem Tisch sitzen. Sie unterhielten sich angeregt, und plötzlich griff Kapaun der Frau ins blonde Haar, die ihn bewundernd ansah.

»Und du? Was machst du so?«, fragte Küppers beiläufig und beobachtete weiter das seltsame Verhalten der beiden.

»Hab bis vor kurzem bei einer Versicherung gearbeitet, im Außendienst. Aber seit mein Rücken im Eimer ist, ist damit Schluss. Frühpensioniert«, sagte

Petzold und grinste. Und dann sagte er: »War gerade auf 'ner Kreuzfahrt, fünf Tage Mittelmeer. Sonne, sag ich dir, von früh bis spät.«

»Ach, ja«, sagte Küppers. Plötzlich fiel ihm ein, woher er die junge Frau kannte, mit der Kapaun zusammensaß. Sie gehörte zum Restaurantpersonal und mochte allerhöchstens fünfundzwanzig sein.

»Ja«, fuhr Petzold fort, »und Frauen, sag ich dir, Frauen, oh, Mann. Und alle knackbraun!« Plötzlich erschien Küppers Petzolds Haut wie eine alte, vergilbte Tapete, unter der momentlang das Gesicht seiner Jugend hervorschimmerte.

Sie redeten noch eine Zeitlang über dies und das. Bis Küppers genug von dem Geschwätz hatte und geradeheraus sagte: »Wir hätten ihn damals beinahe umgebracht!«

»Ach, Unsinn!«, erwiderte Petzold, der sofort verstand, wovon Küppers sprach. Lässig wischte er sich den Bierschaum von der Oberlippe.

»Wir müssen wirklich verrückt gewesen sein«, sagte Küppers. »Wir hätten beide im Gefängnis landen können.«

»Ach, komm«, wiegelte Petzold ab. »Wir haben ihn ein bisschen zu hart rangenommen, okay. Aber er hatte es ja auch nicht anders verdient, dieser Idiot!«

»Du! *Du* hast ihn vor allem zu hart rangenommen!«, rief Küppers und spürte, dass seine Oberlippe zitterte. An den anderen Tischen war man bereits auf sie aufmerksam geworden.

»Ach ja?«, erwiderte Petzold mit einem ironischen Unterton. »Und dass du ihm zum Schluss die Latte in den Bauch gerammt hast, das hast du wohl vergessen, wie?«

»Ja, Scheiße«, sagte Küppers bitter und wäre am liebsten auf der Stelle weggelaufen. Stattdessen griff er nach seinem Bierglas und leerte es auf einen Zug. Und dann sagte er: »Wir hätten es lassen sollen!«

»Was?«, sagte Petzold und sah ihn fragend an. »Ihm eine Abreibung zu verpassen?«

»Nein, das hier!«, sagte Küppers und knallte sein leeres Glas auf den Tisch. »Dass wir hier rumsitzen und so tun, als hätten wir uns was zu sagen. Denn das haben wir nicht. Verstehst du? Also was willst du?«

»Einfach nur ein bisschen plaudern, Küppi, schließlich sind wir alte Freunde«, rief Petzold und griff nach seinem Glas.

»Nein, das sind wir nicht, und das waren wir auch nie. Kapierst du das nicht?«

»Küppi, jetzt entspann dich! Wir waren eben nicht solche Schwächlinge wie die anderen«, erwiderte Petzold mit seiner dröhnenden Stimme und lachte.

»Nein, ich entspanne mich nicht!«, rief Küppers erregt. »Und nenn mich verdammt noch mal nicht Küppi! Ich bin nicht mehr der Gleiche wie damals. Also trink dein Bier aus, und mach, dass du wegkommst!« Küppers starrte Petzold aus schmalen Augen an.

»He, he!«, rief Petzold, der nun wirklich verärgert war. »Nun mal langsam, ja!«

Da packte Küppers Petzolds Arm und riss ihn jäh nach oben. An den anderen Tischen wurde es still. Nur die Musik war noch zu hören.

»Autsch!«, rief Petzold und machte sich los. Dabei

stieß er gegen das vor ihm stehende Glas, das klirrend zu Boden fiel und zerbrach. Dann gingen Küppers und Petzold aufeinander los. Sie verkeilten sich ineinander, aber Küppers befreite sich und schüttelte Petzold ab.

Sekundenlang wünschte sich Küppers, eine Holzlatte zur Hand zu haben, die er Petzold über den Schädel schlagen oder noch besser in den Bauch rammen konnte. Doch im selben Moment spürte er eine Hand auf seiner Schulter, die ihn herumriss. »Schluss jetzt!«, rief Kapaun.

Küppers rang nach Luft und ließ seinen Blick im Kreis schweifen. Er sah, wie Petzold keuchend zurückwich, sich umdrehte und laut fluchend in Richtung Rolltreppe verschwand.

»Alles in Ordnung?«, fragte Kapaun und musterte ihn.

»Ja«, sagte Küppers und drückte Kapaun die Hand. »Ja, alles okay!« Doch das stimmte nicht.

SIEBENUNDZWANZIG

Seine Hände zitterten nicht mehr. Doch der eklige Geruch der Flüssigseife war immer noch da. Wenn auch nur schwach. Trotz der seither vergangenen Stunden.

Schulz hatte seine Frau nach Hause gefahren, nachdem sie lange schweigend im Wagen nebeneinander gesessen hatten. Er hatte ihr dabei zugesehen, wie sie ausgestiegen, durch den kleinen Vorgarten gegangen und im Haus verschwunden war.

Er hatte behauptet, noch etwas in der Stadt erledigen und anschließend kurz einen Freund besuchen zu wollen, war aber auf direktem Weg auf die Autobahn gefahren und nach nicht ganz zwei Kilometern auf die Raststätte »Grünberg« abgebogen. Genau wie damals, als er noch Zwölfklässler war und spätnachts, wenn seine Eltern bereits schliefen, mit seinem Moped durch die Nacht dorthin gefahren war. Es hatte ihm gefallen, zwischen all den LKW-Fahrern zu sitzen, Bier zu trinken, ihrem Gerede zuzuhören und mit seinen Freunden Pläne zu schmieden, von einer aufregenden Zukunft und fernen Ländern zu träumen und von der großen Liebe, in der Nase den Geruch von Gummi und Benzin.

Inzwischen saß Schulz seit mehr als zwei Stunden an seinem Platz und stierte, nachdem er lustlos ein Schinken-Käse-Baguette gegessen und mehrere Tassen Kaffee getrunken hatte, gelangweilt in sein Bier. Es war bereits dunkel, und die Lichter der Scheinwerfer bildeten flackernde Muster in der Schwärze, die er in dem großen Spiegel an der Wand über der Theke gespiegelt sah.

Trotzdem wurde Schulz den Anblick seiner toten Mutter einfach nicht los. Ihre eingefallenen Züge nicht, die plötzlich kantig gewirkt hatten, und auch die vor der Brust gefalteten Hände nicht. Dazu dieser betäubende Geruch des Duftspenders, der in dem abgedunkelten Zimmer geherrscht hatte. Noch als sie bereits wieder im Wagen saßen, steckte ihm dessen widerlicher Geruch in der Nase. Doch am schlimmsten war die Berührung der kalten Stirn der Toten gewesen; als fasse er gefrorenen Stahl an.

Schulz roch wieder an seinen Händen. Er hatte seinen vom vielen Waschen wunden Zeigefinger in den Kaffee und später in sein Bierglas getaucht, aber der Seifengeruch kehrte früher oder später wieder. Es war zum Verrücktwerden.

Ja, er hatte ihr gesagt, dass er den Betrieb des Vaters verkauft hatte, endlich. Obwohl der Verkauf bereits zehn Tage zurücklag. Und im ersten Moment hatte er sich sicher, hatte sich endlich überlegen gefühlt. Dabei war er in Wahrheit nichts anderes als ein Postzusteller, der das alles entscheidende Telegramm nicht losgeworden war, obwohl er genau darauf all die Jahre gewartet hatte.

In dem Spiegel über dem Tresen beobachtete Schulz seit ein paar Minuten einen jungen, mit einer Jeansjacke bekleideten Mann. Eine Zeitlang hatte dieser in einem Buch gelesen, nun lagen im Schein der über dem Tisch hängenden Lampe bunte Spielkarten ausgebreitet vor ihm. Irgendwelchen Regeln folgend, schob er die Karten entweder hin und her, oder er tauschte eine gegen eine andere aus, die er von dem vor ihm liegenden Stapel nahm. Schulz hatte das schon in Filmen gesehen. Was das allerdings zu bedeuten hatte, daraus wurde er auch nach längerem Zusehen nicht schlau. Neben dem Mann, das konnte Schulz deutlich erkennen, lagen ein Rucksack und ein zusammengerollter Schlafsack auf dem Boden.

Der fliegende Wechsel der Karten, die laute Musik und die Stimmen sowie das stete Kommen und Gehen an diesem Ort schläferten Schulz langsam ein. Und womöglich wäre er trotz des Lärms in der Raststätte tatsächlich über seinem Bierglas eingenickt, hätte nicht plötzlich ein Mann neben ihm gestanden und zu der Bedienung gesagt: »Einen doppelten Korn, bitte!«

»Wir haben nur Grappa, Wodka oder Himbeergeist«, erwiderte die Bedienung mit leiernder Stimme.

»Dann eben Grappa«, sagte der Fremde. »Aber einen doppelten.«

Auf Schulz machte er einen gehetzten Eindruck, die Augen waren gerötet, seine Gesichtszüge angespannt. Nachdem die Bedienung ihm wortlos den doppelten Grappa hingestellt hatte, kippte der Mann den Inhalt des Glases auf einen Zug hinunter, schloss die Augen und stöhnte zufrieden auf. Anschließend bestellte er noch einmal das Gleiche. Dann nahm er auf dem Hocker neben Schulz Platz.

»Leicht gestresst, was?«, sagte Schulz und sah seinen Nebenmann fragend an.

»Wieso?«, antwortete der andere überrascht.

»Na, weil Sie so wirken«, sagte Schulz.

»So? Tue ich das?«

»Ja, irgendwie schon«, sagte Schulz und nippte an seinem Bier.

»Was geht Sie das überhaupt an?«, fragte der Fremde, schob aber gleich freundlicher hinterher: »Und was ist mit Ihnen?«

»Was soll mit mir sein? Ich sitze schon seit Stunden hier«, sagte Schulz.

»Meine Mutter ist heute Morgen gestorben.«

»Ach, das tut mir leid«, sagte der Mann und fuhr sich mit der Hand über die Stirn. »Man hat nur eine Mutter, nicht?«

»Ja«, sagte Schulz. »Und ich Idiot hab sie angefasst.« Dabei schüttelte er den Kopf.

»Was meinen Sie mit angefasst?«

»Na, mit der Hand! Ich hab ihre eiskalte Stirn angefasst. Und seitdem habe ich das Gefühl, selbst eingefroren zu sein. Ich sitze und sitze hier, aber mir wird partout nicht warm.«

Der andere streckte ihm die Hand hin und sagte: »Robert Wilke, freut mich!«

Schulz ergriff die ausgestreckte Hand und sagte: »Schulz, Andreas Schulz.«

Und dann wanderte sein Blick wieder hinauf zu dem Wandspiegel, in dem er wieder den jungen Kartenspieler fixierte. Unverändert über seine Karten gebeugt, schien er von nichts und niemandem jenseits seines Gesichtsfeldes Notiz zu nehmen. Eine Erscheinung, die zweifellos in der Menge unauffällig bliebe, dachte Schulz. Trotzdem ging von dem jungen Mann, dieses Gefühl hatte er jedenfalls, etwas Besonderes aus. Eine jugendliche Spannung und eine Ungebundenheit, um die er ihn plötzlich beneidete.

Ja, beneidenswert, dachte Schulz und studierte die Physiognomie des jungen Mannes, der wirkte, als fürchtete er sich, ganz im Gegensatz zu ihm selbst, vor nichts und niemandem. Blasse Haut, zerzaustes rotes Haar, das ein nicht sehr breites Gesicht umrahmte.

»Verheiratet?«, fragte Wilke und riss Schulz jäh aus seinen Gedanken.

»Äh, ja«, antwortete der und fuhr sich wie jemand, der sich ertappt fühlte, ein paar Mal mit der flachen Hand über das kurz geschnittene, nicht mehr sehr dichte Haar. »Und Sie?«

»Nein, nein«, sagte Wilke. »Gott sei Dank nicht, bei meinem Beruf.«

»Was machen Sie denn?«, fragte Schulz und trank einen Schluck Bier.

»Buchvertreter«, antwortete Wilke, »ich reise für Verlage durchs Land und klappere Buchläden ab.«

»Aha«, sagte Schulz.

Da sagte Wilke unvermittelt: »Also heute hab ich wirklich was Irres erlebt«, und dann erzählte er Schulz von seiner Begegnung mit einer Nachtclubtänzerin, die sich ihm am Ende als Verehrerin aus Schulzeiten offenbarte.

»Ist doch super«, sagte Schulz und leerte sein Glas. »Angesparte Frauen für schlechte Zeiten sozusagen.«

»Na ja, es war eher ein bisschen seltsam«, sagte Wilke und wischte sich eine Schweißperle von der Stirn. »Als die anfing, sich auszuziehen, dachte ich zuerst: Aha, so soll das hier laufen. Doch als sie mich plötzlich packte, mir grob ihre Brüste aufs Gesicht drückte und Geld verlangte, da hab ich gedacht: Die spinnt wohl. Ich bin aufgestanden und abgehauen.«

Großspurig fügte er hinzu: »Ich hab mir gleich gedacht, dass die sie nicht alle hat. Aber weil sie ganz gut aussah und nicht nachließ, mich zu bitten, hab ich gedacht: Okay, wenn sie's nicht anders will, und bin mit in ihre Wohnung. Ziemlich trübselige Wohnung übrigens, kann ich Ihnen sagen! Billige Drucke an den Wänden, Ikea-Möbel, verfleckte Teppiche, na, Sie wissen schon.«

»O ja«, sagte Schulz, der noch nie in der Wohnung einer alleinstehenden Frau gewesen war, schon gar nicht in der einer Nachtclubtänzerin mit Ikea-Möbeln. Und auch deshalb wollte er schlagartig das Thema wechseln: »Meine Mutter war, ehrlich gesagt, eine ziemliche Heulsuse. Dauernd hatte sie was zu jammern. Und als ich ihr sagte, dass ich das Geschäft meines Vaters verkaufe, da ist sie beinahe ohnmächtig geworden. Doch ich hab mich nicht erweichen lassen durch ihr Theater. Denn wenn's drauf ankommt, kann ich verdammt hart sein. Aber Sie wissen bestimmt, wie alte Leute sind, können sich von nichts trennen.«

Wilke sagte: »Aber tolle Brüste hatte die, das muss man ihr lassen. Groß und kugelrund wie reife Apfelsinen.«

»So«, sagte Schulz und dachte an die Brüste seiner Frau, die keineswegs so groß wie Apfelsinen waren. Und auch nicht kugelrund. Eher wie Klaräpfel, nicht sehr groß und knollig.

Eine Gruppe Fernfahrer betrat die Raststätte, Männer, die einander gut zu kennen schienen.

»Sind Sie öfter hier?«, fragte Schulz, der vergessen hatte, dass sie in einer Autobahnraststätte saßen.

»Früher bin ich oft hier gewesen«, antwortete Wilke. »Ich bin nicht weit von hier zur Schule gegangen. War oft spätnachts mit Freunden hier.«

»Na, so ein Zufall, ich auch!«, rief Schulz begeistert. »Ich war früher manchmal dreimal die Woche hier! Da sind wir uns bestimmt begegnet.«

Auf einmal stand der junge Kartenspieler mit einer Zigarette in der Hand neben ihm und fragte: »Hat zufällig einer der Herren ein Feuerzeug bei sich?«

»Nee«, antwortete Schulz und sah über die Schulter des jungen Mannes hinweg, dass zwischen den Fernfahrern eine junge, ziemlich attraktive Frau saß, die mit in den Nacken gelegtem Kopf und unter dem lauten Gegröle der Männer ihr halbvolles Bierglas auf der Stirn balancierte.

»Gucken Sie mal die da!«, sagte er und stieß Wilke mit dem Arm an.

»Klasse«, sagte der junge Mann, klemmte sich seine Zigarette wie einen Bleistift hinters rechte Ohr und begann rhythmisch in die Hände zu klatschen.

»Ja, nicht schlecht, die Kleine«, rief Wilke und klatschte ebenfalls. Und als die übrigen Gäste zu applaudieren und zu johlen begannen, da hob auch Schulz die Hände und schlug sie gegeneinander.

Nachdem die Trucker die Raststätte verlassen und sich in ihre auf dem diffus erleuchteten Parkplatz stehenden LKW zum Schlafen verzogen hatten, hielt Wilke dem jungen Mann, der Edwin hieß, dessen halbvolles Bierglas hin und sagte: »Los, und jetzt du!«

Edwin hatte sich mit einer alten Freundin auf der Raststätte verabredet, die ihn am frühen Abend aufsammeln und weiter mitnehmen wollte, ihn aber versetzt hatte. Er hatte Hamburg, wo er ein halbes Jahr in der Stadtbibliothek als Aushilfe gearbeitet und sich in die deutlich ältere Leiterin verliebt hatte, von einem auf den anderen Tag verlassen, um fürs Erste bei einem alten Studienfreund unterzukommen, der inzwischen beim Radio arbeitete und eine eigene Sendung hatte, die dreimal in der Woche spätabends lief.

»Mike ist ’n Night-Talker«, hatte Edwin gesagt, worauf Schulz ihn irritiert angesehen und gefragt hatte: »Ein was?«

»Na, so einer, den die Leute in der Sendung anrufen können, um ihm ihre verrückten Geschichten zu erzählen.«

»So wie dieser Domian«, hatte Wilke eingeworfen.

»Genau, ›Telefon-Talk‹ heißt seine Sendung«, hatte Edwin bestätigt.

Und nun, nach diesen Ausführungen, platzierte er, neben der Theke kniend und mit seitlich ausgestreckten Armen, sein halbvolles Glas auf seiner Stirn.

»Prima!«, rief Wilke, applaudierte heftig und griff johlend nach seinem eigenen Glas. Dann rutschte er von seinem Hocker und ging neben Edwin ebenfalls auf die Knie, legte den Kopf in den Nacken und stellte sein Glas auf die Stirn. Daraufhin erhoben sich die wenigen übrigen Gäste von ihren Plätzen, liefen herbei, um zu klatschen.

Irgendjemand hatte die Musik, die die ganze Zeit nur gedämpft zu hören gewesen war, lauter gedreht. Es liefen die letzten Takte von »Take on me«, einem Oldie von Aha. Und dann drang aus den in die Decke eingelassenen kreisrunden Lautsprechern eine Männerstimme, die sagte: Und hier ist unsere nächste Anruferin. Maggie, von wo rufen Sie an?«

»Aus Frankfurt«, sagte die Frau.

»Wie schön! Man hört uns also auch in der Mainmetropole.«

Da umfasste Edwin sein Glas, nahm es herunter, richtete sich auf und rief: »Das ist er! Das ist Mike, mein Freund, der Radiomann!«

»Echt?«, erwiderte Wilke, doch Edwin konnte sehen, dass er mit seinen Gedanken ganz woanders war.

Schulz war plötzlich mulmig zumute. Wegen Wilke und diesem Edwin, die sich mit ihren Faxen zum Narren machten, und auch wegen der fremden Leute, die um sie herumstanden und sie mit ihrem Geklatsche anfeuerten wie Jahrmarktsakrobaten.

Er spielte mit dem Gedanken, einfach wortlos zu verschwinden. Doch im selben Moment packte ihn Wilke, der sein Glas nun ebenfalls in die Hand genommen hatte, am Arm und sagte: »Los, und jetzt alle zusammen!«

Schulz blickte hilfesuchend in die fremden Gesichter, doch Wilke ließ nicht locker: »Na los, Schulz!«

»Ja, Schulz, mach«, rief Edwin erregt, der bereits wieder auf die Knie ging. Daraufhin begannen die sie Umstehenden erneut rhythmisch zu klatschen, sodass Schulz keine andere Wahl blieb, als der Aufforderung der beiden zu folgen.

Widerwillig nahm er sein fast leeres Glas und kniete sich neben Wilke und Edwin schwerfällig hin. Doch statt es den anderen beiden gleichzutun, erhob er sich nach wenigen Sekunden wieder, stellte zitternd sein Glas auf dem geschwungenen Tresen ab und stürmte, ohne sich noch einmal umzusehen, an den ihn überrascht anstarrenden Gästen vorbei hinaus.

Mit schnellen Schritten lief er hinüber zu den in geschlossenen Reihen parkenden LKW, die im fahlen weißgrünen Licht der Parkplatzlampen Schatten warfen. Keuchend verbarg er sich hinter einem Wagen mit Anhänger.

Zuerst glaubte Schulz, die Stimmen und Geräusche kämen aus der Gaststätte, untermalt vom an- und abschwellenden Brummen der vorbeifahrenden Autos. Doch dann begriff er, dass sie aus der Führerkabine drangen, zunächst leise und unverständlich. Bis Schulz sicher war, dass sie von einem Mann und einer Frau stammten, einem Liebespaar. Die Frau stieß ein langgezogenes Stöhnen aus, es bestand kein Zweifel: Da drinnen liebten sich zwei.

Schulz kam das hübsche Gesicht der Truckerin in

den Sinn. Er bemühte sich, noch das leiseste Geräusch zu hören. Dann musste er an seine Frau denken, die zu Hause in ihrem gemeinsamen Bett lag und schlief. Und an ihre Brüste, die nicht kugelrund wie Apfelsinen waren. Er konnte sich nicht daran erinnern, wann sie das letzte Mal miteinander geschlafen hatten.

Auf einmal erfasste ihn ein leichtes Schwindelgefühl, sodass er sich vorsichtig an der von der Nachtluft feucht gewordenen LKW-Plane abstützte. Er musste an Wilke und Edwin denken, die sich zum Narren gemacht und ihn fast dazu gebracht hatten, es ebenfalls zu tun. Ich wollte kein Spielverderber sein, dachte Schulz und vernahm nun das Stöhnen des Mannes. Sollen sie ruhig denken, dass ich einer bin. Denn es ist immer noch ein Unterschied, ob man eine verrückt gewordene ehemalige Verehrerin wiedertrifft und in deren Bett landet oder ob man seine Mutter verliert. Denn wie hatte Wilke richtig gesagt: Man hat nur eine Mutter.

Er roch an seinen Fingern und stellte überrascht fest, dass der Seifengeruch verschwunden war.

ACHTUNDZWANZIG

Anna saß, wie zuletzt fast jeden Tag, auf ihrem Stuhl an seinem Bett und ließ ihren Blick über den reglosen Körper wandern. Und wie schon beim letzten Mal war ihr auch diesmal, als würde sie jemand beobachten. Doch wer sollte das sein? Und wie? Das Zimmer befand sich im zweiten Stockwerk, und bis auf die Schwester, die manchmal anklopfte und hereinkam und fragte, ob alles in Ordnung sei, waren sie ganz allein: Jakob und sie. Trotzdem hatte Anna so ein komisches Gefühl.

Vor dem von hellen, leichten Vorhängen rechts und links begrenzten Fenster türmten sich mächtige Wolkenberge, grauweiße Gebilde, die sekündlich ihre Form veränderten und sie mal an einen freundlichen Riesen erinnerten, mal an die Umrisse eines davonschwebenden und sich wie in Zeitlupe aus dem engen Bildausschnitt schiebenden Zeppelins.

Die diensthabende Schwester, eine zierliche Asiatin mit kurzen Armen und einer kleinen platten Nase, hatte ihr auf dem Flur kurz zugenickt. Inzwischen kam Anna seit fast sechs Wochen hierher, doch noch immer konnte sie sich nicht an den Anblick ihres Bruders gewöhnen. Reglos wie am ersten Tag lag Jakob auf dem Rücken, bekleidet mit einer hellblauen Schlafanzughose und einem weißen, ärmellosen, feingerippten Unterhemd, auf dem sich auf Höhe des sich gleichmäßig hebenden und senkenden Oberbauchs dunkle Schweißflecke gebildet hatten. Er schwitzt, dachte sie. Sein Körper arbeitet. Also lebt er.

Jakob war mit zwei Gummischläuchen verbunden. Über den einen wurde er künstlich beatmet, der andere versorgte ihn mit flüssiger Nahrung. Manchmal kam die jeweils diensthabende Schwester ins Zimmer und säuberte mit einem Wattestäbchen, das die Größe eines Suppenlöffels hatte, seinen Rachen, in dem sich mit der Zeit Speichelpartikel festsetzten.

Zögerlich schoben sich ein paar Sonnenstrahlen durch die Wolkendecke und tauchten das Zimmer in einen warmen, goldenen Ton. Sofort war die Stimmung viel freundlicher, und der Eindruck, sie sitze an einem Sterbebett, verflog.

Auf einen Außenstehenden musste Jakobs Anblick einen zutiefst friedlichen Eindruck machen, wie er so dalag, ein Mann Anfang fünfzig, der, im Schlaf gefangen, so ruhig und gleichmäßig atmete, dass jeder Atemlehrer seine Freude an ihm gehabt hätte.

Nach seinem vorletzten Zusammenruch war er langsam wieder zu Kräften gekommen und hatte gelegentlich das Sanatorium verlassen, um längere Spaziergänge im angrenzenden Naturschutzgebiet zu unternehmen. Meist war er nach dem Mittagessen aufgebrochen und erst am frühen Abend mit einer Handvoll kleiner funkelnder Steine in seinem Rucksack und einem bunten Strauß selbstgepflückter Wiesenblumen in der Hand zurückgekehrt. Auch jetzt stand eine kleine hellbraune Tonvase mit Wiesenblumen auf dem Tisch. Anna hatte sie am Vortag gepflückt.

Ein paar Mal hatte sie ihren Bruder auf seinen Wanderungen begleitet, sie hatten Vögel beobachtet, Blumen gepflückt und sich auf eine Decke unter einen Baum gesetzt, um in dessen kühlendem Schatten miteinander zu reden, Wasser zu trinken und in Erinnerungen an gemeinsame Erlebnisse zu schwelgen.

Jakob und sie waren einander dabei so nahegekommen wie seit ihrer Jugend nicht mehr. Sie hatten erstmals über ihre Eltern geredet, ohne in Streit auszubrechen, über Annas gescheiterte Ehe und auch über seine Krankheit und was sie in all den Jahren aus ihm gemacht hatte.

Drei Tage, bevor sie der Anruf des Sanatoriums erreichte, der alles ändern sollte, hatte die Erde gebebt. Anna hatte in einem Regionalzug gesessen, der plötzlich mit einem über die Gleise laufenden Pferd kollidiert war. Nach dem heftigen, vom Kreischen der Bremsen begleiteten Zusammenprall hatte der Zugführer bewusstlos in der Führerkabine gelegen, die Türen ließen sich nicht mehr öffnen, und es hatte eine Ewigkeit gedauert, bis die betrunkenen Feuerwehrmänner, die zufällig ganz in der Nähe ein Sommerfest gefeiert hatten, sie aus den völlig überhitzten Waggons befreit hatten.

Später hatte Anna in der Zeitung gelesen, das Tier habe offenbar das aufkommende Erdbeben gewittert und sei deswegen ausgebrochen, über die Umzäunung gesprungen und über die Gleise gelaufen.

Bis auf den Zugführer war bei dem Unfall niemand verletzt worden. Trotzdem würde Anna die Bilder nie vergessen: die mit Pferdeblut verschmierte, glutrote Frontscheibe, die grölenden Feuerwehrmänner in ihren ebenfalls leuchtend roten Anzügen, das schreiende Kleinkind, den umgestürzten Kinderwagen und die angespannten und von der Hitze stark geröteten Gesichter der andren Fahrgäste. »Es war grausam, du kannst dir nicht vorstellen, wie!«, murmelte sie, ganz in ihren Gedanken gefangen. Von dem Mann erzählte sie nichts.

Anna hatte es sich irgendwann angewöhnt, mit ihrem Bruder zu reden und sogar für ihn zu antworten. Sie erzählte ihm von ihren Träumen und Phantasien, was sie erlebte und was sie bewegte. Sie sagte: »Weißt du noch, wie wir uns als Kinder im Keller versteckt haben?« Oder: »Erinnerst du dich noch an das Fräulein Kleinschmidt aus dem ersten Stock? Die kleine, gebückt gehende Person, die in aller Frühe, mit ihrem Nachttopf in der Hand und mit ihrem hellblauen Morgenmantel bekleidet, die Treppe herunterkam, um ihn im Hof auszuleeren?«

Es kam vor, dass Anna stundenlang an Jakobs Bett saß und erzählte, ohne sich auch nur einmal von ihrem Platz zu erheben, um etwas zu trinken oder zur Toilette zu gehen oder eine Zigarette zu rauchen. Manchmal meinte sie, an einem flüchtigen Zucken um die Mundwinkel herum oder an einem schwachen Blinzeln seiner in der Regel geschlossenen Augen seine Zustimmung oder sein Missbehagen ablesen zu können.

Meist hielt sie seine große warme Hand, während sie zu ihm sprach. Dabei konnte sie mit dem Finger jedes Mal die als leichte Erhebung spürbare Narbe auf dem Handrücken und an deren Innenseite ertasten. Dann sah sie den sonnigen kleinen Hof vor sich, den Hackklotz unter dem schattenspendenden, gewellten Vordach des gemauerten Schuppens und natürlich Jakob, der das Beil mit der blitzenden Klinge in der Hand gehalten und plötzlich wie auf Kommando aus einer Höhe von vielleicht dreißig Zentimetern auf seine andere, auf dem Holzklotz liegende Hand hinuntersausen ließ. Anna war auf dem Weg zum Schuppen gewesen und hatte jäh innegehalten, als sie sah, was geschah. Doch was sie – mehr noch als das in der Sonne geheimnisvoll glitzernde, kirschrot aus Jakobs Handrücken pulsierende Blut – schockiert hatte, war sein Gelächter, das sich zu einem Grölen steigerte, bis er mit geweiteten Augen neben dem Hackklotz niedersank.

In einer mehrstündigen Operation hatte man die beiden Teile der bis auf wenige Fasern durchtrennten Hand wieder zusammengefügt. Seither aber galt Jakob als körperlich teilbehindert, und die Narbe auf seinem Handrücken sollte fortan an jenen für alle anderen unerklärlichen Moment erinnern, in dem er sich in jene anderen, abseitigen Räume verabschiedet hatte, aus denen es kein Zurück mehr für ihn geben sollte. Seine ziellose Reise durch wechselnde psychiatrische Anstalten begann, die Diagnose lautete: hebephrene Schizophrenie.

Zweimal war es in den sechs Wochen vorgekommen, dass Jakob unvermutet die Augen öffnete. Beide Male hatte Anna ein kurzes, intensives Glücksgefühl durchströmt, obwohl sie wusste, dass es sich dabei nur um einen unwillkürlichen Reflex seines Zwischenhirns oder des Rückenmarks handeln konnte. Denn seine völlige geistige und körperliche Reglosigkeit war die Folge einer zweifelsfrei festgestellten schweren Schädigung des Gehirns, zu der es infolge einer zu lange währenden Sauerstoffunterversorgung gekommen war.

Jakob war von einem seiner Mitbewohner im Treppenhaus gefunden worden und musste, wie die späteren Untersuchungen ergaben, bereits längere Zeit dort gelegen haben. Zunächst hatte man seine anhaltende Bewusstlosigkeit für eine starke Unterzuckerung oder einen Schlaganfall gehalten. Doch die beständige Störung der Pupillenmotorik hatte bald nur noch eine Beurteilung zugelassen: Jakob hatte eine schwere, irreparable Schädigung seines Gehirns erlitten. Die Ärzte sprachen von einem »Apallischen Syndrom«.

Zunächst hatte Anna noch darauf gehofft, Jakob werde sich erholen. Doch je länger sein hellhäutiger, stark behaarter Körper keinerlei Regung erkennen ließ und sowohl künstlich beatmet als auch ernährt werden musste, desto klarer wurde ihr, was das hieß, und sie lief mehrmals weinend aus seinem Zimmer, hinaus auf den dunklen Flur, wo sie sich ans Fenster stellte und in den Himmel sah. Irgendwann aber hatte sie begonnen, sich mit dem Schicksal ihres Bruders abzufinden. Bis zu diesem Tag. Der Raum war vom süßlich-herben Duft der Wiesenblumen erfüllt, die sie auf ihrem Spaziergang durch das Naturschutzgebiet für ihn gepflückt hatte, und zum gekippten Fenster drang die warme Luft herein. Doch diesmal lag ihre Canon EOS 300 vor ihr auf dem Tisch, eine im Vergleich zu den inzwischen inflationär gewordenen zigarettenschachtelgroßen Digitalgeräten herkömmliche Spiegelreflexkamera.

Ganz plötzlich war ihr die Sache wieder eingefallen. Und sofort hatte ihr Herz heftiger geschlagen. Dabei war sie nie sonderlich empfänglich für Übersinnliches gewesen. An UFOs und Außerirdische glaubte sie ebenso wenig wie an Gott oder den Zufall. Und wenn Mitglieder der Zeugen Jehovas sie auf der Straße ansprachen, ging sie jedes Mal wortlos weiter.

Doch als Anna vor dem Wohnzimmerschrank stand und die hellbraune Fototasche herausnahm, dachte sie entschlossen: Einen Versuch ist es wert! Und sogleich sah sie das wettergegerbte Gesicht der Voodoo-Zauberin wieder ganz deutlich vor sich. Eine Indianerin, hatte sie bei deren Anblick spontan gedacht, fasziniert auf die Mattscheibe gestarrt und aufmerksam ihren Worten gelauscht.

Sie nahm die Kamera aus der Tasche, löste den dunklen Objektivdeckel und schaltete sie ein. Dann hob sie den Apparat vors Gesicht und spähte durch den Sucher. Dabei drehte sie so lange am Objektiv, bis das reglose Gesicht ihres Bruders gut in dem engen Bildausschnitt zu sehen war.

Sie machte zur Sicherheit eine ganze Serie von Bildern. Sie fotografierte Jakobs erstarrtes Gesicht von oben, von den Seiten und zuletzt direkt von vorn.

Keine halbe Stunde später stieg sie in ihren Wagen, um den Film zur Entwicklung zu bringen. Doch bevor sie ihren Bruder verließ, schnitt sie ihm mit ihrer kleinen Nagelschere ein paar Haare ab, die sie in ihr Portemonnaie legte.

Zu Hause fertigte sie aus einem weißen Blatt Papier einen Schattenriss ihres Bruders an, an den sie seine abgeschnittenen Haare klebte. Und als es dunkel wurde, entzündete sie ein paar Kerzen und sprach mehrere Male, zunächst leise und unsicher, schließlich aber immer lauter die Worte: »Ich sende meine Kraft an dich! Ich sende dir Erleichterung und vollkommene Heilung! Ich sende dir kosmische Energie und Liebe! Ich sende dir Heilung! Du bist geheilt!«

Seit sie auf ihrer Zugfahrt, die mit dem Unfall geendet hatte, jenem jungen Mann begegnet war, der Jakob auf beunruhigende Weise ähnlich sah, wurde sie das Gefühl nicht los, dass es sie doch gab, die geheimen Zusammenhänge des Daseins.

Nach ein paar Minuten blies sie die Kerzen aus und legte den Schattenriss aufs Fensterbrett in der Küche. Am nächsten Morgen würde die Sonne darauf scheinen. Dem Zauber zufolge, so hatte es in der Fernsehsendung geheißen, sollte der Schattenriss drei Tage an einem sonnigen Platz liegen bleiben und anschließend, mit einem Foto des Kranken in ein helles Tuch eingeschlagen, verbrannt werden, um damit dessen Leiden zu beenden. Das Foto würde sie am nächsten Tag dazulegen.

Man hatte ihr in der Drogerie gesagt, sie könne die Bilder am nächsten Morgen abholen, und Anna fand in der folgenden Nacht keine Ruhe. Immer wieder schreckte sie aus dem Schlaf hoch und starrte in die Schwärze. Stundenlang warf sie sich hin und her. Erst gegen Morgen gelang es ihr schließlich, wieder einzuschlafen. Und als das Telefon läutete und sie aus wirren Träumen erwachte, dauerte es bis zum siebten oder achten Klingeln, ehe sie den Apparat erreichte und mit klopfendem Herzen den Hörer ans Ohr drückte.

»Ja?«, sagte sie und betrachtete ihr vom Schlaf verquollenes Gesicht in dem Spiegel über dem Schränkchen, auf dem das Telefon stand.

»Sind Sie das, Frau Wallott?«, sagte eine Frauenstimme.

»Ja«, sagte Anna, »ja, ich bin's.«

»Es tut mir sehr leid, Ihnen mitteilen zu müssen, dass Ihr Bruder heute Nacht verstorben ist«, sagte die Stimme am anderen Ende, und zunächst dachte Anna nur an den Schattenriss auf dem Fensterbrett in der Küche. Draußen schien die Sonne, und in dem kleinen Flurfenster leuchtete stahlblau ein Fetzen Himmel.

»Wann?«, fragte Anne tonlos. »Wann ist er gestorben?«

»Die Nachtschwester hat seinen Tod auf ihrem Kontrollgang gegen drei Uhr bemerkt«, sagte die Frau. Und Anna, die sofort die langen schlaflosen Stunden der vergangenen Nacht vor Augen hatte, dachte: Ich habe es gespürt.

Nach dem Telefonat zog sie sich ganz langsam an, schminkte sich in aller Seelenruhe und verließ das

Haus. Doch statt direkt ins Sanatorium zu ihrem toten Bruder zu fahren, legte sie einen Umweg ein, um die entwickelten Fotos von der Drogerie abzuholen.

Sie gab ihren nummerierten Abholschein an der Kasse ab, bezahlte und wartete geduldig, bis die Kassiererin den passenden Umschlag herausgesucht hatte. Mit der Andeutung eines höflichen Lächelns nahm sie den blau-weißen Umschlag in Empfang und verließ die Drogerie.

Noch bevor sie ihren Wagen erreicht hatte, holte sie die Fotos aus dem Umschlag. Ungläubig betrachtete sie die Bilder, eines nach dem anderen. Sie ließ sie wieder und wieder wie Spielkarten durch ihre zitternden Hände gleiten, denn sie verstand nicht, was sie da sah. Zwar hielt Jakob, genau wie im Moment der Aufnahmen, auf sämtlichen Fotos die Augen geschlossen. Und auch sonst schien alles wie am Vortag. Ein Detail allerdings war anders: Jakob lächelte.

NEUNUNDZWANZIG

Es hatte damit begonnen, dass sie am Nachmittag Zeugin geworden war, wie Franziska aus der Buchhaltung in der Damentoilette Sex hatte. Maggie wollte nur rasch für das bevorstehende Meeting mit ihrem Gruppenleiter ihr Make-up auffrischen.

Sie hatte die beiden nicht sehen, dafür aber ihr heftiges Atmen und Gestöhne hören können. An ihrem hellroten, mit einem goldenen Stern verzierten Pumps, der sich von ihrem Fuß gelöst haben musste und unter der Kabinentür hervorgekollert war, hatte sie erkannt, dass es Franziska war, die es dort drinnen mit irgendwem trieb. Während der Arbeitszeit, am helllichten Tag! Daraufhin hatte Maggie hastig ihr Schminkset wieder zugeklappt und war verwirrt und unverrichteter Dinge in ihr Büro zurückgelaufen.

Am frühen Abend stieg sie in ihren auf dem Betriebsparkplatz stehenden Wagen, um nach Hause zu fahren, doch er sprang auch nach mehrmaligen Versuchen nicht an. Obendrein riss sie sich ein Loch in ihre neue teure Strumpfhose, als sie nach ihrer auf dem Beifahrersitz liegenden Lederhandtasche griff und dabei mit dem Autoschlüssel an ihrem Knie hängenblieb.

Sekundenlang hatte Maggie mit den Tränen gekämpft, schließlich aber ihr Handy hervorgeholt und die Pannenhilfe angerufen. Als der gelbe Wagen eine Dreiviertelstunde später auf dem Parkplatz eintraf, lagen acht zertretene Zigarettenstummel vor ihr auf dem Boden.

»Die Batterie ist hinüber!«, sagte der Pannenhelfer, ein mit einem gelben Overall bekleideter Mann mit grauem Haar und blauen Augen, nachdem er erfolglos versucht hatte, Maggies Wagen mit dem Überbrückungskabel zum Laufen zu bringen.

»Und was heißt das?«, fragte Maggie. Sie saß hinterm Steuer und steckte sich bereits eine weitere Zigarette an.

»Dass Sie um eine neue Batterie nicht herumkommen«, sagte der Mann mit Blick in den offenen Motorraum. Dann verstaute er das Kabel in irgendeinem Fach seiner mobilen Werkstatt im Innern des Wagens.

»Das wird teuer, nicht wahr?«, sagte Maggie und blies den Rauch ärgerlich gegen die Seitenscheibe der offen stehenden Tür.

»Halb so wild«, sagte der Pannenhelfer, »hundertzehn inklusive Einbau.«

Maggie tat einen Zug und überlegte kurz. Dann stieß sie den Rauch aus und sagte: »Also, von mir aus. Wenn's unbedingt sein muss.«

»Sie können Ihren Wagen natürlich auch hier stehenlassen und mit dem Bus nach Hause fahren, wenn Ihnen das lieber ist«, sagte der Pannenhelfer.

»Nein, schon gut. Machen Sie schon eine neue rein«, sagte Maggie, plötzlich von einer Unruhe erfasst, und dachte: Wenn ich doch bloß schon zu Hause wäre.

Nachdem sie bezahlt hatte und losgefahren war, fiel ihr Blick wieder auf das Loch in ihrer Strumpfhose. Kurz hatte sie das Gefühl, dass es tiefer reiche, durch die Haut ins Fleisch. Doch sie schüttelte diesen Gedanken sofort wieder ab, indem sie an das Erlebnis in der Damentoilette dachte, das sie den ganzen Tag nicht losgelassen hatte. Sie fragte sich zum wiederholten Mal, wer der Unbekannte gewesen sein mochte, mit dem Franziska Sex gehabt hatte.

Franziska hatte ihr kürzlich beim Mittagessen anvertraut, dass ihre jüngere Schwester Jill eine masochistische Ader besaß und auf Kerle stand, die im Bett kräftiger zupackten. Unlängst hätte sie einen Kaufhausdetektiv kennengelernt, der deutlich älter war als sie und offenbar ganz ihrer Neigung entsprach. Da hatte Maggie, die sich keineswegs für prüde hielt, im Stillen gedacht: Was ist bloß heute mit den jungen Frauen los?

Sie selbst war im Begriff, sich von ihrem deutlich jüngeren Freund Martin zu trennen. Und sie hätte die Trennung sicher längst hinter sich gebracht, wäre da nicht ihr dreizehnjähriger Sohn Lennart gewesen, der an Martin inzwischen mehr hing als an seinem leiblichen Vater, ihrem geschiedenen Mann Bernd.

Lennart vergötterte Martin, der jede freie Minute mit ihm verbrachte. Martin, der bei gutem Wetter regelmäßig mit ihm in den Wald ging, hatte Lennart das Schnitzen beigebracht und ihm gezeigt, wie man mit kleinen Ästen Feuer machte. Zuletzt hatte er dem Jungen ein teures Schweizer Taschenmesser geschenkt, das Lennart seither stets in einem Lederetui an seinem Gürtel trug. Die beiden waren die allerbesten Freunde, und schon länger hatte Maggie neben all den anderen Problemen immer häufiger das Gefühl, Martin interessiere sich mehr für den Jungen als für sie. Auch deshalb hatte sie ihm untersagt, Lennart weitere Geschenke zu machen und, obwohl sie wusste, was das für ihren Sohn bedeuten würde, von ihm verlangt, auf Distanz zu Lennart zu gehen. Daraufhin hatte Martin wortlos ihre Wohnung verlassen und sich tagelang nicht mehr bei ihr gemeldet.

Ich hätte ihm den verdammten Wohnungsschlüssel wegnehmen sollen, dachte Maggie und kickte einen Schuh nach dem anderen vom Fuß, sodass sie auf dem Teppich liegenblieben.

Lennart war zum Abschluss des Schuljahrs auf Klassenfahrt und würde erst in zwei Tagen zurück sein. Er hatte sich gewünscht, die ersten drei Wochen der großen Ferien bei seinem Vater verbringen zu dürfen, der ihn mit ans Meer nehmen würde, zum Tauchen in Kroatien. Nach einer Woche würden sie gemeinsam mit Maja, Bernds neuer Freundin, nach Slowenien fahren, zu den Plitwitscher Seen. In den sechziger Jahren waren dort die »Winnetou«-Filme mit Pierre Brice und Lex Barker gedreht worden, und es war immer Bernds Traum gewesen, einmal dorthinzufahren. Nun wollte er sich diesen Traum eben gemeinsam mit Maja und Lennart erfüllen.

Zum Geburtstag hatte Bernd dem Jungen die vier

»Winnetou«-DVDs geschenkt, um ihn auf die Reise einzustimmen. Und Lennart sei begeistert gewesen, als sie an einem regnerischen Mai-Wochenende gemeinsam mit Chips und Cola vor dem Fernseher auf dem Boden gelegen und sich die Filme angesehen hätten. Das hatte Bernd ihr jedenfalls hinterher hörbar stolz am Telefon erzählt. Du armer Kindskopf, hatte Maggie gedacht, ihn gleichzeitig aber auch irgendwie beneidet.

In der letzten Ferienwoche wollte Martin mit dem Jungen eine Fahrradtour unternehmen, nur sie beide, mit Zelt und Schlafsack und Lagerfeuer. Als sie das erste Mal über eine Fahrradtour sprachen, hatte Maggie die Vorstellung gefallen, dass Lennart, der selbst bei schönstem Wetter am liebsten in seinem Zimmer saß und seine CDs hörte, eine Zeitlang raus in die Natur käme. Doch als es zwischen Martin und ihr immer heftiger zu kriseln begann, hatte sie es sich anders überlegt und beschlossen, den Jungen stattdessen für einen zehntägigen Englischkurs nach Brighton zu schicken. Als sie Martin von ihrem Entschluss erzählte, erwiderte er erbost: »Ich habe es Lennart versprochen. Jetzt abzusagen, das kannst du ihm nicht antun. Und mir auch nicht.«

Doch Maggie war hart geblieben, ihr Entschluss stand fest. Sie hatte ihm klar gesagt, dass sie sich von nun an jede Einmischung seinerseits in ihre Planungen verbitte. Doch nun stand da plötzlich dieses Fahrrad auf dem Balkon, und Maggie spürte, wie die Wut auf Martin in ihr anzuschwellen begann.

Natürlich wusste sie, dass es falsch war, denn die

letzten Male, als sie getrunken hatte, waren ihr noch schmerzhaft in Erinnerung. Erst kürzlich hatte Martin sie bewusstlos auf dem Küchenboden liegend gefunden und so, wie sie war, unter die Dusche gestellt und eiskalt abgeduscht. Trotzdem ging sie zum Spirituosenschrank, nahm die Cognacflasche und ein Glas heraus und goss es halbvoll. Und mit Blick durch die Panoramascheibe auf das Fahrrad kippte sie dessen Inhalt auf einen Zug hinunter.

Fünf Minuten später stand sie mit dem Glas in der einen und der Cognacflasche in der anderen Hand auf dem Balkon und betrachtete das Rad missbilligend. Es war dunkelrot, genau wie Lennart es sich gewünscht hatte, nachdem sein altes in der Schule aus dem Fahrradkeller gestohlen worden war, die Versicherung sich in ihrem Schreiben aber wortreich geweigert hatte, den Schaden zu ersetzen. Und ohne Fahrrad keine Tour!

Maggie spähte hinunter in die Tiefe. Links standen die Mülltonnen, und wie so oft schwindelte es sie beim Hinunterschauen. Dann schweifte ihr Blick zu den umliegenden Balkons, auf denen größtenteils die Geländer schon standen, aber noch nicht montiert waren. Auf einigen lagen noch Abbruchreste, die beim Ausbau der Wohnungen angefallen waren, heller, im Abendlicht leuchtender Sandstein. Auf anderen waren sogar noch dicke Plastikplanen vor den Fenstern, die es einem unmöglich machten hineinzusehen.

Sie waren vor gerade mal sechs Wochen in die neue, mit weiß geöltem Bambusparkett ausgestattete Vierzimmerwohnung gezogen, und Maggie hatte sich auf die neue Umgebung gefreut. Doch von der anfänglichen Euphorie war nichts übriggeblieben. Die Hoffnung, in den neuen Räumen wieder eine größere Nähe zu Lennart herzustellen, hatte sich nicht erfüllt, konnte sich nicht erfüllen, solange Martin bei ihnen war, dachte Maggie bitter. Mutig lehnte sie sich über das Geländer und blickte erneut hinunter in die Tiefe.

Am Abend zuvor hatte sie den Müll nach unten gebracht und einen Obdachlosen dabei überrascht, wie er die Tonne nach essbaren Abfällen durchsucht hatte. Mit ihrer Tüte in der Hand hatte Maggie innegehalten und kurz mit dem Gedanken gespielt, sich einfach umzudrehen und wegzugehen. Der Mann hatte sie erst wortlos angesehen und den Deckel der Tonne zugeklappt, dann war er an ihr vorbei in der Dämmerung verschwunden.

Der Mann war ihr unheimlich gewesen. Seine gierigen Blicke auf ihre Abfalltüte, die ihr spontan ein Schuldgefühl gaben, die verschorften Hände, seine lauernde Art. Später, als Maggie vor dem Fernseher saß, musste sie immer wieder an ihn denken.

Sie nahm einen Schluck aus ihrem Glas und dachte mit Blick auf das Fahrrad: Wie kommt der Kerl dazu, dem Jungen hinter meinem Rücken ein Rad zu kaufen? Na warte! Im selben Moment wurden im Hof Geräusche laut. Maggie blickte hinunter, und da war er doch tatsächlich wieder: der Obdachlose vom Vorabend. Die gleiche gedrungene Gestalt. Er sah sich kurz um, dann klappte er den Deckel der am äußersten Rand stehenden Tonne auf und begann in deren Innerem zu wühlen.

Interessiert verfolgte Maggie das Treiben des Mannes und nippte an ihrem Glas. Dann trat eine Frau hinzu. Sie hielt, das konnte Maggie von ihrem Platz aus deutlich sehen, zwei prall gefüllte Plastiktüten in der Hand. Die beiden schienen sich tatsächlich zu unterhalten, Maggie konnte aber leider nicht verstehen, was sie sprachen. Dann drehte die Frau sich um, und zu Maggies Verwunderung verschwanden beide gemeinsam unten im Haus.

So was, dachte sie kopfschüttelnd und goss den Rest des Cognacs hinunter. Was zum Teufel hat dieser Penner in unserem Haus verloren? Sie füllte ihr Glas von neuem. Und weil sie in der Mittagspause nur einen Salat gegessen hatte, spürte sie bereits den Alkohol im Kopf und auch in den Armen und Beinen.

Nein, das war wirklich nicht ihr Tag gewesen. Erst die peinliche Situation in der Damentoilette, anschließend die defekte Batterie und ihr zerrissener Strumpf. Und nun auch noch dieses blöde rote Fahrrad. Was hatte Martin sich bloß dabei gedacht? Dass sie tatenlos zusah, wie er den Jungen mit seiner Zuwendung und seinen Geschenken immer ein bisschen weiter auf seine Seite zog? Nein, da hatte er sich verrechnet. Das würde sie nicht zulassen. Unter keinen Umständen!

Über den Hof brach die Dunkelheit herein. Die scharfen, bei Sonnenschein blitzenden Kanten der Metallabschlüsse der Flachdächer ringsum waren kaum noch auszumachen, verschwammen mit dem dichter werdenden Schwarz des Himmels. In den Fenstern ringsum gingen die ersten Lichter an.

Am Nachmittag war sie aus der Damentoilette regelrecht geflohen. Doch nun, von den Drinks gelöst, fand sie das Ganze geradezu amüsant. Die Tatsache, dass Franziska dort drin mit irgendwem Sex hatte, während die anderen ein paar Meter weiter in den Büros an ihren Schreibtischen saßen, erschien ihr plötzlich geradezu aufregend.

Seit sie zu Martin auf Distanz gegangen war, spielte Sex in ihrem Leben keine Rolle mehr. Ihre langjährige Freundin Julia, die ein gutgehendes Blumengeschäft in der City besaß und nicht an dauerhafte Beziehungen zwischen Männern und Frauen glaubte, kontaktierte regelmäßig entsprechende Agenturen, wenn sie Lust auf einen Mann hatte.

»Ich geb dir gern die Nummer«, hatte sie zu Maggie gesagt, nachdem Maggie ihr von der Situation mit Martin erzählt hatte. Doch Maggie, die sich hinterher gemein vorgekommen war, hatte spontan erwidert: »Danke, aber *so was* mache ich nicht!«

Mit Martin hatte alles so vielversprechend begonnen. Sie hatte ihn auf einer Zugreise nach München kennengelernt und sich spontan in ihn verliebt. Vor allem in seine nussbraunen, geheimnisvollen Augen.

Sie hatten sich ein Abteil geteilt und waren schon nach wenigen Minuten miteinander ins Gespräch gekommen. Zwei Stunden später gingen sie gemeinsam in den Speisewagen, und da war beiden klar, dass aus ihrer Begegnung mehr werden würde. Doch Martin fing schon nach ein paar Monaten an, alleine auszugehen, und kam manchmal erst im Morgengrauen wieder nach Hause.

»Du riechst nach einer anderen Frau!«, hatte sie ihn eines Morgens zur Rede gestellt. Und Martin hatte nicht den geringsten Versuch unternommen, sein Fremdgehen zu verschleiern, sondern vielmehr offen bekannt: »Na und. Ich brauche das eben. Eine Frau genügt mir nicht.« Da hatte sie ihm eine Ohrfeige verpasst, sich telefonisch krank gemeldet und sich in ihrem Zimmer eingeschlossen. Und dies war der Anfang vom Ende ihrer Beziehung gewesen. Sie begriff, dass sie Martin gar nicht gekannt hatte. Sie hatte nach der Trennung von Bernd nach einem Mann gesucht und in Martin jemanden gefunden, der sich auch mit Lennart gut verstand. Das hatte ihr offenbar genügt, wunderte sie sich nun, als sie mit ihrem Cognacglas auf dem Balkon stand und in die Dämmerung starrte.

»Blödes Scheißding«, rief sie und trat gegen das Fahrrad, das klappernd umfiel. Und dann tat sie, einem Impuls gehorchend, Folgendes: Sie stellte das halbvolle Glas auf der Balustrade ab und bückte sich nach dem Rad. Doch statt es aufzustellen und an die Wand zu lehnen, hob sie es mit grimmiger Verachtung an, hievte es aufs Geländer und gab ihm einen kräftigen Stoß. Es folgte eine Stille, so als hielte die Nacht den Atem an. Das Erste, was sie hörte, war ein ersticktes animalisches Stöhnen in der Tiefe des Hofs, und im selben Moment ging ein solcher Ruck durch ihren Körper, dass sie glaubte, in einem über weite Ebenen dahinjagenden Schnellzug zu stehen, der mit kreischenden Bremsen abrupt zum Stillstand zu kommen versucht.

Die stoßartigen Wellen, die das Haus erfassten und die Scheiben erzittern und den Boden unter ihren Füßen vibrieren ließen, waren so stark, dass Maggie kurz das Gleichgewicht verlor und beinahe zu Boden gegangen wäre, wäre es ihr nicht in letzter Sekunde geglückt, sich am Geländer festzuhalten. Es folgten ein Poltern und Donnern, so als schütte jemand schwere Gesteinsbrocken auf einen Metallschubkarren. Und Maggie konnte sehen, wie das Cognacglas auf der Balustrade klappernd hin und her tanzte, bis es umkippte und hinunter in den Hof fiel. Ein letzter kräftiger Ruck erschütterte den Balkon, dann war alles vorbei.

Verwirrt starrte sie in die Schwärze und lauschte auf die plötzliche Stille. Dann war ihr, als atme die Welt um sie herum hörbar wieder aus, während sich die Luft in ihren Lungen schmerzhaft zu stauen schien. Auf den umliegenden Balkonen wurden nach und nach erregte Stimmen und Geräusche laut, und Maggie hörte, wie in der Wohnung unter ihr jemand rief: »O Gott, ein Erdbeben! Die Erde hat gebebt!«

Aus dem dunklen Hofkessel stieg heller, im Licht der nun sämtlich erleuchteten Fenster sichtbar gewordener Staub auf. Von dem Fahrrad war nichts zu sehen. Doch das Stöhnen, es würde da sein. Von jetzt an.

DREISSIG

»Ich bin's«, sagte Elke.

»Wieso rufst du so spät noch an? Ist was passiert?«, fragte Miriam Bernheim und drückte den Telefonhörer fester ans Ohr.

»Nein, aber ich muss dir unbedingt noch was erzählen!«

»Es ist schon nach elf«, sagte Miriam unwillig. Sie hatte im Badezimmer gestanden und damit begonnen, sich abzuschminken. In ihr schwangen noch die letzten Tonfolgen des Russischen Quartetts von Haydn nach, das sie sich kurz zuvor auf der Couch liegend auf ihrem iPod angehört hatte. Irgendwann hatte sie damit begonnen, sich die Stücke, die sie mit ihren Partnern spielte, in den unterschiedlichsten Interpretationen anzuhören, um ein Gefühl für ihre eigenen Auslegungen zu entwickeln. Und ihr gefiel das beständige Flirren und Nachklingen der Töne in ihrem Inneren, mit dem sie seit einigen Abenden regelmäßig in den Schlaf sank.

Neben ihrem Orchesterengagement spielte Miriam seit kurzem auch in einem Streichquartett. An der Seite von zwei Violinen und einer Bratsche, ihrer Orchesterkollegin Elena, hatte sie den Part des Cellos inne. Inzwischen hatten sie Stücke von Strawinsky, Alban Berg und Kurtag in ihrem Repertoire und zuletzt Stücke von Zemlinsky und eben Haydns berühmte Russische Streichquartette geprobt.

Kurz vor dem Abitur hatte sie mit Elke, die ganz passabel Klavier spielte, für die Abschlussfeier Duette von Brahms, Friedrich August Kummer oder Ferdinando Carulli eingeübt. Doch zu einem gemeinsamen Vortrag vor den in der Aula versammelten Eltern, Lehrern und Schülern war es dann nicht gekommen, weil Elke sich kurz vorher beim Skilaufen den Arm gebrochen hatte. Und so hatte sie alleine Vivaldis Cellokonzert No. 9 in D-Moll, Opus 26 gespielt. Elke hatte mit eingegipstem Arm neben ihren Eltern gesessen und mit Tränen in den Augen ihrem Spiel gelauscht. Manchmal dachte Miriam, dass sich ihre Freundschaft davon nie mehr wirklich erholt hatte.

Miriam mochte Haydn, Kurtag oder Britten. Doch am liebsten hatte sie Bachs Suiten für Violoncello Nr. 1 & 3, gespielt von Pablo Casals. Manchmal erklangen mitten am Tag unversehens Sequenzen daraus in ihr wie die warme Stimme eines guten alten Freundes, der plötzlich zu ihr sprach. Dann dachte sie an das Schwarzweißfoto von Casals, das in ihrem Schlafzimmer an der Wand hing und das sie noch heute manchmal wehmütig ansah, wenn sie den Bogen wie in Trance über die Saiten strich.

Pablo Casals, der auf dem Foto einen grauen Anzug trug und komischerweise eine Zigarre im Mund hatte, während er spielte, war einmal ihr großes Vorbild gewesen, ihr Gott, dem sie mit ihrem Spiel gehuldigt und nachgeeifert hatte. Bis die Sache in Spanien passiert war, während ihres Besuchs in seiner Geburtsstadt El Vendrell in Katalonien, eine gute Autostunde von Barcelona entfernt, wo sich in der dortigen Avinguda Palfariana 67 das kleine Casals-Museum befindet, in dem sie sich damals mehrere Stunden aufgehalten hatte, um ihrem Idol nahe zu sein. Und in dem sie sich auf für sie noch immer unerklärliche Weise schuldig gemacht hatte.

»Was ist denn?«, sagte sie.

»Mir ist was ziemlich Verrücktes passiert«, sagte Elke und räusperte sich kurz.

»Erzähl schon«, sagte Miriam. Während sie den Hörer ans Ohr drückte, betrachtete sie das leicht nach Make-up-Entferner riechende Wattepad, das sie in der anderen Hand hielt. Die winzigen bräunlichen Flecken darauf sahen aus wie geronnenes Blut.

»Ich hab, ach, wie soll ich sagen. Ich hab mich im Kino von einem Wildfremden betatschen lassen«, sagte Elke.

»Du hast was?« Miriam hörte, wie sich der Atem ihrer Freundin beschleunigte.

»Ja! Er hat mich einfach geküsst und meine Brüste berührt, ein Wildfremder. Und ich habe mich nicht gerührt. Ich weiß nicht, warum.«

»O Gott«, sagte Miriam und warf das Wattepad in den kleinen Metallmülleimer unter dem Waschbecken. »Weil du Angst hattest!«

»Ja«, sagte Elke. »Wahrscheinlich.«

»Klingt ja furchtbar«, sagte Miriam Bernheim und bemerkte, dass sie hellwach war. »Oder hat es dir vielleicht gefallen?«

»Ich weiß es nicht. Aber ich weiß, dass ich dabei an Klaus gedacht habe.«

»Moment, kannst du mal einen Augenblick warten?«, sagte Miriam, legte den Hörer auf den Tisch und mixte sich in ihrer kleinen Küche auf die Schnelle einen Gin Tonic, ihr momentanes Lieblingsgetränk.

Sie nahm den Hörer wieder in die Hand, trank einen Schluck und sagte: »Am besten, du tust so, als sei überhaupt nichts passiert. Vergiss es einfach!«

»Meinst du?«, sagte Elke. »Also ich weiß nicht. Aber es muss doch einen Grund für mein Verhalten geben.«

»Manchmal ist es besser, einfach so zu tun, als sei überhaupt nichts geschehen«, sagte Miriam, als müsse sie die Worte nur entschieden genug wiederholen, um an ihre Wahrheit zu glauben. Dabei wusste sie selbst nur zu gut, dass es kein Zurück gab, wenn man einmal eine Grenze überschritten hatte. Denn wenn sie nachts wachlag, sah sie noch manchmal die inzwischen drei Jahre zurückliegenden Ereignisse wie auf Fotopapier gebannt vor sich. Jedes einzelne Bild. Das Gesicht des Aufsehers, der sie zunächst ungläubig angestarrt und schließlich am Arm gepackt, ihr die kostbare Casals-Partitur vorsichtig entwendet und sie in sein kleines Büro gezerrt hatte. Die aufgebrochene, offen stehende Vitrine. Und auch die Blicke der anderen Museumsbesucher, die ihnen nachgestarrt hatten. Nicht einmal ihrer drei Jahre jüngeren Schwester

Ada, vor der sie kaum ein Geheimnis bewahrte, hatte sie damals davon erzählt.

»Miriam?«, vernahm sie plötzlich Elkes Stimme. »Bist du noch dran?«

»Ja«, antwortete Miriam und hörte sich auf einmal unvermittelt sagen: »Wir alle stehlen und werden bestohlen. Und worum es dabei geht, ist: nicht erwischt zu werden. Und den Verlust zu ertragen. Manchmal überraschen wir uns selber mit dem, was wir tun.«

»Was meinst du?«, fragte Elke irritiert.

»Was wissen wir denn schon über uns? Vielleicht hat es dich ja angemacht, dass er dich berührt hat. Vielleicht wolltest du dich aber auch nur selbst bestrafen.«

»Ich weiß nicht«, sagte Elke. »Womöglich ja beides. Aber vielleicht soll mir das Ganze ja etwas sagen?«

»Ja, vielleicht«, erwiderte Miriam Bernheim.

EINUNDDREISSIG

Als sie damals in seine Augen gesehen hatte, war Mia klargeworden, dass er die Art von Angst, die sie ihm zu beschreiben versuchte, noch nie erlebt hatte.

Das macht nichts, hatte sie gedacht, denn er liebt mich. Doch als er das erste Mal miterlebte, wie sie eine Attacke hatte, da hatte sie gewusst, dass er den Weg, den sie vor sich hatte, nicht bis zum Ende mit ihr gehen würde. Dass ihm dazu der Mut und vielleicht auch der Wille fehlten.

Tatsächlich hatte sich Hendrik mit der Zeit immer mehr von ihr gelöst und sie schließlich nach nicht einmal einem Jahr verlassen. Sie hatte ihm lange verheimlicht, wie es um sie stand, um ihre Beziehung nicht zu gefährden.

In vielen Therapiesitzungen hatte Mia gelernt, dass sie auf das Angsteinflößende zugehen müsse wie auf einen Feind im Hinterhalt. Doch stattdessen hatte sie auf die beruhigende Wirkung der Medikamente vertraut, die ihr die Psychiater verschrieben hatten. Sie fühlte sich mit den kleinen gelben oder braunen Kapseln sicher, wenn sie wieder das Vertrauen in die

Welt verloren hatte und alles mit einer schmerzhaften Überschärfe wahrnahm. Es war unvorstellbar für sie, jemals wieder ohne Tabletten leben zu können.

Zuletzt hatte es durchaus Phasen gegeben, in denen sie sich lebendig und den Herausforderungen ihres Alltags gewachsen gefühlt hatte. Doch wenn sie an das dachte, was mit ihrem Vater vor sich ging, dann befielsie die Angst, er könne sie mit sich in die Tiefe reißen.

Mia spielte mit dem Gedanken, die Tablettendosis eigenmächtig zu erhöhen, damit sie dem gewachsen sein würde, was da auf sie zuzukommen drohte.

Sie hatte sich eine Tasse Kaffee bestellt und saß in der Cafeteria des Krankenhauses, in das man ihren Vater gebracht hatte. Vor ihr auf dem Teller lag ein helles Croissant. Daneben lagen zwei unberührte Zuckersäckchen auf dem orangefarbenen Tablett.

Sie hatte einen langen Spaziergang unternommen und war deshalb erst am Nachmittag telefonisch erreicht worden. Er war vor laufender Kamera umgekippt und fast eine Viertelstunde lang bewusstlos gewesen. Nun saß sie in der Cafeteria und wartete darauf, dass der diensthabende Arzt sie über das weitere Vorgehen informierte.

Draußen war es bereits dunkel, und bis auf den Zeitung lesenden Mann am Nebentisch war die Cafeteria leer. Mia riss eines der Zuckersäckchen auf und schüttete dessen weißen Inhalt in ihren Kaffee. Die Zeitung des Mannes war vom Vortag, das sah sie an der Schlagzeile. Sämtliche Zeitungen waren voll mit Berichten und Meldungen über das kurze Beben gewesen, das die gesamte Region für ein paar Sekunden heftig erschüttert hatte.

Krankenhäuser machten ihr eigentlich Angst. Denn in jeder Erkrankung eines anderen Menschen meinte sie Anteile ihrer eigenen Sterblichkeit zu erkennen. In jedem gehetzten Blick sah sie ihre eigene lauernde, zum Sprung bereite Panik. Doch nun war alles ruhig, und Mia hatte das Gefühl, den niedertourigen, fast lautlosen Puls dieses Ortes spüren zu können. Sofort stiegen Bilder der Ruhe und des Friedens in ihr auf, Bilder, die sie sich regelmäßig ins Bewusstsein rief, wenn sie zu Hause mit geschlossenen Augen auf der Couch in ihrem Wohnzimmer lag und ihre Entspannungsübungen machte: eine Fliege, die leise summend durch ein Zimmer schwirrt. Der Atem nach einem langen Kuss. Das friedliche Klappern einer Schreibmaschine.

Sie konnte sich nicht genau erinnern, wann sie das letzte Mal Sex gehabt hatte. Das musste mit Hendrik gewesen sein. Sie war einunddreißig und wünschte sich ein Kind. Doch sie hatte ja nicht mal einen Freund, und seit sie die Medikamente nahm, war ihre Lust praktisch gleich null. Doch weshalb dachte sie ausgerechnet jetzt an Sex? An einem Ort wie diesem?

Mia griff nach der vor ihr stehenden Tasse, kam dabei aber so ungeschickt gegen den Griff des auf dem Unterteller liegenden Löffels, dass er über den Rand des Tabletts glitt und klappernd zu Boden fiel.

Sie drückte mit den Oberschenkeln die Sitzfläche des Stuhls nach hinten, um aufzustehen und den Löffel aufzuheben. Doch der Fremde neben ihr war schneller und hielt ihr den Löffel bereits hin.

»Oh, vielen Dank«, sagte Mia. Sie lächelte, legte den Löffel auf ihr Tablett und besah sich den Mann nun ein wenig genauer. An seinen dunklen Schläfen zeigten sich erste graue Haare, ihrer Schätzung nach mochte er Anfang vierzig sein.

Früher hatte sie bei jedem halbwegs gutaussehenden Mann überlegt, ob er für sie in Frage käme. Doch seit die Tabletten ihre Libido in einen Dauerschlaf versetzt hatten, war ihr dieses Spiel fad geworden. Und seit Hendrik sie verlassen hatte, waren Männer ein Film, der in dem kleinen Kino ihres Herzens nicht mehr lief.

Sie nippte gedankenverloren an ihrer Tasse, als der Fremde sich zu ihr hindrehte und sagte: »Ziemlich trauriger Ort um diese Zeit, nicht wahr?«

»Kann man wohl sagen«, antwortete Mia überrascht und spürte, dass sie rot zu werden begann. Sie musste daran denken, wie sie vor den Schülern gestanden hatte und immerzu rot geworden war, wenn sie versuchte, etwas an der Tafel zu erklären. Das war so weit gegangen, dass sie zuletzt bereits rot wurde, wenn sie nur den Klassenraum betrat. Manchmal sah sie sich noch in ihren Träumen vor den Schülern stehen, die sie erwartungsvoll ansahen.

»Lehrerin? Was für ein schöner Beruf!«, hatte der Psychiater gesagt, als sie ihm von ihrer Arbeit erzählte.

»Ja«, hatte Mia darauf geantwortet und resigniert hinzugefügt: »Aber leider keiner für mich.«

»Ich bin wegen meines Vaters hier«, sagte Mia, ohne dass der Fremde sie nach dem Grund für ihre Anwesenheit gefragt hätte. »Er ist offenbar ziemlich schwer krank. Aber etwas Genaues weiß man noch nicht.«

»Das tut mir leid«, sagte der Fremde und nahm einen Zug aus seiner Zigarette.

»Ja«, sagte Mia, die gleichzeitig krampfhaft überlegte, wie sie die begonnene Konversation fortsetzen könnte. Schließlich sagte sie: »Und weswegen sind Sie hier?«

Der Fremde sagte: »Meine Freundin bekam plötzlich keine Luft mehr. Ich habe gedacht, sie sei tot, weil sie nicht mehr geatmet hat, und habe sofort den Notarzt gerufen.«

»Wahrscheinlich hat sie einfach nur etwas Schlechtes gegessen. Da kann man schon mal ohnmächtig werden«, sagte Mia und erschrak über die Dummheit ihrer Worte. »Ja, vielleicht«, sagte der Fremde, doch es klang in Mias Ohren so, als sei er mit seinen Gedanken bereits längst woanders. Da nahm sie allen Mut zusammen und sagte: »Ich wollte sagen, dass man doch nie genau sagen kann, weshalb so etwas so plötzlich geschieht!« Und ein paar Sekunden später fügte sie hinzu: »Ach, ich bin einfach so durcheinander im Moment. Das alles ist so verdammt kompliziert.«

»Das ist doch verständlich«, sagte der Fremde und legte die Zeitung, nach der er eben gegriffen hatte, wieder zur Seite. »Was ist denn mit Ihrem Vater?«

»Er ist zusammengebrochen und hat manchmal Schwierigkeiten, sich zu orientieren. Deshalb wollen sie ihn für eine Zeitlang in eine geschlossene Abteilung verlegen. Zu seiner eigenen Sicherheit, wie sie sagen, um ihn vor sich selbst zu schützen.«

Ihre Mutter war vor einem Jahr gestorben, und nun brachte man ihren Vater vor sich selbst in Sicherheit. Einen Menschen, der Tauben liebte und sich nichts Schöneres denken konnte als dass zwei Erdplatten sekundenlang nicht zu fest gegeneinanderstießen.

»Das muss doch gar nichts Schlechtes sein«, sagte der Fremde, um sie zu trösten. »Ich bin Kaufhausdetektiv, und wenn wir dann oben in meinem Büro sitzen und mir eine Mutter, deren Sohn ich beim Klauen erwischt habe, sagt, es täte ihr ja so furchtbar leid, dann kann ich nur lachen und denke: Hättest du mal besser auf deinen Jungen aufgepasst, müssten wir jetzt nicht hier sitzen und dieses unerfreuliche Gespräch führen.«

»Vielleicht haben Sie recht«, sagte Mia und nippte an ihrem kalt gewordenen Kaffee. Dabei versuchte sie sich vorzustellen, wie es für ihren Vater sein würde, eingeschlossen zu sein mit Menschen, die er noch nie zuvor in seinem Leben gesehen hatte. Sie konnte manchmal selbst nicht glauben, zu was für einem Durcheinander sich ihr Leben entwickelt hatte. Dabei hatte sie einmal große Pläne gehabt. Als Teenager hatte sie von einer Karriere als Schauspielerin geträumt und die Gesten ihrer Lieblingsschauspielerinnen vor dem Wohnzimmerspiegel nachgeahmt. Später, da war sie neunzehn gewesen, hatte sie alles darangesetzt, eine gute Tänzerin zu werden, und sich durch zahllose Discofox-, Stepp- und Breakdancekurse gequält. Doch dann war sie Lehrerin geworden, und nun war sie krank und hatte alle Hände voll zu tun, die Leere ihrer Tage so zu füllen, dass sie sich abends mit dem

Gefühl ins Bett legen konnte, dass nicht alles sinnlos war.

Mia dachte an ihren Vater, der in seinem Zimmer lag. Und plötzlich wusste sie nicht mehr, woher sie die Kraft nehmen sollte, die nötig wäre, um ihm auf jene Weise beizustehen, die er verdient hatte. Sie würde ihm mit nicht mehr als ein paar gut gemeinten Durchhalteparolen dienen können und schämte sich schon jetzt dafür. Um auf andere Gedanken zu kommen, sagte sie: »Ich hoffe, Ihrer Freundin geht es bald besser.«

»Danke«, sagte der Fremde, »das hoffe ich auch.« Und dann schlug er die Zeitung wieder auf. Sie hätte das Gespräch gern so lange fortgesetzt, bis die Schwester sie rufen würde, damit der Arzt ihr die traurige Wahrheit über den Geisteszustand ihres Vaters offenbarte. Doch ihr fiel beim besten Willen nichts ein, was sie hätte sagen können. Sie konnte ja schlecht sagen: Lassen Sie uns bitte weiterreden, damit dieses Schweigen aufhört! Doch weil die Stille nun in ihrem Kopf anzuschwellen begann wie ein Luftballon, der jeden Moment platzen konnte, und sie dieses altbekannte Flattern in ihrer Brust registrierte, erhob sie sich jäh von ihrem Platz, packte ihre Handtasche und verließ die Cafeteria.

Sie lief hinaus auf den Gang, wo sie verzweifelt die Toiletten suchte. Sie blickte sich nach allen Seiten um, und nachdem sie ein paar Schritte den Gang entlanggelaufen war, entdeckte sie ein Schild. Mit letzter Kraft stieß sie eine der beiden Türen auf, öffnete den Wasserhahn und hielt ihre zitternden Hände unter den Strahl.

Minutenlang ließ sie sich mit geschlossenen Augen die eiskalte Flüssigkeit über die Handgelenke rinnen, um den Puls, der wütend darin klopfte, zu beruhigen. Und tatsächlich ebbten die Frequenz und die Intensität der Schläge langsam ab, und sie öffnete erschöpft die Augen. Im Spiegel sah sie ihr von der Panik gezeichnetes Gesicht. Gleichzeitig spürte sie die Müdigkeit kommen, ein untrügliches Zeichen dafür, dass der Sturm in ihrem Innern erst einmal vorüber war.

Mit nassen Fingern fuhr sie sich über die schweißnasse Stirn und strich sich eine Strähne, die dort hingeglitten war, hinters linke Ohr. Im selben Moment wurde die Tür hinter ihr geöffnet, und der Mann aus der Cafeteria erschien.

»Ah, *hier* sind Sie«, sagte er überrascht und suchte ihren Blick im Spiegel. »Man hat Sie bereits gesucht.«

»Ja, danke«, sagte sie. »Ich komme.«

»Ich wollte Sie nicht erschrecken, aber das ist die Herrentoilette«, sagte der Mann und legte ihr vorsichtig eine Hand auf die Schulter, nahm sie aber sofort wieder weg.

Sekundenlang blickte Mia den Fremden an. Dann eilte sie an ihm vorbei nach draußen. Doch bevor die Tür hinter ihr zufiel, hörte sie ihn sagen: »Meine Freundin wird übrigens morgen früh entlassen, es geht ihr wieder besser.« Mia schenkte seinen Worten keine Bedeutung. Sie wusste, dass sie jetzt wieder stark sein musste und dass kein Weg an dem vorbeiführte, was da draußen auf sie wartete.

DANK

Ich möchte all jenen danken, die mir bei der Entstehung dieses Buches direkt oder indirekt behilflich waren. So danke ich Walter Adler für den Titel und unseren fortwährenden, unverzichtbar gewordenen Dialog. Alexander Häusser dafür, dass er mir Schindhelms Geschichte anvertraut hat. Michael Kohtes für die inspirierenden Gespräche und formalen Anregungen. Christian Försch für sein immer offenes Ohr. Gunnar Cynybulk für seinen Glauben und dafür, dass er den nächsten Schritt mit mir getan hat. Allen bei Aufbau, die mir eine verlässliche Verlagsheimat geworden sind. Und vor allen meiner Frau Tanja, ohne deren unermüdlichen Einsatz es dieses Buch so nicht gäbe.

PETER HENNING
Tod eines Eisvogels
Roman
Mit einem Nachwort
von Paul Nizon
128 Seiten
ISBN 978-3-7466-2741-0
Auch als E-Book erhältlich

»Ein wunderbarer Text«

SIBYLLE MULOT

An einem Tag im Sommer entführt der Ich-Erzähler seine ältere Schwester Leni aus einer psychiatrischen Anstalt, um mit ihr ans Meer zu fahren. Leni möchte noch einmal dorthin, wo sie als Jugendliche einst glücklich war. Es beginnt eine Irrfahrt, die Henning wie ein Road-Movie mit einem starken Gespür für Atmosphäre, Stimmung und Landschaft inszeniert. Die Flucht durch das sommerlich flirrende Holland dauert nur wenige Wochen, aber sie wird zu einer Odyssee mit tödlichem Ausgang.

»Wie die Sensation allein durch das Vermögen der Sprache entsteht, das muss jeden Leser besonders freuen.« MARTIN WALSER

»Leichthändiges Können und eine brutale Unschuld verleihen dem Text seine Glaubhaftigkeit und seine Originalität.« PAUL NIZON

Mehr Informationen erhalten Sie unter www.aufbau-verlag.de oder in Ihrer Buchhandlung

atb aufbau taschenbuch